筱茅◎著

石岩地龙门阵

中国文史出版社
CHINA CULTURAL AND HISTORICAL PRESS

图书在版编目（CIP）数据

石岩地龙门阵 / 筱茅著 . -- 北京：中国文史出版社，2021.11

ISBN 978-7-5205-3372-0

Ⅰ . ①石… Ⅱ . ①筱… Ⅲ . ①民间故事—作品集—阆中 Ⅳ . ① I277.3

中国版本图书馆 CIP 数据核字（2021）第 238604 号

责任编辑：窦忠如　　秦千里

出版发行：中国文史出版社

社　　址：北京市海淀区西八里庄路 69 号院　　邮编：100142

电　　话：010- 81136606　 81136602　 81136603（发行部）

传　　真：010-81136655

印　　装：廊坊市海涛印刷有限公司

经　　销：全国新华书店

开　　本：710 × 1100　 1/16

印　　张：18.5

字　　数：256 千字

版　　次：2022 年 01 月北京第 1 版

印　　次：2022 年 01 月第 1 次印刷

定　　价：58.00 元

"龙门阵"里觅乡愁

在紧张繁忙的工作中，我的高中同学、好朋友杨健发来他的文学处女作《石岩地龙门阵》文稿，读罢真是如沐春风、心情舒畅。从这些文字中，我能看到故乡的一草一木，想起了我和杨健同学一起摆龙门阵的日子。不论《石岩地龙门阵》最终是以何种形式呈现在读者面前，我想其中的小说、随笔都有其独一无二的价值。因为先睹为快了，可能也是最先读到这部作品的读者之一，我就简单谈一些阅读体会。

在杨健的这些作品中，我读到了一种特殊的乡愁。作品所讲述的这些"阆中故事"或者说"石岩地故事"，很有地方特色，是很多石岩地人从小就在听的故事，这些故事被作者用一种民间文学的写作手法，讲述得活灵活现。这些"龙门阵"，在作者的文字中变得更有韵味，每一个故事都引人入胜，许多故事都被作者讲出了一种忧伤感，这正是"乡愁"情怀非常核心的元素，特别是对于很早就走出家乡的人来说，这种略带忧伤的乡愁，是很有吸引力的。

杨健摆龙门阵的技巧很高超。他高中时期就喜欢"舞文弄墨"，诗词歌赋均有涉猎，文学功底深厚。从文稿故事的结构和写作中能够体会到作者的良苦用心，比如他讲"毛狗坪"兔精的故事，全篇没有写一个"妖"或"精"字，但读完全文，读者眼前肯定就飘着一窝兔精的形象，文学创造的最高的技巧，可能也正是如此了吧！我本人长期从事新闻工作，接触到的文字基本都是非虚构写作，与文学相隔比较远，与民间文学的距离更远，可能也正因为这种距离感，加之家乡的亲近感，作者的故事才给了我一种特别的阅读体验。

写传奇故事，我们熟知的高手已经很多了，但与所有人都看得懂的武侠小说、言情小说的大众一般情感陈述不同，民间故事的方言写作作品，读者范围并不会那么广，但方言写作最大的价值，或许就是在一个相对固定的方言区留下并非广为人知的"文献"。书中多处引录了川北特有的民谣、民歌、童谣以及地方曲艺，这种文献资料，是研究和了解地方人文风情、历史延续最为亲近和生动的材料。

就杨健的这些作品而言，其中一些篇目讲述了特殊年代的特殊镜头与经历，比如物资匮乏时期百姓的苦难生活经历片段，这何尝不是一种反思，不是一种警醒呢？

传说不可靠，但传说中附着的朴实情感是真实的。在杨健的"龙门阵"中，不管是革命年代的英雄人物，还是神话故事里的行医老农、仙人善者，都被描绘得有血有肉、活灵活现，从这些故事中，读者是可以看到时代背景的，大多也是可以找到"现实证据"的，这样的虚实结合，增强了地方人文风情的独特魅力，为后人和外人了解自己的家乡提供了一种新的视角。

杨健摆的这些"龙门阵"，往小里说，就是一个地方经久流传的民间故事再创作，口头讲述与形成文字最大的区别在于可以把故事进行文学化加工，给人以想象和启迪，往大里说，就是地方文化或者民间文化的一种整理与叙述，从而在时代变换潮流中留下独特的精神寄托。当今的小孩子或者早早进城的年轻人，未必都感受过祖辈父辈的生活经历，更别说体验物资匮乏年代的精神世界了。因此，有人能够专注于搜集、整理这些家乡的"龙门阵"，其行动的意义已经超过故事所带给人们的愉悦感了。

期待更多读者能够读到这部作品。

是为序。

邓国超

2021 年 3 月 27 日

目　录

鸡栖于埘，日之夕矣，羊牛下来

石岩地

我是听着家乡的龙门阵长大的！

我的家乡小地名叫石岩地。传说当年杨姓祖先家境贫穷，从外地迁来，租种大户人家的庄田，耕种之余开荒造地。他们披荆斩棘、肩挑背磨，历经几多寒暑，终于在一片石岩下的山坳里开造出一块四四方方硕大的肥田来。远近乡里钦佩不已，纷纷赞扬。因为这块田地方正大气，足有十余亩，具有代表性，久而久之，外地人就把整个山村叫作"石岩地"。

记忆中的石岩地还是灰墙黑瓦，二十多步的石梯上去是四水归堂的大院子，大院子套着小天井，小天井接着地甑楼；还有那高大的菩提树、茂密的竹林、滑湿的井台、"吱吱呀呀"的石碾；以及孩子们坐在屋檐下数"盘盘脚脚"的石台阶，围在一起走"五码子""猪蹄壳"的石磨盘，在屋宇间钻来钻去藏"舅舅猫"的旮旮角角，无不寄托了我童年的欢乐和懵懂，留下了我数不清的梦绕魂牵。

石岩地背靠寨子山，面向杨家坝，左倚坟陵咀，右傍赵家咀。长梁子是其案山，山湾塘乃其墨池。拜佛烧香石灵观，赶场交易瓦店子。月落月儿崖，日出红梁子，日复一日，周而复始。

石岩地是个很小的地方，山上山下也就二三十户人家，最多时一百二三十口人，杨姓是原住民，占百分之八九十。据说最初是大户人家的庄房，从大田坝那边迁过来，一共四个儿子，称大房、二房、三房和幺房，石岩地住的好像是三房，替人看庄子、种庄田。后来生子玉龙、玉凤，玉凤生文经、文治，然后生荣、华、福、贵等，繁衍至百余人口。

石岩地住的都是普通人家，普通的连家谱都没有留下。当地的很多方言、习俗受关中文化影响较深，比方说把爸爸叫成"达达"，把屁股说成"沟子"，把批评说成"弹嫌"，把快捷敏捷说成"麻利"等；女人们都能做的一手好面食，摊煎饼、烙锅盔、擀面条等，特别能做得比岐山臊子面更鲜香更有特色的臊子面等等。但石岩地人都说自己的祖先是"湖广填四川"填过来的，从湖北大冶那边迁来，老一辈人能讲很多当年迁徙流离的故事。其实，我有时也更倾向于认为自己是"客家人"，因为我们的好多习俗与客家人相同，比如：小儿做"满月酒"、老人祝寿、乔迁宴客、请春酒、待关客以及建房、过节、嫁娶、丧事的一些仪轨仪程等；有些方言也和客家话一致，比如：称太阳叫"日头"，称月亮叫"月光"，把星星叫"星宿"，把脸叫"面"，把洞洞叫"眼"，把冰叫"凌冰"，把白天睡觉晚上干事的人叫"夜猫子"把做事不精细不稳当叫"毛造"、"毛手毛脚"，把喜欢在外面玩耍的孩子叫"野物"，把上厕所叫"解手"，等等等等。

石岩地人的勤劳是出了名的。田地不多，人均不到三亩，但人们精耕细作，种的庄稼旱涝有收。旱地都在山上，耕种特别费力。当地有个顺口溜"山高石头多，出门就爬坡"，又说"上山一背牛屎粪，下山一背红苕藤"，是当年农业生产的真实写照。农业学大寨时期，经常有人到石岩地参观、学习、取经——土壤拌得精细、厢垄放得端直、种子撒得匀均、苗子长得壮实等等，哪一项都是庄稼人吃饭的真本事。所以，除了公共食堂后期挨饿以外，一般年份，石岩地人能够挣得温饱。

石岩地人淳朴，邻里之间少见深仇大恨。虽然也有因为牛吃禾苗鸡啄菜而吵架斗嘴，或者因竹梢子刮翻了我家的瓦、屋檐水滴湿了他家的墙而打捶角逆，也有婆媳不和、兄弟生愤等事情发生，但每遇大事，总是互相帮衬。石岩地人不刁钻古怪，人与人之间面子上过得去。"文化大革命"时期，没有搞大的派性斗争，批斗会也开得"文明"，不如其他生产队激烈。总的来说，石岩地人当得到"本分"二字。

石岩地人平平常常，连一个村长都没有出过，当然，也没有出过一个重大违法乱纪的。石岩地人重文化，完男嫁女过年节，都有写对联的习惯；家家都把孩子送去读书，然而就是没有出过真正的文化人。解放前有一位读过几天儒书的，二十世纪六十年代初出过两位阆中师范毕业生，其中一位就是我的父亲，到二十世纪九十年代以后，教育改革，才陆续考出几名大学生。

石岩地人爱摆龙门阵，他们叫作"谈闲"。干农活累了歇气，地垄上就着锄把或者干脆就坐在地上，男人抽着叶子烟，女人拿出针线活，围坐一团，天南地北地摆起来。夏天，院子里煨一堆苦蒿、柏枝烟火以熏蚊子，男女老少围坐着，有的垫个马扎子，有的坝张席子，有的搭张蚕簸，不拘形式，拉闲散闷，好不热闹。那柏枝烟虽然熏跑了蚊子，但也呛着了摆龙门阵的人们。孩子们用黑乎乎的小手掌扇着浓烟，一边唱着童谣："烟子烟，不烟我，烟得天上梅花朵。狗捡柴，猫烧火，猴子擀面笑死我。"一边有一搭没一搭地听着龙门阵。抑或当场天，在街边茶铺，三五老友相聚，一碗清茶，二两烧酒，就可以坐上半天。就是路上相逢，绿树下、"哨台"边，也有说不完的话、冲不完的壳子。

农村人大多文化浅，龙门阵多是道听途说或者口口相传，他们摆的最多的是孙悟空、白骨精、梁山伯、崔莺莺、七仙女等妖魔鬼怪、才子佳人，也摆一些地方上的传奇人物、传奇故事，还有东山的妖、西山的狐。有一段时间，摆龙门阵也受限制，像梁山伯、祝英台这样的爱情故事被划成了"黄色"内容，是不允许说的。但那些大姑娘小媳妇们还是偷偷地缠着像我母亲那样有点文化、能讲故事的娘娘婆婆，找个背静旮旯小声地摆、轻声地唱，经常看见那些小媳妇大姑娘肩膀一耸一耸地哭，眼圈红红的。

近些年，随着社会不断变化，故乡的小山村也已逐渐落寞，变得支离破碎，每次回乡，都给我淡淡的伤感。然而，在我的心中，她依然呈透着那般朦胧的美，依然是承载着我无尽的伤痛、回忆、眷恋的故乡。

我就是石岩地这个小地方出来的小老头，小时候跟在大人们的屁股后面偷偷听了一些闲言碎语，一直记着。二三成册，没有深意，未多思考，全由兴致，兴至则笔提，兴尽则语歇。若能引得儿时的小友抑或左右乡邻抚掌一笑，则不枉我熬更煞夜也。

因为爱家乡，所以忘不了家乡的龙门阵。

辖马口今昔

东汉献帝建安十九年（公元214年），刘备平定益州，任命义弟张飞为巴西（郡治阆中）太守，驻防阆中。从此，张飞在阆中驻扎7年之久。

这一天，艳阳高照，张三爷正带领儿郎们在校场坝操练，汗水湿透了盔甲。突然，天边滚过一团乌云，紧接着无数道闪电就像千万把明晃晃的钢刀在空中乱舞。这时炸雷响起，如同山崩地裂一般，顿时，天昏地暗、雷雨交加。将军胯下的乌骓马也许是长久不临战阵，瞬间受到惊吓，举起前蹄，扬起马头，长嘶一声，奋开四蹄狂奔不已。众人拦不住、追不上，张三爷只好紧勒缰绳，任其狂奔。乌骓马过南津关、出白鹤铺、闯千佛岩，直奔长岗岭，如一道黑色闪电，在雷雨中风驰电掣。张三爷正在六神无主，突然，惊马被两片山石卡住，停了下来。将军也缓过神来，终于控制住烈马。定睛一看，只见一道石垭从两山之间劈开，刀砍斧削。张三爷长吁一口气，用他那涿州话高声叹道："好一个辖马关口！"从此，这个地方就叫"辖马口"了。

公路开通以前，从阆中到成都的邮路走的是南津关—白鹤铺—大丰铺—石灵观—隆山驿—西河塘—万年—大桥—伏虎一线，如果行人要到神皇垭（裕华）打尖，不走大丰铺，多走一二里路，则走千佛岩分路，上长岗岭，然后经辖马口到石灵观也可。如果要从神皇垭到凤鸣（现飞凤镇，民国前称崇德乡），从思依、枣碧经桥亭子到隆山驿（或天宫院）也都要经过辖马口，属于三路总口、五路总哨之地。南来北往的行人总喜欢在此会哨、打尖。即使不打尖休息，背力人也会找个避闲的地儿，双脚叉开成"八"字，拐耙子（又叫叉叉）往背架横梁上一靠，在地上一杵，背上顿时轻松，背力人趁势一声长啸，所有的疲劳一扫而光，然后扯过棉布汗帕子擦擦汗，又继续赶路。这条大路当年背盐贩盐的人居多，老一辈的当地人都叫它"盐贩子路"。在我小时候，路上行人络绎不绝，就是到了二十世纪八十年代，阆（中）升（钟）公路早已开通，但盐贩子路上依然人来人往，瓦店子、石灵观等地还开设有小卖部；积善之人每年农闲时候或者年节期间还自发修缮，填水凼、平路面、砌哨台——解放前还有捐草鞋、灯笼、火把等——方便行人。自从二十世纪九十年代以后，交通工具逐渐发生改变，这条路才日渐冷清。现在，村村通了水泥路，家家都有自行车、摩托车，甚至小汽车，靠人力运输的时代过去了，走路的人少了，走这条路的更少了。偶尔有几个上了年岁的老人经过，也只是为了耕种山坡下的田地，或者抄近路去裕华。前年春节我回到家乡，曾试图走一走盐贩子路，然而路两旁荆棘丛生、杂草肆虐，有些地段已经寻不见路了。

　　辖马口在两山之间，东面寨子山，西面龚家寨。寨子山略高，山顶四四方方，远看像一只倒扣的升子，因此也叫升子山。据说是当年周围百姓为躲避战乱、抗击土匪而修建的大寨。我儿时常在山上放牛玩耍，尚见粗大条石砌成的寨墙，破败但轮廓隐约的寨门，巨大但已干涸的蓄水池，以及寨顶上的瓦砾。山门下有一个月亮洞，估计是当年躲藏哨兵的地方。巨大的一块孤石上，在隐蔽的一面开凿出两尺见方的一个小石门，里面如小半间屋子大的石窟，可供三五个人休息。洞里黑黢麻恐的，偶尔会飞出夜蝙蝠或跑出猪獾之类，吓死人的，一般人不敢进洞，身体壮一点的也进不去，当年，我们经常在此比赛谁的胆子大。寨子山在辖马口的上方有一股山泉，甘凌清冽，常年不断。公共食堂期间，人们用树槽、竹筒筒水，供一百多人吃喝拉撒。儿时是我们饮牛、洗脚、办锅孔宴的水源，我们一直叫它"冒股头子"。二十世纪九十年代，听说"冒股头子"干涸了，让人惆怅唏嘘了好些天！寨子山的山寨下周围有一二十亩旱地，沙壤土质，豌豆、红苕产量较高，是杜姓人家的祖业。二十世纪七十年代，山上建立了园艺场，几个青年人在此搞农业科研，还开了一条简易公路通到山顶，二十世纪八十年代初也拆建了，庄稼地也长满了树木和杂草。龚家寨略低，不如寨子山出名，山顶上光秃秃的，有一个二十世纪五十年代开挖的水塘，现在已经淤积得快要平了。

辖马口在两山之间接合部的山梁上。山梁大致呈东西走向，长二三百米，宽约二十米，两边陡峭如削。老路从神皇垭上长岗岭顺坡下到山梁，从山梁中间鬼斧神工一般形成一条裂缝穿透而出，仿佛把山梁劈成两段。缝隙宽仅一米，长约二十米，最高处约十米。缝隙下宽上仄，即使是阳光灿烂的夏日正午，口内也不见阳光，一年四季昏暗阴冷。人行其间，脚声回响，寂静压抑，阴风飒飒，恐惧无比。加之口内全是石质，无一株草木植被，石壁冰冷，隐隐如有水汽。口子成弧形，两端开口不能对视，如果对面有人来，突然碰面，双方都吓一大跳。两人相会都要侧身而过。因此，一般行人到了辖马口外，都要休息一下，裹一袋叶子烟，等到三两个伙计方才结伴而过。进口前一般都要先吆喝一嗓子，如果对面有人过来也会高声应答。在确认对面没有人来后方才过口。我小的时候走过两三次，虽然每次都有大人带着，但依然提心吊胆、战战兢兢。

辖马口连三山、控五路，林木茂盛，地势险要，远离村庄，土匪强盗经常在此啸聚分赃，也是地方百姓逃难躲灾的去处，官家政府有时也会在此干些见不得光的勾当。特别是过去押解犯人，像董超、薛霸之流，经常在此山梁上结果人命，称之为"黑办"。民国末年，从武圣宫抑或皂角乡擒得一毋姓土匪，原定解往阆中，行至此处，押解警士借故将其枪杀于梁上草坪中，家中为其准备的干粮亦被闻讯赶来看热闹的附近乡民分食。二十世纪三十年代，红四方面军西征，在此设观察哨所，掌控四方军情。后来杜晏波闹红，也常在这一带活动，发生了像"火烧长岗岭"等战斗。

　　我爷爷年轻的时候有一次被一队兵抓了差，从崇德挑了一担军资，说是要到阆中。走到辖马口，我爷爷抡起担子打到押解的兵丁，高叫一声"老子不挑了！"，纵身跳下山坡钻进密林，后面的枪声"乒乒乓乓"地响了好一阵，他人已经跑得无影无踪了。事后村上的老人批评他说："贵啊，你不挑就不挑，逃跑就逃跑，你还要大声武气地吼啥子嘛？生怕人家不晓得你要跑？你娃儿胆子忒大了！"爷爷憨笑着抠着脑袋："那哈儿哪有想那么多哦。"

　　辖马口的地形地势对当地的风水有很大影响。其口大致呈南北走向，冬季北风从垭口灌入，吹遍整个杨家坝。过去，老百姓建房首要的是避开这股风，实在避不了，都要把转角建在北方，以做阻挡。传说杜家先祖前后三次建房都没有很好地避开垭口，三次被火焚。小时候听村上懂风水的老人议论：我们石岩地文星暗晦、人才凋敝，一来是地形不周，有砚无笔——寨子山作为石岩地的笔山，逶迤散漫，缺乏挺拔与峻峭；而且山顶平坦，远看像一只倒扣的装粮食的升子，所以其子孙只有耕种庄稼之分，万无金榜题名之福——就是种庄稼也只能温饱而已，绝无大富大贵，因为，人家盛粮用斗，石岩地人用升，大小之辨一目了然。这二来嘛就是因为辖马口这股风给吹跑了文气。要想留住文脉，破解之法就是在山梁上和大水井路上遍植乔木，庶几可保上半沟文运兴旺。可惜说归说，没人做。

　　二十世纪七十年代后期，一二年间，山下有个小村接连猝死了四五个人，都是身强力壮的小伙子、大姑娘。一时人心惶惶、谣言四起。偷偷请来端公阴阳查看，说是人都被辖马口这只"口"给吃掉了。于是，该社男女老少齐上阵，肩挑背驮，填了辖马口。然后凿石为梯，夷险成道，盐贩子路改从山梁上通过。说来也怪，从此以后，再无怪异发生，村庄恢复自然，村民恢复宁静，只可惜辖马口再也看不见了！

赵火碧先生

古代邮传，设驿、铺、塘、所等，置骡马、驿卒，传递文书，供人食宿。每一驿在五至十里、每一铺在二十至三十里不等。在保宁府至成都府的邮路上，大丰铺到柳林铺之间，有一个石灵观非常著名。

传说石灵观里有一尊石佛，慧根灵性，人们求功名、求寿长、求婚姻、求子嗣，无不灵验。四方百姓纷纷云集，烧香拜佛，祈福许愿。于是香火旺盛，信众络绎，名噪遐迩。日久天长，在附近的山梁上形成了节场，人称"石佛场"（所以我们当地人赶集市叫作"赶场"），或三日或五日，交易产品、洽谈生意、休闲娱乐，热闹非凡。观以佛名，地因佛著——现在的石扶场村其实应该叫"石佛场村"。1990 年全国第四次人口普查时我在村上工作，曾多次提出我们村的名字应该更正，但当时普查的主要负责人认为无关紧要，用他们的话说是"用哪个字都一样"，所以就以讹传讹至今。令人欣慰的是，本文发表后，时逢农村基层行政改制，村委会高度重视，上报市政府，于 2020 年中将村名改回了"石佛场"。

本来，按常理，既是供奉石佛就不应该以"观"名，既以"观"名，就应该是供奉"三清"的场所，而不应该供奉石佛。但听老人们说，原来观里塑着佛像，解放初还有和尚二人名叫海元、赵培的在里面修行，解放后还籍回家务农去了。所以我一直对石灵观属于道教还是佛教不甚了然，恐怕是以道观之名行佛教之实吧。

石灵观修筑在黑风山的余脉石扶场村和瓦店村、天桥村之间的山梁上，三面悬崖峭壁，一梁如人之高鼻，是一建庙宇的绝佳之地。石灵观兀居隆准之巅，如苍鹰展翅，大鹏翔天。石灵观上与七宝院、神皇垭，下与黑风山万年寺、观音岩、天宫院连成南北一线，阆中到成都的邮路从旁经过，人气、香火皆旺盛。石灵观建筑雄伟，不仅有正殿、后殿，还有戏台。戏台建在当嘴，红灯高挂，锣鼓铿锵，观众可以在几面观看，可以容纳上万人。解放后直到"文化大革命"初期，经常在此唱川剧、演文明戏、开大会斗地主、镇压反革命等等。

我小的时候多次在此玩耍。那时小场上设立屠宰点，腊月间在此观看杀猪，开心得很，蹿上蹿下地耍；还开设个代销店，记得有两个被称为老黄、老郭的人在此经营。有时帮助家里打煤油、买盐、买醋等生活用品，回来的时候，将货物放在山门上，然后在庙里跑前跑后地"逮猫猫""藏猫猫"，或在戏台上装模作样地演唱一番，胆子大的小朋友还可以在梁柱间爬上爬下地表演"特技"。粗大的梁柱和门槛上面隐隐可以看见"神功""圣力"等字样，现在想来，那是唐朝武则天时期的年号，可见石灵观历史之悠久。

石灵观还有一个功能，就是做学校。清末、民国时期到70年代初这里一直办学校，是杨、赵二姓共同出资，延请先生教育本族子弟，解放后转为公办学校。附近几个村的小孩凡是能上学的都在这里读书，先是读儒书，后来是现代小学，稍高一点就转到武圣宫。70年代初拆除庙宇，将学校搬迁到杨家祠堂的后面，改为凤鸣公社第二小学校，后为飞凤乡第二小学校，我的高小和初一就是在这里读的。不知何时，学校停办（听说是没有生源），做了养鸡场——连鸡也没有。前年冬天，我特地去看了看，只见房屋破败，门窗俱无，杂草丛生，只有几只鸽子在寒风中"咕咕"地叫着。唏嘘良久，口占一诗曰：

四十年来景物非，岁刃无情鬓毛摧。

书声已随风声远，空余苔痕任人追。

书归正传。民国初年石灵观有一位先生，名叫赵火碧。此人是清末秀才，身材魁梧，性格火暴，胆子大，爱打学生，在他手下读书的学生没有不挨打的，且下手极重，孩子们常常被打得体无完肤。

有一天，恰逢凤鸣当场，先生给每个孩子都布置好学习任务，就赶场喝茶去了。这下好了，孩子们像脱了笼头的牛一样漫山遍野地玩耍起来。其中一个叫石玉辉（我石家二爷爷，外号"哈老爷"）的小朋友，见学校周围的坡岩上长满一丛丛的野枣树，树枝上密密麻麻的一拃长着尖刺。于是，他就折下数十根刺用小树枝编成一只假蜈蚣，到处拿着去吓唬其他同学。同学们被吓得满山跑，不敢回教室。这时，先生回来了。问明原因，拿着石玉辉的"蜈蚣"说："你这个蜈蚣做得不像，你看我给你做个真正的蜈蚣。"说毕，将石玉辉按在板凳上，拔下枣子刺，一根一根地别在他的耳朵皮上。顿时，小玉辉两只耳朵鲜血直流，杀猪般地哭叫不停。先生仍不罢手，直到两只耳朵都别满了方才作罢。

那些年，邮路上经常过兵，老百姓叫"过粮子"。一过粮子，附近的老百姓就躲，怕的是被拉夫。有一天，几个兵闯进学校，要赵火碧去抬滑竿。先生说："我是秀才！"意即秀才不干粗活，你们要对我尊重些。哪晓得，兵一听，乐了，跟他涮起坛子，大声吼道："就抬（川北话'秀才'和'就抬'谐音）？哪个叫你耽搁啦？就抬，马上抬！"不由分说将先生推出庙门。

赵火碧先生和一位青年农民抬的是一个肥头大耳的军官，两人慢悠悠悠地向天宫院龙山驿方向走去。苦中作乐，两人一路上喊起"路号子"——川北地区，农村人在抬石头、抬轿子、抬滑杆等时，由于后面的人被滑杆、轿子或石头木材等遮挡视线，看不到前面的路，所以要走在前面的人报路，俗称报点子，也叫喊路号子，好听得很——地上有泥水，前面年轻人就喊"天上明晃晃"，后面先生立即明白，一边脚下避让，一边口里应答"地上水凼凼"；若是上坡路，前面人喊"老龙抬头望"，后面人立即拱起肩背使用推力，一边口里应答"各人搂起上"；如果是下坡，前面人喊"仰仰坡"，后面人就会蹬紧双脚，一边口里应答"慢慢梭"；如果一边是山岩一边是悬崖，前面的人会喊"左（右）手撑墙"，后面的人一边寻路一边口里应答"右（左）手抱梁"；如果地上有牛屎、泥土之类，前面会喊"天上鹞子飞"，后面人赶紧注意避让，一边口里应答"地上一大堆"；如果是平原大路，前面人喊"对直一条线"，后面人就会放松身心，脚下生风，口里应答"跑的马来射的箭"……二人一唱一和，嘻嘻哈哈，走到柳林子，渐渐和队伍脱了节，前后的队伍都隔得较远，只有一个勤务兵跟着，胖军官也开始在滑竿上眯起眼打起瞌睡。

赵火碧抬后头，问前面的农民："伙计，还抬得动不？"

前面的青年叹口气："唉，抬球不动。"

赵火碧说："抬不动就撂他妈买屁！起！"

说时迟那时快，两人一下子连滑竿带人一起甩到右边的山岩下去了。跟在后面的勤务兵竟被突然的情况吓傻了，半天回不过神来，等他正要伸手掏枪，赵火碧回身一脚"去你妈的"，将勤务兵踹到地沟里，两人飞也似的跑了。一会儿，"乒乒乓乓"的枪声响起来，两人早就无影无踪了。后来，兵们在当地搜捕了两天，搞得鸡飞狗跳，差点一把火烧了石灵观，地方上出面赔礼道歉送去钱物才摆平此事。

青山依旧在，几度夕阳红

历史的玩笑

升子山的半山腰住着几户杜姓人家,据说是从水澄寺那边迁过来的,累代与杨姓友善,有姻亲或拜亲关系。其中,有一个叫正国的,自幼学的好木匠手艺,特别是修房建屋技术高超,是远近闻名的"掌墨师"。他为人忠厚,勤于公事,爱帮忙,又见多识广,处事公道,深得周围乡亲信任。大凡谁家买田置地都请他做个中人,谁家析产分家都请他主持公道,邻里间发生口角是非也请他裁判息讼。二十世纪三十年代,走南闯北的正国结识了几个地下党的朋友,受共产党影响,同情革命。酒馆茶馆、田间地头,暗中常摆一些红军在通(江)南(江)巴(中)打土豪分田地的龙门阵。

正国与家住水澄村的族兄杜正生交厚,两家共养一头水牛以备耕种。正生长子晏波为红军游击队领导,为躲避国民党清乡军搜剿,经常带队驻在正国家柴楼上——据我祖母言,她们有时到杜家山玩耍,常见正国家楼上有人影晃动,她还曾从墙壁上的小窗中看见"长毛盖儿"的青年在补衣服。

1935年三四月间,红四方面军发动嘉陵江战役,3月28日自苍溪、阆中间渡过嘉陵江,占领江西大片地区,31日攻占阆中城。江西各地苏维埃政权纷纷成立,正国担任石灵观村(管辖现在的瓦店村和石扶场村)苏维埃政府主席。他安抚地方民众,救治红军伤员,筹集粮食、中草药,开展扩红运动等,为红军做了很多事情。4月中旬以后,红军逐渐撤离阆中,向西部开进。

川军田颂尧部又重新占领阆苍南地区，开始成立清乡军，捕捉失散红军、地方干部和游击队员。大丰铺驻扎一个张（熙宇）营，各乡有警士。像正国这样的红军地方干部首当其冲在捉拿之列，清乡军一来，就抓了正国，家里使了银子，交了保费，又请地方上的头面人物说情，才大事化小。一家人担惊受怕，惶恐终日。为此，引起了家人的很多埋怨，特别是正国的母亲贺氏，更是怨气日甚，整日唠叨不停。

一天，突然从辖马口跑过来三个红军，他们钻麦垄、窜地沟，径直就到了正国家，因为他们知道他是苏维埃主席。正国招待他们吃了饭以后，几次催促他们快走。也许是他们真的累坏了，实在需要休息，以补充体力；也许是他们认为这是苏维埃主席的家里，很安全。三个红军吃了饭，又烧了两袋烟，磨磨蹭蹭地还想再休息一会儿。殊不知这个当口，正国的母亲已经偷偷地溜出家门跑到崇德场警士队告了密。等这三个红军过足了烟瘾正准备离开的时候，已被警士们的枪堵在床上。

警士们不仅抓走了三个红军还一同抓走了正国，一起关在杨家祠，派重兵看守。准备第二天召开万人大会，公开处决四人。正国的母亲后悔不迭，一家人号啕大哭，一边倾其所有拿出银钱托人疏通关系，一边准备寿衣篾席公鸡纸钱，好到法场裹尸引魂。等到第二天行刑时，清乡军宣布：鉴于贺氏举报有功，正国免除死刑，最后只斩杀了那三个红军。

杨家祠是石佛场村的又一历史性建筑，也是一个装满故事的地方。许久以前，它本是杨姓大户晓昌的庄子，后来逐渐成为山里山外杨姓的祠堂。红军来时，曾在此开仓放粮，杨姓族人认为这里装的是杨姓的家族储备粮，不属于地主的浮财，不允许开仓，因此红军和地方杨姓民众发生冲突，绑走了一些人。解放后，杨家祠被辟作凤鸣乡粮站，皂角、枣碧的百姓都到此完粮，热闹得很。二十世纪七十年代初，粮站拆迁，当时的生产大队领导和百姓以这段红色渊源为由，要求留下了三间老仓房。

我对杨家祠的旧貌现在虽已模糊，但大致轮廓却还能记得，特别是那几间老仓房印象很深：重檐高脊雕梁画栋，水桶粗的梁柱全部用红生漆鎏染，白石灰的墙，三合土的地面，周围有合抱古柏数十株。一直到21世纪初，石佛场村村委会再次改建，拆了老屋（可惜了"文革"期间修的戏台），建成了现在的二层砖混小洋楼。而那三位红军的坟墓我是从来没有见过。

正国在床上躺了一月有余才勉强能够下地行走，每当想起杨家祠的场面，他就浑身冒汗。他清楚地记得，挨到他旁边的小红军那一腔热腾腾的鲜血喷湿了他半边身子，那颗头发蓬松零乱的头颅就滚落在他膝前，嘴巴还微微地张了两张。他庆幸自己捡了一条命，他更惋惜那三个年轻的生命，他恨母亲做事糊涂，却又不能在母亲面前说什么，他把一切责任都归咎于自己，暗暗地恨自己无能。

不久后的一个下午，正国到月儿垭去和杜正生交接耕牛，两弟兄见面后，裹了袋叶子烟，一边抽烟一边说些闲话。突然，从长梁子过来一队清乡军，围住两人。

首先拉过杜正生，问："你是不是杜正生？"

答曰："是。"

"呼"，一声枪响，杜正生倒在血泊之中。

又拉过正国，问："你是不是杜正国？"

答曰："是。"

又是一枪，可是枪没响，原来子弹卡壳。士兵退出子弹重新上膛，手忙脚乱中，枪栓竟然掉到地上，士兵捡起枪栓，上好子弹，正要击发，突然有人说："'抱鸡母吃甘蔗——（真他妈个）啄（拙）棒'。枪栓都落述了，还打个述啊？格老子算述了！"清乡军悻悻而去。

正国是奈何桥上走过一遭的人，对屠杀场也不再强烈地恐惧，他呆呆地站着，呆呆地看着血泊中的正生大哥，直到听见枪响的老百姓们把他送进家门。

正国又一次从鬼门关上捡回一条命。

解放后，正国担任首届金龙村（现在石扶场村由当时的斜河村和金龙村组成）农民协会主席，参加土改工作。听老一辈人讲：经常搭个红口袋，为人"晓义"（川北口语，和蔼可亲），办事公道。

正国生二子，长曰英，次曰豪。英学习缝纫，豪学习石工，都有不错的手艺。解放初，组织认为正国是红色家庭，英参加乡缝纫社、豪参加乡铁木社工作。后来，英入了党，担任区服装社支部书记，长孙参了军，入了党，转业后在邻近省会工作。眼见的这一家人生气勃勃，前景无限。

然而，随着时间的推移，风向开始变化。

豪有六子一女，长子仁，为人敦厚诚实，小学文化，是个不错的青年。这一年，仁通过推荐、政审、体检，过关斩将，终于换上了新军装，开始向亲友辞行，一家人喜气洋洋。

这天，正逢凤鸣当场。豪喜欢坐茶馆，他春风满面，喜气洋洋，逢人就打招呼，点头哈笑，争着给客人们开茶钱，又拿出最好的旱烟请大家品尝。茶馆里，有人对豪说："听说你家仁参军了，真是恭喜啊。叫他在部队好好干，争取越爬越高。"

豪喜欢涮坛子开玩笑，当即答道："那是自然，惟愿他越爬越高，哪怕他爬到中央去。"有人把这句祝愿的话理解为动机不纯。仁最终被取消了参军的资格。

豪后悔不迭，谁能想到一句壳子话竟然断送了儿子的前程！

历史跟这一家子开了几次不大不小的玩笑，有时也让人唏嘘。

英　雄

1935年四五月间，中国工农红军第四方面军西征撤出阆中，向梓潼、江油方向开进。国民军重新占领嘉陵江两岸，组成清乡军，捕捉失散红军和苏维埃干部。

一天中午，从辖马口过来三个青年，在山岩里张望一番之后，不走大路，顺着地沟地堎，借助庄稼的掩护，径直来到正国家。原来，这是三个失散的红军，他们知道正国曾经是苏维埃干部，想在这里歇脚。

正国马上安排伙食招待红军，然后催促他们赶快离开。三个红军也许是太困了，酒足饭饱之后竟然在床上抽起烟来。正国心急如焚，知道这里很不太平。就在前几天，他被警士队押去，是家里人备足了钱财才将他赎回，为此，他还和母亲吵了一架。这不，刚才还在收拾柴火的母亲一转眼工夫就不见了。

正国预感大事不好，赶紧催促红军快走。三人过足了烟瘾，摸摸索索起床，刚出房门，却见院子里十几杆枪将他们堵了个正着。四条麻绳将正国和三个红军捆了个严严实实，押往杨家祠，绑在仓房里。

崇德乡警士和清乡军们立即对三个红军进行了轮番审讯，要他们供出部队番号、行动路线、他们回来的目的以及地方上留下的地下人员名单，三个红军宁死不屈。清乡军使用棍子打、吊鸭儿浮水、刀尖戳肋巴骨等酷刑，任凭敌人一个通宵忙得精疲力竭，红军汉子们就是不招。警士队和清乡军的头头们在杨家祠开会，一致认为崇德地方和老百姓清匪有功，决定这几个人就交给地方处理，杀头也由地方找人执行。又是一番秘密交易后，正国的命总算保住了，地方上最后决定让他陪杀场以示警戒，三个红军执行死刑。

听说要找三个杀人的刀把手，很多人都踊跃报名。争来吵去，经过一番竞争筛选，最后由三位袍哥大爷栋、德、庭夺得杀人权。三人兴高采烈，连夜磨好了马刀，红布封好。

召开万人大会，四面八方的群众涌进杨家祠堂，一个个踮起脚跟、伸长了脖子要看杀人——这中间不乏一个月前红军在杨家祠开仓放粮时那些欢天喜地分了粮食、得了红军的好处的民众。栋等三人头裹红布头巾，腰缠红布腰带，下身穿红布灯笼裤，脚蹬麻耳草鞋，上身赤裸，肩扛马刀，足踏八字，站在土台子上，威风凛凛。团总一声令下，宣布将抓捕的红军问斩。栋等三人麻利地解开刀封，一口酒喷洒在刀刃上，脚踏弓步，气运丹田，轮圆胳膊，手起刀落，三腔热血喷射，三颗头颅滚落。三人丝毫不见胆怯，丝毫没有迟疑，动作整齐划一，一气呵成。

栋等三人像完成了一件举世无双的杰作，受到人们英雄般的崇拜和艳羡，立马被滑竿抬到崇德场最好的酒店，区长、乡长、清乡军连长、团总等一干官员陪他们饮酒压惊。一边喝酒，一边议论刀功，评哪个干净利落，比哪个刀法更准确。众人一边夸赞一边敬酒，菜过五味、酒过三巡，三人得意扬扬，俨然以英雄自居，喝得酩酊大醉。

自此以后，方圆数十里的老百姓都把他们当成了真的英雄，喝茶有人请，喝酒有人陪，走路有人让，好不威风得意。

一天傍晚，德在崇德场喝了酒，微微带醉。穿一身白府绸衬衫，摇一把蒲扇，口里哼着山歌："月儿落西下，西下想冤家，冤家不来我家耍，心里乱如麻……"一边步履蹒跚往家里走去。正是五六月的天气，田里的秧苗早已返青，起了一层薄薄的雾，像是铺了一件轻柔的纱；地里的玉米不住地疯长，几天就蹿出一人多高；地垄田坎上的桑树长满了茂密的枝叶，一缕晚风吹来，桑树叶和玉米、高粱的叶子发出"沙沙"的响声，给人一种神秘恐怖的感觉。田间小路被高秆植物和杂草遮得严严实实，看不见前面的路。小路上还有东一坨西一坨的稀泥和一堆堆秸秆，走起路来不是滑脚就是绊脚。德晃晃悠悠地走着，突然，脚下一滑，一个跌宕，差点绊个嘴啃泥，一只手撑在地上，沾了一手的狗屎。德懊恼至极，爬起身来，正要骂娘，突然，身旁的玉米地里"扑棱棱"飞起一只夜蝙蝠，还夹杂"吱吱"的尖叫。德只觉得心里一紧，背上一股热汗冲出，差点又是个跌宕。"他，他妈的，哪儿来的夜蝙蝠！"德吼出声来，完全是给自己壮胆，酒也醒了大半，跌跌撞撞往家里疾奔，更是不敢往后看一眼。回到家里，德倒在床上就睡，直到第二天日上三竿。只觉得心里发慌，身上发软，额头发烧，背上发汗。挣扎了半天却没有爬起来，德病了！

家里赶紧请来医生给医治，有的说是惊吓症，有的说是失心疯，有的说是精神分裂症，还有的说是癔症，换了好几个医生，吃了好些药都不见效果。又请来端公医治，说是那天从崇德场回来碰见了夜煞神，打锣杠神也不见好转。

栋和庭等兄弟伙都来看望，却只见德一丝不挂躺在床上，衣服和铺盖被他扯成了布巾，臭气熏天；魁伟肥硕的身体几天时间就变得瘦骨嶙峋；一会儿哭，一会儿笑，一会儿大叫，一会儿抓天，一会儿捶床，鼻脓口水满脸流淌。众人也无计可施，对家属说了些宽心话，默默地走了。几天后，德忽然跑下床来，满屋子乱跑，嘴里嚷嚷着听不懂的话，用脑袋撞柱子，几个壮男人都拉不住。忽然，德大叫数声，气绝而亡。

自从德死后，栋和庭总觉得心里空落落地难受。一天，两人又在一起喝酒，二两酒没干，栋就不喝了，庭劝他再喝几口，栋叹了一口气："老弟，这段时间我这心里总是空的，叽疑得很，晚上不敢走夜路，平常总感觉背后头有人跟着；饭也是吃几口就不想吃了，时时感觉发冷……唉！我看老子恐怕是'茅坑边上跌扑趴——离死不远了'！"

庭酒碗一搁："说啥话呢，老兄？你身子壮实得像条水牯牛，铁棒都要打三天，说啥子死呀活的？再说，你我弟兄杀人放火哪样事情没干过？有啥子怕的？有啥子叽疑的？想多了，想多了。"

栋摆摆手，心事重重地说："你老弟不晓得，我心里有数。原先杀人放火，老子们怕过啥？可这段时间怪怪的，时不时就像蚂蚁钻进裤裆里——坐立不安哪，心里时不时发虚啊。真的有问题啊！"

庭只好说了些宽慰的话，然后早早散了场伙。此后接连几场，栋都没有赶场，等到庭去看他时，已经卧床不起了。

栋是中医世家，两弟兄都是当地的名中医，可就是医治不了他自己的病。阴阴显显地拖了一二十天，也就一命呜呼了。

天气越来越热了，转眼间田里的秧苗已经含苞坐浆了，到了薅最后一次秧苗的时节。这天，庭央请了几个乡邻帮忙薅秧。大家有说有笑，偶尔还唱几曲山歌。庭来了兴致，还逗起对河田里薅秧的小媳妇："对面那位胖大嫂，为啥穿得那样少；一人薅秧莫得趣，我来陪你好不好？"

有人在开庭的玩笑："庭兄，人家常说'栽秧的酒，打谷的饭，薅秧饿得惊叫唤'，你老兄今天给这些工夫准备了啥子？"

庭笑答道："你哥子莫说我，我会叫工夫挨饿吗？早就准备好了——早饭有干煸子（烧饼），幺台有面条子，渴了有醪糟子，饿了有帽头子（白米干饭），整几个肥坨子（红烧肉），喝两壶烧刀子（烧酒）……你说安逸不？"

工夫们在歌声笑声逗乐声中嘻嘻哈哈地劳作，也不觉得累。有人说："要得秧苗转，薅得秧儿选。大家展劲咯，薅完了好喝烧刀子，晚上还要打一圈纸牌耍。"

庭家的秧田不是很多，太阳落土，活干完了。大家都在河沟里洗泥腿杆，旁边的三岔河碧波荡漾、水清如许，庭脱了汗衫："我来钻个咪儿头！"说罢，一个猛子扎进水塘中。众人都知道他水性好，毫不在意。可是等了好一阵子，仍然不见他起来，大家才着了急。拿来竹竿薅，捞了半天，终于给捞了起来，人已死了多时！

掐指算来，这三个人的死距他们砍杀红军不超过三个月。于是市面上起了很多传言。

哈老爷

　　我家二爷爷石玉珲，人送外号"哈老爷"，从小就胆大妄为，成年后，身高力壮，天不怕地不怕，任性胡来，吃喝嫖赌偷、坑蒙拐骗抽，无所不会，无所不为。

　　我曾祖父是个瞎子，通过自己苦爬苦挣，买得几亩田地，娶妻生子，成就家业。曾祖生二子，玉璧、玉珲。分家时，将田产房屋一分为二，二老亦由两子分养，曾祖父跟玉璧，曾祖母跟玉珲。玉璧老实本分、勤俭持家，不仅另修了房屋，还买了些田地，吃穿不愁。玉珲不务农业，不事商贾，好逸恶劳，染上赌博和抽大烟的恶习。没钱了就偷，偷不了就卖田地。因此，家业日凋。古人认为：祖田不外流，否则就是败家。因此，玉珲每往外卖一块田地，玉璧就拿出高一点的价格赎回一块，如此往复，曾祖的田地最后都归到玉璧的名下。

　　曾祖父恶其不争气，却又抓不住他，无可奈何，就把怒气撒向曾祖母，说她养儿不教，不如自己教的儿子有出息，偶尔逮着曾祖母就打架。玉珲家境窘迫，吃了上顿没下顿，实在没办法，曾祖母就去讨口（行乞）。曾祖母讨口不往别处，只到世福、世华、世褕、许民等几个大户人家，他们有的是玉璧的儿女亲家，有的是玉璧的干亲家，有的是玉璧社会上的好朋友，都是面面相光的人，不仅施舍钱粮还好酒好菜招待。长此以往，社会上起些闲言碎语，玉璧没办法，只好偷偷地把曾祖母接过来自己供养——但不能说话，因为曾祖父一听见曾祖母的声音就要打架，听说曾祖母一直住在祖父家楼上，当了多年的"哑巴"，直至去世。

后来，见玉珲实在不成器，兄弟同胞，筋骨相连，玉璧又把玉珲（此时老婆已离婚）和其子发也一起接来，一起耕种田地，一起生活。后来玉珲又续王氏，发也娶妻杨氏，都是玉璧操办的。玉璧还念其父子二人在家年久，多有勤劳，将新修的瓦房分给二间供其居住。

二十世纪九十年代初玉珲与王氏相继故去。

一、粮　子

有一年夏天，忽然从瓦店子下来一队粮子，到石家湾院子里住下，到处翻箱倒柜抢劫财物，把抢到的粮食就在灶上蒸干饭烙饼子。一堆堆一团团的兵们就在屋里屋外吃饭睡觉，乌烟瘴气。

我们家养了一群鸡，看见粮子来了，家里人赶紧把这些鸡藏在屋后的柴坡上的窖坑（过去储藏红苕的地窖）棚里。偏巧我曾祖父是个瞎子，听见有脚步声响动，以为是自己家里的人，急忙大声安排："娃儿们那啦，赶紧把我们的鸡藏到屋后头的窖坑棚里去吧，听说要来粮子呀！"几个兵一听，相视一笑，赶忙架好枪，袖子一撸，径直跑到屋后去捉鸡。

几个兵围住窖坑棚，正要伸手捉鸡。"轰"的一下，棚子里窜出一个人来，光着脑袋，赤裸着上身，穿着短裤，打着赤脚，一手提着一只鸡，劈头盖脸地向兵的头上打去。兵们被这一阵突然袭击打蒙了，以为是遇见了哪儿的头陀和尚，一个个狼奔豕突，不敢招架。

原来，哈老爷这几天赌资输光了，手里头紧得很，正愁打不到主意，见家里人把鸡都藏在窖坑棚了，顿时计上心来，趁这个当口，神不知鬼不觉地抓几只卖了，不就有钱了吗？于是偷偷潜入棚子，正在下手，却不想强盗遇见贼，几个兵也来偷鸡。一时又气又怒，牛脾气上来，提起两只鸡就打。

几个兵被打得鼻青脸肿，鸡毛乱飞。等他们缓过神来，立即喊来帮手，追到山梁，把玉珲五花大绑。

玉珲被反绑双手吊在房梁上，一个军官拿起马鞭狠狠地抽下去。顿时，玉珲的精背上隆起血痕，像条红蛇缠在身上。玉珲牙关紧咬，一声不吭。军官"噼里啪啦"又是几鞭，玉珲的身上皮开肉绽。

"吧，格老子，还有点子硬气！"军官围着玉珲走了一圈又一圈，看见他魁梧的身体、壮实的骨骼，不由得赞叹："真他妈是块当兵的好料！"军官一只脚蹬在板凳上，马鞭敲打玉珲的脑袋："这样，娃娃，只要你肯跟老子当兵吃粮，老子就饶了你。否则，老子就烧了你家房子，杀了你全家！"

见玉珲还不吱声，军官手一挥，大喊一声："来，格老子杀一个。"

几个兵拖出瞎子曾祖父就要开枪，玉珲赶紧喝道："莫忙莫忙！龟儿子，老子答应就是。"

军官立马放下玉珲，当即发了军装，第二天一早，随部队开拔了。

十几天后的一个夜晚，玉珲悄悄地回了家。家人又惊又喜，问他啷个回事？他只是笑笑："那些小杂毛还奈何得了老子？"

隔了几天，乡长带着警士来到我们家，说是玉珲偷了部队的军饷跑了，上面已经下了海捕文书，如果回来了要报告乡里，好捉拿归案。我祖父一边答应一边准备银钱，上下打点。

那时候的中国，"城头变幻大王旗"，各地军阀你斗过去、我打过来，川北地区也是这样，今天张三做主，明天李四掌权。玉珲在家躲藏数月，风声渐息，用手头没有赌完的银钱置办了新衣，娶了一房媳妇。大家都以为这下好了，接了婆娘成了家，该走正道了。殊不知，"生就的木头造下的船，打瘪了的皇桶箍不圆"，哈老爷秉性难移，吃喝嫖赌抽，也就一两年光景，把个家败得可怜精光，最后，连媳妇也离他而去，不知所终。

二、绸汗衫

哈老爷的老婆有一件绸子汗衫，是结婚时娘家最贵重的陪嫁，也是家里唯一值钱的东西。平常舍不得穿，压在箱底。哈老爷好几次想打它的主意，无奈老婆看得牢，次次都没有成功。老婆也看出了端倪，生怕哪天没看好被哈老爷拿去赌了或者抽了，一狠心，干脆就把绸汗衫穿在身上，白天晚上都不脱。

有天晚上，两口子刚刚睡下，哈老爷就挨挨察察，又是抱又是摸，表现得特别温柔。老婆心想：个砍脑壳的，不就是想那一口儿吗？做多少过脚。忸怩半天，哈老爷说："婆娘，你这汗褂子碍事得很，脱了吧。"

老婆早有预防："一点儿都不碍事！你嫌碍事就算述了。"

哈老爷莫可奈何，草草亲热一番就各自睡去。

突然，哈老爷惊叫："哎呀，啷个身上痒得很？莫不是你衣服穿久了生虱子了？要不脱下来我给你看看？"

老婆想，这衣服也确实穿久了，半夜三更的，谅他也跑不脱。于是，就脱下绸汗衫，交给他在灯盏下翻看起来。

哈老爷看了几看："莫得虱子嘛。"说完将绸汗衫丢在床里，倒头睡去……

老婆一觉醒来，天还没亮，床上已没有了哈老爷，自然，绸汗衫也没有了。

三、背二哥

有段时间，哈老爷也想学好，想改掉恶习做个好人。因为有把子力气，就请了保人，跟几个兄弟伙去当背二哥。

　　说起四川的背二哥，那有三千年的历史，现在有文字记载的可以追溯到唐朝。背二哥民间又叫"背老二"，有的地方也叫"背子"，有男的也有女的，女背子主要出现在南丝路一带，川北地区较少。现在重庆一带的"棒棒"就是背二哥的"变种"，前几年拍了一部电影叫《山城棒棒军》，很好看。四川的背二哥主要活动于这几条线路：第一条是成都到阆中、广元、剑阁到陕西；第二条是大巴山区米仓古道、汉壁古道，就是汉中到通江、梁州到巴州或重庆；第三条是从雅安出发，经泸定、康定、巴塘、昌都到西藏拉萨，再到尼泊尔、印度；第四条是从巴中、阆中、梓潼、江油过茂县、汶川入康巴藏区；另外还有嘉陵江、长江两岸各码头、城镇之间的运输，这些大多是短途。

　　背二哥的装备因地域而各有不同。大巴山区和长江沿岸的背二哥喜欢背篼，其背篼上宽下窄，呈喇叭口，然后一根麻绳用于捆绑货物，一个丁字拐杖用于歇气；阆中以及雅安等地的背二哥喜欢背枷，几根木棍（最好是子柏树木，柔软、结实）穿斗成架，中下部靠背的地方用篾条编织——软和、透气，然后也是一根麻绳用于捆绑货物，一根专门为背枷设计的丁字拐用于歇气。川北的背二哥用弯弯背枷，川南、川西的背二哥用直背枷。弯弯背枷上有个"帮筒"，里面是空的，用来放些粮食、干粮、盐巴、咸菜之类。川北的背二哥用毛巾擦汗，俗称"汗帕子"，别在裤腰带上；川西南的背二哥用篾圈刮汗，一块圆形的篾条圈挂在胸前。另外，女背子的背枷或背篼上还要挂几匹笋壳，以便歇气的时候，站着小便时作"水槽"之用；有的女背子还要把吃奶的孩子挂在胸前。拐杖又叫"拐筢子"或"打杵子"，是背二哥的必备工具，用以支撑背篼或背枷。背背篼的拐杖与背背枷的拐杖是不一样的，背篼的拐杖稍宽大，平面；背枷的拐杖稍短小，面上开槽，使之容易卡住背枷横档。走得累了，领头的背二哥杵子一打起，长吐一口气，打一个响亮的口哨，后面也就跟到歇起。有时还吼几句山歌，大家情绪就来了，不累了，"巴山背二歌"就很出名，好听。

　　现在，重庆的"棒棒"还是很活跃，重庆、鄂西地区还有不少的"背箩"在活动。十几年前，我在巴东工作的时候，和一位老年背箩结下一段缘份，写过一首《江埠老者》以咏叹背箩。而今的背箩，已不仅仅是帮助运输，还干城里人不愿干的脏活、累活，甚至危险活。他们处处方便着城里人的生活，同时也遭受城里人的白眼，他们"恨"城里人，但也离不开城里人给予他们的"施舍"。背箩成了他们的名字，"背箩"靠背箩去挣钱养家糊口，送子女上学堂，供老人穿衣裳，攒钱讨老婆或娶媳妇，"背箩"的钱挣得干干净净，用得踏踏实实。

背二哥所背货物因地区和季节而不同。南方主要是烟叶、茶叶、盐巴等，川北主要是生丝、药材、日用百货等。哈老爷他们把阆中的桐油、生丝、药材等背到南充、成都，再从这些地方背回百货。货源由老板提供，他们只挣力资。我小的时候听他讲，阆中到南充来去各三天，接货一天，他们一般都是七天一个来回；阆中到成都要十五天一个来回。背的东西有的论重量，有的论件数。但一般的都要背150斤以上，像哈老爷这样力气大的每次都要背300斤。

背二哥很辛苦，要走的、累的、吃的、饿的。哈老爷他们每人一副弯弯背枷，背枷上面的"帮筒"里面备放些盐巴、咸菜之类。自带粮食——一般都是大米、红苕和高粱面；自带炊具——砂罐子。自己做饭，随处到点随处煮。不论背轻背重，也不管天晴下雨，基本上都是日行八十里左右。晚上守着货物睡寺庙或者向农户借宿，有的干脆就在人家的屋檐下铺把谷草将就一晚上；只有个别年纪大的才舍得住幺店子。背二哥在路上都穿草鞋，草鞋还不能穿新的，新的打脚。每个人背枷的屁股上都吊了五六双穿过一次的半新草鞋，以备路上穿。有布鞋的一般舍不得走路穿的，只是到了城里才换上。

哈老爷起初只是挣力资，后来有点本钱，也学别人，捎带一点小百货回来换钱花。力气小的就捎带灯草、草纸、纸烟之类；哈老爷力气大，就带点烟叶，当时最好捎的是什邡烟。"一个"烟一百斤，一般他是和别人搭伙背一个，一个烟换的钱可以供他烧半年鸦片。

　　再后来，路子熟了，胆子也大了，他们到成都后，再花4天多时间到自流井（自贡），偷偷地买上一二十斤私盐，运回阆中，这就是大生意了！自流井在民国时期非常热闹，属水陆大码头，也是云南、贵州鸦片的地下中转站。哈老爷他们又开始夹带鸦片。其实，四川也产鸦片，而且产量很大，还输出到湖广等地，名曰"出口"。但川土不如云土（云南鸦片）和贵土（贵州鸦片）质量好，也比人家贵，所以背二哥些都愿意冒险贩运云土和贵土，赚得也丰厚。

　　当时，路上到处都有关卡，查私盐、鸦片等违禁物品。道高一尺魔高一丈，背二哥们自有办法逃避检查。他们把盐用油皮纸包好，压成二指厚的一薄块，放在背枷的夹层里，然后用篾条把背枷编织好。鸦片呢？他们把背枷的两根柱子脚端挖空一小段，把鸦片切成小块塞在里面。任凭那些警察怎样搜身、查货，都发现不了问题。

　　但是，好景不长。一天，他们一进西河塘就被警察堵住，人家直接剪开背枷的篾条、破开背枷的脚，这一下人赃俱获。没收了他的烟土、盐巴还有所有货物，还把他和两个兄弟伙关了半年牢房。等他们半年后出来，一年多辛苦挣的钱全部赔了货款还不够，哈老爷穷得又和原来一个样了。

　　哈老爷哪儿吃过这样的亏？几经打探，终于探出名堂。原来，阆中的税警和禁烟局、盐务署的官员们发现市面上多了一些来历不明的私盐和鸦片，查来查去也查不出个头绪。他们就估计是这帮"背老二"在搞夹带，可是每一个关口都在严查，连裤裆都搜了，就是不见赃物。于是他们想出一条计策：警察局长用重金买通一个远房亲戚，姓常，叫他打入背二哥的队伍，刺探情报。这个常老表相貌憨厚，又很勤快，还经常带点泡咸菜、腊肉片子等好吃的分给大家吃。起初，大家到自流井都不带他，东一个西一个扯谎就走了。后来，见他老实，对他们搞夹带的事情也不过问，照样分好吃的给大家，大家反倒觉得不好意思，对不起兄弟伙，于是主动邀请他参加，就这样，警察轻易就破解了他们的秘密。

　　此仇不报，誓不为人！哈老爷和几个兄弟伙一商量，假装不晓得，又去拉这个常老表入伙背力。常老表说他早就不干了！然而，几个伙计轮番上阵，每天到他家去软缠硬磨。常老表没办法，答应跟他们再跑一趟。

一切顺利，这次他们在成都领了货，住进了最便宜的幺店子。哈老爷忍耐不住，和一个兄弟伙跑到地下烟馆去烧了一泡，回来时常老表已经睡下了。突然，进来几个警察，说有人告发他们几个背二哥的货物里有违禁物品，要查验。众人心里有数，这次背的都是老老实实的货物，不怕查验。几个警察当时就把几个人搜了身，然后又打开货物，挨样检查。果不其然，警察在常老表的货物里查出来夹带的二两烟土。常老表连呼"冤枉"，成都的警察哪管你这些，连人带货押往警局。

原来，在装货的时候，哈老爷他们就给常老表下了套套。

四、腊 肉

曾祖母的娘家姓贾，兄弟早死，只有一个寡妇弟媳。虽然是个寡妇人家，却是女中汉子，耕犁挈耙，抛粮撒种，能干得很。精明节俭，善于持家。天道酬勤，贾家有吃有穿，过年还能杀头肥猪。

有一年春节，哈老爷去给舅母拜年，跑前跑后四处转悠。舅母晓得他的德性，不想跟他打私交，可是外孙郎舅的抹不开面子，只得好酒好肉招待。舅母煮腊肉，他跟着去拿，舅母也不好拒绝。酒足饭饱，又跑瓦店子赌去了。

当时，哈老爷和几个兄弟伙经常赶转转场：凤鸣场、牲口河、柏垭子……又抽又赌。这天晚上，从柏垭子回来，已经是半夜三更了。哈老爷不走大路，专门往人户里钻。只因这几天连着手气背，褡裢子两头一样重。"光棍无粮，昼夜编筐"，哈老爷一路走来一路寻思，总想在哪儿打点主意。

走着走着，哈老爷顿觉眼睛一亮：这不是舅母家吗？他不由自主地停下脚步，舅母房梁上那一杆腊肉在他眼前直晃荡。"狗急跳墙，人急上房"，哈老爷满眼充满了贪婪，哪里还顾得上舅母不舅母？

哈老爷从小翻墙爬树，飞檐走壁，练就了"时迁上房瓦不响"的本事。他到处探索一番，见四下无人，便收拾利索，抱住房屋旁的两根竹子，"嚯嚯嚯"直往上蹿，爬到房檐高处，轻轻一跳，像猫儿一样落在瓦面上，蹑手蹑脚地爬上房梁，揭开瓦片，用随身携带的铁钩将腊肉一块一块地吊上来。然后盖上瓦片恢复原样。顺手偷了个背篼，连夜背到保宁府换鸦片去了。

次日起来，舅母发现腊肉被盗，顿时号啕大哭。邻居们帮忙查看，见门没有被撬，锁没有被扭，墙上没洞，连个脚印子都没有，直呼"怪事"。

五、艳　遇

阆中到成都的邮路在大丰铺到瓦店子之间是一个漫湾，湾里有块大石头，中间细两头粗，活像一对乳房，当地人叫它奶奶石，因此，这个漫弯也就叫"奶奶石湾"。传说，奶奶石湾里经常有鬼怪出没，我小的时候一个人走那一段路总感觉瘆人瘆人的。

有一年大热天，哈老爷从阆中回来。他脚穿偏耳子草鞋，下身扎条黑色"刷把裤"（缅裆裤），赤裸着上身，一件泛黄的白布对襟汗褂拿在手上。火辣辣的太阳，把云都烧化了似的，无影无踪，晒得大地滚烫滚烫的；也晒得大路两边的苞谷、粟米、高粱等庄稼叶子打了卷。几只知了在树枝上一个劲地鸣叫，叫得人心里躁躁的。偶尔吹一丝丝的风，微凉中带着湿热。一切是那样空旷寂寥。

哈老爷在城里喝了一斤保宁压酒，这后劲上来，脚下有点飘。他一边走一边打着口哨，吹着跑调的《月儿落西下》。走到奶奶石湾里，见前面有一个女人在走着，虽然看不见面貌，但身材苗条，穿一身白纱，走起路来风吹杨柳一般。哈老爷是个色胆包天的人，见四下无人，就想上前动粗。于是加快脚步，却不曾想，他脚步快，前面的女人也脚步快，他脚步慢，女人也脚步慢，始终追不上。哈老爷一时兴起，大吼一声"等倒"，迈开大步，一阵风似的追了上去。女人似乎非常惊慌，不知所措。哈老爷一把从后面抓住女人的衣领，使劲往怀里拽，女人一边挣扎一边双手捂脸。

"格老子，跑啥子嘛？转过来，让老子看看！"哈老爷嬉笑着。

"莫啥看头啊，丑得很。"女人说。

"不行，老子偏要看看。来吧，乖乖。"哈老爷终于抱住了女人。

当女人回头的一瞬间，哈老爷着实被吓了一大跳，只见一个满脸黢黑、獠牙长舌的女人对他凄然一笑。哈老爷一个激灵，手一松，一阵风吹过，女人随风而去。

"哼，狗日的，有个名堂！"哈老爷四下里一望，径直向坡下的一户人家走去。

"哈老爷来了，请坐请坐。"主人家端出凳子，冲上一碗香龙草茶。

哈老爷"咕咕咕"地喝干一碗茶，一只脚蹬在板凳头上："媳妇生娃儿？生了没？"

"托你的福，才生。"主人家满脸堆笑，又冲上一碗香龙草茶。

"哈哈，我说嘛。这娃儿得叫我干老子！"哈老爷眉飞色舞地把他刚才遇见的事情讲了一遍，众人莫不惊讶。原来，这家媳妇从上午就开始生产，一直生不下来，接生婆也束手无策，眼看产妇命若游丝，一家人开始准备后事。突然，也就在哈老爷走进院坝的前一刻，产妇呻唤两声，顺利产下一个男婴。

"那是当然，那是当然，这娃儿就拜给你了！"主人家忙不迭地答应，一边吩咐打酒煮肉招待哈老爷。

民间传说，哈老爷捉住的是经常游离于那一带的"产候"——坐月子的女人死后变的鬼，要找到"替投身"才能进入轮回投胎成人。

六、假 药

哈老爷和妻子王老太婆相依为命，晚景凄凉。生产下户，耕犁挈耙的重活有孙子帮忙，可孙子也有一大家子人，又要种地又要打工，日常管理和收割靠老两口自干自得。农药、肥料投入少，粮食收入自然也少。老人家既没手艺又没副业，没有活钱。吃盐点灯都相当困难，更不要说吃肉了。有一年，老两口喂了一头猪，过年想宰了吃肉，偏偏猪太小，杀猪匠不给宰——当年规定必须一百三十斤以上的猪才允许宰杀。哈老爷年纪大了，自己又杀不动，干脆，他将猪推到茅坑里，用粪档将猪淹死，烧锅开水褪了猪毛，同样过个肥实年。事后，他还对人吹嘘："老子还节约了几块杀猪钱。"

哈老爷的背上生了一个大痈疮，久治不愈。自己也用了些土办法：麻芋子磨成浆涂敷、敌百虫泡水点滴等以毒攻毒，但也不起作用。后来实在搞烦了，心想，人也活了八九十岁了，可以死了。于是就思考起自杀的办法：想去吊颈，找不到一根像样的绳索；想去跳河，自己水性又好，三丈深的水井都能上下自如，一般的水塘塘肯定淹不死；想去跳岩，年老体弱又爬不动山……

有一天赶凤鸣场，看见那些摆地摊卖耗子药的，什么"三步倒""五步倒""灭鼠灵""耗儿愁"等，哈老爷挨个挨个地询问，了解哪个的药性强。

这时有个卖"毒鼠强"的年轻人正在扯起喉咙叫卖：

这边走，这边看，这边有期头儿等你赚。

赶完集，上完店，快来给耗儿捎顿饭。

耗儿药，耗儿药，耗儿吃了跑不脱。

哪儿放，哪儿拣，最多跑不过尺把远。

一不掺，二不拌，耗儿一尝就把气断。

有多少，闹多少，保证一个都跑不了。

又好使，又好用，保你耗儿把命送。

效果灵，效果快，一夜闹死一麻袋。

一块钱，不算钱，缝不得衣裳买不得盐；

不如买包耗儿药，保你屋头安静大半年……

哈老爷见他吹得天花乱坠，围观的人又是里三层外三层，估计这家的东西可能好，踌躇了半天，还是花了两块钱买了两包回来。

晚上吃罢夜饭，哈老爷洗了脸、洗了脚，还专门擦洗了身子，又穿上干净衣裳、鞋袜。一切准备就绪，拿出耗子药，为了加快药性发作，把家里仅有的两大口烧酒拿来和两包老鼠药一起服了。然后，静静地躺到床上等死。

然而，等了一晚上也不见死，天快亮时，肚子里拱了几拱，放了几个闷屁，居然没事了。

哈老爷知道买了假药，气得不行。好不容易等到第二场，找到卖药人，说他卖假药坑人，让他死不成，白白地浪费了两大口烧酒，说什么也要拿他"见公社"。卖药人没法，在众人的劝和下，赔了他十元钱，说了些好话才算完事。

第二年，哈老爷寿终正寝，走完了他富有传奇的一生。

杜晏波传奇

第一回（引子） 雪满关山英雄降
身许家国壮志酬

公元 1900 年冬天的一个夜晚，一个幼小的生命降生在四川省南部县皂角乡（今属阆中市飞凤镇）杜家岩的一个农民家里。此时，天寒地冻，大雪纷纷扬扬地下个不停，房屋、树木、庄稼像披上一层银色的衣裳。风一吹，雪花一团团、一卷卷在空中乱舞。落了叶的树枝上挂满了毛茸茸的银条，冬夏常青的松柏树上，堆满了蓬松的雪球。大地像铺上了一层毛毯，背后的尖山子、脚下的向家坝到处是一片银装素裹。天降瑞雪神送麒麟，父亲非常高兴，便给小孩取了个"雪娃"的乳名。雪娃渐渐长大，聪慧机灵，乖巧懂事。四五岁时，就能够帮助家里放牛、捡柴、拾粪，干一些力所能及的农活。8 岁时，入杜家私塾馆读书，老师按照杜氏"正大光明"的字派推算，雪娃属于"大"字派，于是取学名叫杜大清。大清勤奋好学，博览群书。他从启蒙读物《三字经》《百家姓》读起，再到《幼学琼林》《大学》《中庸》，最后读到《论语》《孟子》《诗经》《尚书》。他不但博闻强记，而且善于思考，对老师的讲评和前人的注解有时提出异议，或有独到的见解。不仅如此，他还喜欢看一些演义、评话、小说等读物，也涉猎一些武经、兵法之类的书籍。特别崇拜古代英雄人物，对岳飞、文天祥等人的事迹烂熟于心。大清心存远志，小小的私塾已经装不下他展翅高飞的雄心了，后来他升入阆中就读中学。在学校，他读到了更多的现代书籍，了解到更现实的国情民情，接触到一些反帝反封建的先进思想，参加了许许多多的社会活动，使其视野大开，思想境界大有提高，为国为民的意识逐步形成。1915年春夏，阆中遭受天灾，加上军阀苛捐杂税多如牛毛，农民不堪重负，学业未成的杜大清因家境贫寒不得不含恨辍学。离校时，他征得老师的同意，取别号晏波，渴望世界大同，河清海晏。从此，他立志为建立一个没有剥削、没有压迫的太平盛世去奋斗、搏击一生。

成年后的杜晏波艮艮玉柱，膀阔腰圆，四方脸，高鼻梁，轮廓分明，面容和善，双目炯炯。1920年，四川督军熊克武在全川招募新兵以扩充实力。是年秋，年满20岁的杜晏波步行两百里毅然至顺庆（今南充）投军，被编入第一军第五师何光烈部。由于他有一定的文化素养，而且刚强、勇敢，训练刻苦，作战勇敢，军事素质过硬，很快由士兵当上了班长、排长。

1926年12月，共产党人杨闇公、吴玉章、刘伯承等发动和领导的顺泸起义爆发了。一声惊雷，震动全川，早就期盼投身革命洪流的杜晏波在军中地下党的策动下毅然率部参加暴动，反戈一击，果敢地向何光烈部发起进攻。在异常激烈的巷战中，他身先士卒，勇猛顽强，为捣毁敌军指挥部立下了功劳，受到起义部队的表彰。后来，他随起义军撤离顺庆，开往开江，在与李家钰部作战中失利，队伍被打散，只身回到家乡。

1931年春，在地下党员、时任南部县公安局局长的张友民（字尚德）等人的举荐安排下，杜晏波应聘到南部县升钟区公所任教官，操办"团练"。当时的升钟地区盗贼横行，帮会恶霸肆虐乡里。杜晏波上任后，对那些危害人民群众的土匪强盗进行坚决清剿，无情打击。他的正义行动，引起中共升钟区委的特别关注，区委负责人张友民对他进行严格培养和考验。同年秋，杜晏波被正式批准加入了中国共产党。党组织决定派他打入保安大队，任南部县保安团升钟区大队第一中队队长，去夺取那里的武装指挥权，为暴动作准备。

"升保暴动"成功后，任川北工农红军军委委员兼川北工农红军第二中队中队长，率二中队连夜袭击保城区公所，与保城民团展开激烈战斗。随后，参与指挥了保卫苏区的战斗，和罗南辉一起率二中队在苟家沟、观音场一带与南部之敌激战十余昼夜。特别是 11 月 30 日农历十一月初三，南部保安队由赵廷文、刘孝全分别率领两个分队进至观音场时，杜晏波指挥的游击队迎头痛击。他利用当地峡谷地形，凭险设伏，当敌人进入伏击圈时，伏军四起，火枪、土炮齐发，木桩、滚石俱下，把敌人困在峡谷当中，进退不得。经过几小时的惨烈战斗，敌人除部分逃跑外，其余大部就歼，取得首战告捷。

1934 年 10 月，因叛徒出卖被捕，在狱中坚贞不屈。1935 年 3 月，在被押往三台的途中逃脱，继续组织游击队，迎接红四方面军渡江。不久，同游击队员江元清到阆中城刺探情报，在柳林铺被捕，与江元清同时被害于大丰铺。

解放后，杜晏波被追认为革命烈士，移葬南充烈士陵园。

杜晏波的故事在阆（中）南（部）二县广为流传。

第二回　八千农会闹升保
孤胆英雄上铁炉

"中国升钟湖，世界钓鱼城"，四川省升钟湖风景区烟波浩渺，风景秀丽，湖光山色，姿态万千，是一个集观光旅游、休闲娱乐、垂钓康养的好去处。作为西南最大的人工湖，升钟湖 13.39 亿立方的湖水每年滋养着阆中、南部、仪陇、西充、南充等川北十余县 300 多万亩良田，200 多万人因之受惠。

然而，在二十世纪三十年代，升钟地区却是另外一番景象。

升钟位于剑（阁）南（部）阆（中）三县交界的山区，是四川军阀田颂尧第29军的防区，田颂尧同别的军阀一样对辖区人民横征暴敛，巧取豪夺，苛捐杂税多如牛毛。山区的农民终年过着"三月杂粮三月糠，三月野菜三月荒"的悲惨生活，穷苦人的日子比黄连还苦。1932年冬，田颂尧为扩大自己的实力，加倍向老百姓摊派军饷军粮，百姓的日子就更是"黄连煮苦胆——苦上加苦"，农民抗捐、抗粮、抗税的斗争在川省如火如荼。

升钟地区素有革命传统。早在1928年，中共四川省委委员、四川省军委书记李鸣珂同南部籍共产党员马安华、李载浦等人回到家乡南部县，宣传马克思主义，组织革命力量。1930年秋，党组织通过共产党员张友民任县公安局局长的关系，先后介绍中共南部特别支部组织委员张思俊、党员赵子文到升钟寺小学以教书为掩护开展地下工作，发展党组织，创办《斧头月刊》《镰刀旬刊》，秘密向群众宣传革命。1931年春，又介绍杜晏波等人打入升钟寺民团，逐步积蓄革命武装力量。随着形势的发展，省委十分重视升钟一带的斗争形势，提出创建川东北苏区的构想，制订了《阆南游击计划》，并派覃文、罗南辉到升钟指导工作。

升保地区的农民苦难深重，性格豪爽，富有反抗精神。在共产党的领导下，农民运动发展迅猛，成立了升钟区农民协会，辖升钟寺、唐家山、何家坪等8个乡农协，升钟特支改建为升钟区委，辖9个支部和剑南边区区委，到1932年发展党员100多人，农协会员8000多人。

1932年农历七月十四日，在张友民主持下升钟区委在旋子山召开军事会议，首次部署升钟寺起义，组建游击大队，张友民任大队长，任足才任副大队长，并秘密运回一批枪支弹药，发动群众自制火枪、大刀、长矛、旗帜。

11月中旬，南充中心县委报经省委同意后作出了立即在升（钟）保（城）地区举行暴动的决定。南充中心县委书记覃文、南充中心县委军委书记罗南辉、阆南联合县委宣传部部长李汎山和南充中心县委特派员何艿等急赴升钟和升钟区委书记张友民一起组织暴动。同时，四川省委还抽调了懂军事、枪法好，参加过顺泸起义和遂宁"吉祥寺兵变"的时任省委特工队队长、南部县军委委员汪治国、省委军委委员罗敏（南辉）以及长期做妇女工作的闵一涵、闵能厚、从事学运的项兆开等二十多人前往充实力量。

11月20日夜，覃文在升钟张家嘴张友民家主持召开会议，参与暴动准备的领导全部参加。会议决定从八个乡农协抽调160名精干强壮人员组成突击队，由指挥部直接掌握指挥，同时将起义时间定在11月30日。

起义的各项准备工作在有条不紊地进行。

如火如荼的农民革命运动使敌人惊恐万状。与我积极准备武装暴动的同时，敌人也通过各种渠道打探，得悉了我方将于近期举事的消息。

11月23日，这天下午，杜晏波手提一只笆笼，兴冲冲地来到团总何义普家中，人还没拢声音先到："何团总，何团总！"

何义普拿根长长的烟杆慢吞吞地从房间里踱出来，笑眯眯地招呼道："哦，是晏波啊，快屋里坐。"

杜晏波快步来在何义普跟前，故作神秘地拍拍篾笆笼："团总，猜猜看，我给您带啥子好东西来了？"

"鱼嘛，笆笼子能装啥子？"何义普用烟杆敲敲笆笼。

"看看，好东西，团总。"杜晏波将笆笼子凑到何义普面前。

何义普偏起脑壳一看，眼睛都笑成了一条缝："呵呵呵，果然是好东西！哪儿弄得娃娃鱼？"

"今儿早上我带领弟兄们去演练抢山头，不想休息的时候几个兄弟伙在水沟里发现了娃娃鱼。几个狗日的就想弄起来吃了，格老子他们哪是吃这个的命？只有团总您这样的人才有这口福，才配吃这高级饮食，所以老子就拿来孝敬团总您了。"杜晏波说得眉飞色舞。

何义普很是受用，点头说道："还是晏波想得周到！正好，我今天有几位贵客，叫厨房老王把它烩出来，晚上好下酒。"

正说着，只见升钟区长杜廷直、大队长伏蕴山、副团总傅文生和今天刚到的南部县民团中队的尚队长四人从大门鱼贯而入。杜晏波一一打过招呼，大家又谈起这娃娃鱼，何义普连连夸赞杜晏波懂规矩、有见识。杜晏波见几人有事情商量，便知趣地说："你们喝茶，我去厨房帮厨。"

何义普点点头："老王那老东西怕整不好，晏波你要亲自掌勺哈。"

杜晏波都走出去老远，杜廷直还在吩咐："杜队长，一定要用豆瓣煸咯……要多用蒜哈……"

杜晏波在厨房侍弄了一会儿，心里老不踏实，跟厨师老王撒个谎，偷偷地溜到客厅外。

客厅的门虚掩着，晏波站在屋角处，听屋里高一声低一声地说话。

"事情准准儿的，共产党要在30号举事，领头的正是张友民。"这是伏蕴山的声音，"张友民这几天都不住张家嘴了，听说都搬到铁炉寺去了——那儿可能是他们的老巢。"

"对，听说共产党上头还派了个书记啥的，姓覃。"这是傅文生的声音。

伏蕴山接话道："我还听说水观音的汪天棒也来了，这可是个煞星啰！"

尚队长说道："我来的时候，县长说了，全力捉拿叛乱分子，一切听从杜区长和何团总的指挥。"

一阵沉默……

一阵添茶续水的声音……

"我倒有个主意，"杜廷直慢条斯理地说道，"何团总，你不是后天要办喜事吗？这可是个大好机会啊。"

"此话怎讲？"何义普吃了一惊。

"依我说，我们何不利用何团总后天娶儿媳妇的机会，把张尚德等一干共嫌都请起来吃喜酒，由伏队长安排人员埋伏起来，到时举杯为号，一体捉拿。"杜廷直再不是温文尔雅，一撮山羊胡因激动而微微颤抖，两眼射出毒辣的光芒。

伏蕴山双掌一击："此计大妙！"

傅文生赶紧接茬："只要捉住张友民，我们就分兵直捣张家嘴和铁炉寺，保证叫暴乱分子一个不留。"

"这个……?"何义普似有担心。

杜晏波越听越是心惊肉跳,额头冷汗直流,为了不被发现,赶紧退了过来。

掌灯时分,酒菜上桌,几个人就着娃娃鱼推杯换盏,直喝得跌跌撞撞,才打着马灯回去。杜晏波假装喝醉,打一个柏皮火把,摇摇晃晃地往营房走去。

出了场口,杜晏波将火把一灭,转身朝铁炉寺方向跑去。

铁炉寺距升钟场有七八里地,坐落在南部县皂角乡,山高林密,是升钟地区有名的大庙,因年代久远,无从考证。因庙内有一座高大的铁炉而得名,但其最著名的还要数寺内的一口大铁钟,声音洪亮悠远,传播四面八方。当年升保暴动,指挥部就是用它来传递消息、指挥军民抗击敌人。

深夜,升钟铁炉寺四周岗哨林立,方丈室门窗紧闭,里面点着几支蜡烛,共产党升保区委及暴动领导人正在这里开会。参加会议的有:覃文、张友民、罗南辉、汪治国、何艿、项治平等人。会议主要讨论汇总起义前的准备工作。

突然,从小路上急匆匆地走来一个身穿保安服、黑帕子蒙面的人,和哨兵对上口令后,径直来到方丈室,叫出覃文和张友民,三人耳语一番后转身离去。

来人正是杜晏波。

情况突变,时间紧急!覃文、张友民等立即改变会议议题,将杜晏波提供的敌人的计划和兵力布置情况进行了分析讨论。最后决定将计就计,将暴动时间由11月30日提前到11月25日晚,第一枪就在升钟区何团总之子的婚宴上打响。会上宣布覃文为暴动总指挥,罗南辉负责政治动员,张友民为军事指挥,具体负责暴动的军事行动。同时,还宣布了各乡农协会的任务以及参与人员的标志和各部之间的联络信号等。

第三回　何团总大摆酒宴
知客师智毙敌獠

升钟场位于嘉陵江支流西河与西河支流菜子河交汇处的一块山间小盆地上，四周山高林密。区公所设在场西的升钟寺内，这儿紧靠西河，是一座宽敞的两进四合院大庙。何义普的家紧挨区公所，也是一大一小两进院落，婚宴就摆在大院内。为了达到对共党"一网打尽"的目的，何义普和伏蕴山在这儿进行了周密部署：大门口设了双岗，前院四角部署了四个暗哨，火力可覆盖全院。区保安团的团丁全部集中在后院西厢房，不准外出，随时听调。从县保安团请来支援的一个中队，驻扎在区公所斜对面的杜氏药店，与区公所和何家大院形成犄角之势。这些情况，通过杜晏波，暴动指挥部已及时全部掌握。

11月25日黄昏时分，参与行动的各乡农协会员、儿童团员2000多人，已按计划分作四路在四面山林中埋伏妥当。160多名突击队员悄悄接近升钟场，卡断出入要道后，李汎山便带上一个小队约30人，摸进升钟场，埋伏在区公所墙外的河滩上。

夜晚，细雨霏霏，天黑如漆。区署院内却张灯结彩，宾客如云。杜晏波是最活跃的角色，他被对其信任有加的何义普任命为"知客师"，全面负责安排调度婚礼程序、宾客座次、喜宴布置、厨子帮工、吃喝玩乐等。杜晏波安排这里，指挥那里，十分尽力，整个喜宴井井有条，何义普很是高兴，连声夸奖。

开席了，杜晏波见区署明里暗里部置了很多保安团的人马，假装不晓得究竟，便跑到何义普跟前建议说："何团总，今天是大喜的日子，院里到处是枪枪刀刀的，只怕会扫了客人们的酒兴啊！"何义普看看他请的张友民等"共嫌"分子一个都没有来，又怕阵仗大了惊扰了对方，便要杜晏波撤掉门口的岗哨，留下几个暗哨。杜晏波见机行事，不仅撤掉所有的明哨暗哨，还在隔壁院子里摆上几桌，把保安队员们全部支到隔壁院子里去喝酒、玩牌了。紧接着叫人给杜氏药店的县保安队送去三桌宴席、五坛好酒。又安排保安队里的地下党员任足才和敬承基按事前约定，趁机将枪架上的二十多条长枪和十箱子弹运出，从院墙墙头递给了埋伏在街外的暴动突击队。

喜宴异常热闹，何义普权力大、面子广，三山五岳、三教九流的客人请了三四十桌。杜晏波端着酒杯劝了东席劝西席，客人间酬酒的高潮一浪高过一浪，升钟寺半条街都是人声鼎沸。何义普始终没见到张友民等人前来赴宴，知道计划落空，便也放松了警惕，开怀畅饮。直到客人醉意十足，狼藉遍地才散席，客人们又围着桌子玩起牌来。

二更天，白鼎山上的信号灯亮了，随后又是"砰砰砰!"三声枪响，游击队和上万暴动农民呐喊着从四面八方冲向区署大院。汪治国（外号"天棒"）双枪齐发首先击毙大门口的两名哨兵，带人冲了进来。

这时，何义普、杜廷直、胡蕴山和傅文生四个人正在后院打纸牌，枪声一响，杜晏波快速冲进后院，挥舞着手枪，高声大叫："都不要乱，听我指挥。"

杜廷直隔窗问道："杜队长，嘞个回事?"

胡蕴山和傅文生毕竟是行伍出身，一趟子冲出来，不见一个团丁。"杜晏波，嘞个搞得，兵呢?"胡蕴山手提驳壳枪，凶神恶煞地吼道。

杜晏波毫不理睬，一步跳上阶沿："都不要乱，听我指挥!"——他一心想擒拿区长杜廷直和团总何义普。

胡蕴山情知有异，正要举枪射击，杜晏波眼疾手快，甩手一枪，正中眉心。伪区长杜廷直、副团总傅文生也被冲进来的王治国等击毙。

起义队伍随即兵分两路，一部分人随张友民杜晏波控制区公所和何家大院，一部分人随汪治国冲向杜氏药店解决县保安团派来的增援力量。这时，埋伏在场口的突击队员和四周山上的农协会员、儿童团员便一齐点燃了火把，光着左膀，举着刀矛，高声呐喊，蜂拥着往街上冲。顷刻间，升钟场火光冲天，杀声动地。与此同时，埋伏在区公所院外河滩上的突击队员一跃而起，在李汎山的带领下，破墙而入，后院正在喝酒划拳的团丁糊里糊涂便当了俘虏，凡敢抵抗者当场击毙，很快占领了整个区公所和何家大院。驻扎在杜氏药店的县保安队，见此阵势吓得魂飞魄散，几乎未作抵抗，全部缴械投降。经统计此战毙敌 15 人，俘虏 45 人，缴获长短枪 100 多支，子弹万余发，只有团总何义普活不见人，死不见尸，杜晏波带人将院里院外搜了三四遍都不见踪影。

随即，川北工农红军宣布成立，张尚德任总指挥，覃文任政治委员，汪治国、罗南辉任军事指挥。川北工农红军下辖一个大队、三个中队、一个补充队、一个特务队，共 200 余人；各乡苏维埃成立赤卫队、儿童团。杜晏波任第二中队中队长。

第四回　扩战果用计保城庙
追穷寇困敌瓦旋山

升钟寺起义的胜利极大地鼓舞了各地革命群众。次日清晨，保城庙的农民协会 3000 多人在郭海峰、宋江元的领导下也揭竿而起。保城的民团战斗力强悍，又有南部县保卫团一个分队的支援，占据保城庙东的城墙和保城东北的烟堆山，互为犄角。起义队伍久攻不下，伤亡惨重，向总指挥部请求支援。总指挥部命令杜晏波带领二中队立即开赴战场，拿下保城庙，扩大战果。杜晏波二话不说，带上队伍立即出发。

杜晏波常年在这一带活动，对这里的情况早已烂熟于心。保城庙，古为西水，清朝时设为保城乡。距升钟二十七八里，民风淳朴，山高林深。杜晏波将队伍驻扎在檬垭庙，立即派出一个小队在人头山设立警戒哨，其余战士抓紧时间休息。并派人叫来郭海峰、宋江元二人商量策略。晏波认为，保城敌人虽然不多，但训练有素，武器装备较好，战斗力强，加之敌酋冯定法凶狠强悍、有一定的指挥才能。他们占据保城的瘟祖庙和三边石城与烟堆山布成犄角阵势，他们要的是拖延时间固守待援。而我方虽然人多势众，但真正能作战的力量不多，武器落后。关键是我们要速战速决，拖得越久危险越大。所以，我们必须智取，首先拿下烟堆山，再破保城庙。

夜幕降临，烟堆山下响起了"乒乒乓乓"的枪声和惊天动地的呐喊声，起义军开始进攻了。郭海峰指挥队伍从正面佯攻烟堆山，宋江元带领另外人马围住保城庙，摇旗呐喊，惊扰敌人。烟堆山下和保城庙外到处是枪炮声，到处是呐喊声，到处是灯笼火把。

按照杜晏波的安排，副队长任足才带二小队埋伏在保城东门外，小队长苟承基带三小队绕开大路从烟堆山北面的堰口垭、杜晏波亲自带领一小队从更远的西面金子垭偷袭烟堆山。两支队伍避开人群，摸黑出发。

二更时分，晏波来到金子垭下，由熟悉地形的战士打前，沿着山石嶙峋的崎岖小路披荆棘、钻刺垄，一会儿就到了烟堆山的后山门。敌人只顾防卫前山，后山却是异常松懈。寨门口两个警士一边站岗一边谈闲，正在讨论前山起义军进攻的事情；寨楼里几个兵丁在抽烟，烟火一闪一闪的；还有几个兵丁端着步枪在寨墙上走来走去。昏暗的夜幕笼罩着一切。待敌人走过，杜晏波手一挥，几个战士搭起人梯，一眨眼的工夫，就翻上去五六个人。只听得寨门里一顿手榴弹爆炸，杜晏波带人冲进后寨门，"乒乒乓乓"一阵枪响，后寨的敌人死伤惨重。就在这时，寨子的侧边也响起了枪声，原来是苟承基的小队从堰口垭也攻上来了！前寨门的敌人闻听两处枪响，知道起义军已经攻了上来，纷纷丢盔卸甲抱头鼠窜。

杜晏波赶紧叫战士们抱来柴草，在烟堆山上燃起熊熊大火。

烟堆山上的大火照亮了十里八乡，宋江元、任足才见烟堆山火起，迅速带领队伍猛攻三边石城。守军冯定法见烟堆山火起，知道大势已去，他一边命令团丁们坚决顶住，不许后退，一面在心里思考着下一步的打算。

杜晏波不等打扫完战场，立即带领两个小队的战士们冲下山来。走在半道，杜晏波暗自琢磨："你冯定法不是厉害吗？老子再给你唱一出声东击西，看你如何招架。"盘算已定，立即命令战士们丢开大路，抄小路直插保城西北角，一阵猛攻猛打，冲进保城场，从背后杀向三边石城。

冯定法腹背受敌，眼看全军覆没，立即带领残兵败将逃离石城，向西北逃窜。

起义军进入保城场，杜晏波命令将保城乡交给由保城起义军改编的第三中队管理，自己带领第二中队发扬连续作战的精神，继续追击冯定法部。二中队猛追十余里，眼见敌人跑上瓦旋山，堵住路口，红军战士几次进攻，都被敌人居高临下打了回来。

此时，天色已明，红军战士连夜作战已很疲劳。杜晏波命令战士们撤了下来，再做商议。

瓦旋山离保城十余里，曾经是土匪的老巢。该山一面临水，两面悬崖绝壁，只有一条山梁可通山顶，地势险要，易守难攻。山上有巨石砌成的山寨，有水井，有土匪留下的土圤房，还有灶具，完全可以长期据守。冯定法逃来此处就是看中了它的优势。

27 日下午，指挥部传来消息，命令将围困瓦旋山的任务交给保城游击队，第二中队立即东撤，另有新的任务。

第五回　袭观音洋油桶子施巧计
战顽敌牛儿大炮显神威

轰轰烈烈的升保暴动震撼了川北大地，一时间，共产党在川北地区建起了东起凤鸣西到铁鞭、南自大桥北达思依方圆 1000 余公里的游击区。田颂尧暴跳如雷，立即命令罗乃琼派兵进剿。罗乃琼马上派出张熙宇、廖维春二营分别从阆中、南部两个方向向升钟寺进发。南部、阆中、剑阁、苍溪、盐亭、梓潼等六县的驻军和民团全部动员起来，从四面八方杀向升保地区。

形势十分危急，川北工农红军总部在鹤鸣观连夜开会研究对策，最后决定采取“分兵拒敌，各个击破”的策略。命令汪治国、任足才率一中队在铁炉寺一带抗拒阆中之敌，罗南辉、杜晏波率二中队在苟家沟、观音场一带抗击南部之敌，郭海峰、宋江元率三中队在保城庙一带阻击盐亭、剑阁之敌，张友民、覃文率特务队驻守鹤鸣观居中策应，补充队和各乡赤卫队配合各路行动。

杜晏波的二中队由原国民党升钟保安团的团丁和部分青年农会会员组成，全中队分三个小队，每个小队 15 至 20 人，五六条步枪。中队成立后，晏波连夜将中队中忠诚可靠又枪法好、有实战经验的战士抽调出来，组成手枪队，由其亲自指挥。保城战斗中，二中队缴获步枪一二十支，因此，二中队加上补充队和柳树、观音等乡的赤卫队，南线兵力有一百余人，有手枪七八支，步枪三十多支，鸟枪十余支，大刀、梭镖五六十把，其余的使用扁担、锄头、擀面杖等作武器。

11 月 28 日晚饭后，杜晏波带着二中队的战士们冒着初冬的寒风连夜出发，半夜时分，来到观音场北面的地土垭。杜晏波立即进行战斗部署：一部分就地构筑工事，控制观音到升钟的大路；一部分监视观音场；另外派出一个战斗组前出苟家沟侦察敌人的后续情况。一切布置妥当，天已大亮，杜晏波顾不得休息，扮作当地农民，挑一担红苕，在地下党的带领下，来到观音场。

观音场即今天的南部县永红乡，当年的观音场很小，一条小街，住着不到二十户人家，还有很多是草房。最气派的乡公所，也没有修成四合院。四五家茶铺，四五家饭馆，两三家卖五金、日杂的铺子，只有一家做绸缎、布匹生意的，算是大老板了。场口的空地上是猪市兼牛市，捡粪的提着粪撮箕在人群中穿行，脸上笑容满面，充满了甜蜜的收获感。挨着是粮食市场、蔬菜市场、农具市场，卖背篼、篼兜、扫帚的，卖葱秧蒜苗的，卖馓子麻花火烧馍的，熙熙攘攘，也还热闹。由于行军隐蔽，当地百姓并不知道红军的到来，赶场的照样赶场，做生意的照旧做生意，只有三三两两的茶客在小声地谈论升保暴动的事情。

南部县保卫团的一个分队七八十人于28日中午从大桥开到观音场，驻扎在观音场乡公所内。场口的一家茶馆腾出最靠外的一间土坯房，当成了临时哨所，两个士兵背着步枪自顾在房子里行行走走，对赶场的人们瞧也懒得瞧一眼。杜晏波等人进了场，把巴掌大个观音场街街巷巷都探了个遍，最后来到乡公所。

杜晏波挑一担红苕，地下党员、农协会员老杨挑一担萝卜白菜，晃晃悠悠来到乡公所，被门口的卫兵拦住。老杨是本地人，和乡保安队及乡公所厨师都很熟悉。厨师见老杨来送蔬菜，忙把二人领了进去。

只见乡公所内一片狼藉，好几个士兵在打扫房间。保卫团的兵们和乡保安队的人住在一起，住得挤挤满满，堂屋里挂着地图，几个军官在屋里喝茶抽烟闲谈。厨房里又临时砌了两口灶，几个炊事兵正在忙着炒菜做饭。屋后的空坝上，几个兵正在杀猪，已经杀了两头，还有三四头肥猪拴在桑树上。老杨低声问厨师："你们乡上要会大客，杀这么多肥猪？"

厨师一边称菜一边回答："会啥子大客哟，这些都是南部来的保卫团，来了七八十个！听说明天廖营长还要从大桥开过来一个连，这些肥猪都是给他们准备的。"

"来这么多当兵的干啥？"老杨假装不晓得。

厨师不肖地瞟了老杨一眼："你看你哥子还蒙在鼓里？升钟寺那边闹共产了，已经好几天了！这些保卫团和田司令的部队都是去剿灭共产党的！"

"哦，"老杨故作惊讶，"天天忙着做活路，哪儿管述这些事哦。"

出了乡公所，一个大胆的计划在杜晏波脑海中形成。回到驻地，连忙召集各小队长开会，部署行动方针。

冬月初头的夜晚，寒霜微降，正是"缩脚缩手"的时候，半夜过后，四周一片漆黑。红军战士悄悄来到观音场，杜晏波和两个战士借助黑夜的掩护，摸进场口哨所，两个哨兵正蜷缩着身子坐在板凳上打瞌睡。杜晏波一脚踹开房门，一个团丁正要举枪，已经被杜晏波一枪击毙，另一个吓瘫在地上，被红军战士捆绑起来。

枪声划破了夜空，乡公所里顿时乱作一团。这时，一阵排枪射向敌人，几颗手榴弹在院子里爆炸，紧接着"嗒嗒嗒"的机枪声也响了起来——其实是红军战士在空洋油（煤油）桶子里放鞭炮，喊杀声震天动地。保卫团哪见过这阵势？早就吓得屁滚尿流，一个个抱头鼠窜，顺着大路向大桥方向逃窜。红军战士越战越勇，紧追不舍，一直追出八九里地才收兵回营。

此战，红军消灭敌人二十余人，缴获枪支三十余支，子弹、手榴弹和其他军资无数。

红军进驻观音场，杜晏波将指挥部设在灵山寺。

自从领受了南线组敌的任务，杜晏波就反复盘算，敌我双方不论人员、素质、武器等各个方面都不在同一个档次，要想取胜，只有靠智慧。特别是武器方面，红军连一挺轻机枪都没有，更不要说炮了。夜袭观音场，晏波用洋油桶子放鞭炮当作机关枪，吓跑了敌人，但一旦敌人的正规军开过来就要见真章了。所以，一到地土垭，晏波就叫赤卫队连夜找来十多名木匠，砍来水桶粗的松树，掏空中心，用子母火焖焙，用桐油浸泡，外面箍上铁箍，用古法制成牛儿大炮四门，准备在战斗中派上用场。

天刚蒙蒙亮，杜晏波带着几个小队长，化装成当地农民，沿着观音场到大桥的大路进行侦察。当他们来到苟家沟一带时，一下子被这里的地形吸引了。只见大路两边是十数丈到数十丈高的悬崖峭壁，山上林木茂盛，柏树、松树密密麻麻，特别是背篼粗人多高的青杠树桩满坡都是。峭壁上好几处石岩缝，宽大隐蔽。大路从沟底穿过，弯弯曲曲，一个二个突出的山咀让行人前后不得相见。但美中不足的是沟不太长，紧要处只有五六百米。杜晏波请示罗南辉后定下了战斗方案。

杜晏波将牛儿大炮安置在两处半壁的石岩缝里，两边又布置滚木雷石，沟口的小路布置两支监视哨，手枪队安排在沟出口的山包，其余红军战士和赤卫队员全部埋伏在山林中和石缝里，杜晏波站在最高处，统一指挥。中午前，红军队伍全部部署到位。

红军夜袭观音场的胜利激怒了廖维春，特别是听到逃回去的保卫团夸大其词的描述，廖维春更是火冒三丈，他连夜布置兵力，派他的第一连和南部保卫团赵廷文、刘孝全两个分队共二百多人在一连熊连长的统一指挥下向观音场杀来。

11月30日农历十一月初三，一大早，熊连长就集合队伍出发。才行四五里，就为行军序列的问题发生争执。赵廷文和刘孝全谁也不愿意走前面。熊连长调停不下来，也为了显示正规军的气势，命令自己的部队走前面。

中午时分，来到苟家沟口，赵廷文和刘孝全是本地人，晓得苟家沟的地形，赶忙提醒熊连长："熊连长，这前面就是苟家沟，属于观音场的地界。这苟家沟断断续续的有二三里路，特别是出头那一段两山相夹、地势险要。倘若是共匪提前在里面埋伏，我们恐怕进去就出不来啊！"

熊连长连忙命令队伍停下，派一个班进沟侦察，又派人找老百姓了解情况。抓来的老百姓都说从来没有共匪来过，没有谁看见过共匪。一会儿，侦察班回来报告：他们跑了个通程，已经看得见观音场了，没有看见一个共匪，老百姓的生活照旧。

汇集各方面的情况，熊连长和两位分队长商量后认为共产党暴动后，要组织队伍、建立政权、教育民众等等，内部事务很多，也许队伍都还没有组织好。因此他们断定红军又撤回了升钟寺，还没有过来。

这一耽搁，又到了午饭时候，熊连长命令就地埋锅造饭。吃罢午饭，部队才大摇大摆地开进苟家沟。为了稳妥起见，熊连长命令一个排做先锋，先行过沟，在沟出口等侯，其余部队随后跟进。

敌人的行动早已被杜晏波侦察得一清二楚，他命令放过敌人先锋排，不论它走到哪儿，都由手枪队悄悄盯着，战斗开始后再予以消灭。

下午两点过，熊连长带着大队人马进入伏击圈，杜晏波一声令下，数不清的滚木雷石从两边山坡上飞落下来，轧得敌军鬼哭狼嚎，乱作一团。熊连长赶紧收拢队伍就地反击，突然，头顶上几声巨响，漫天的铧铁碎石像冰雹一样飞射过来，原来是牛儿大炮发挥威力，一炮就轰倒一大片，熊连长被打个正着，当场就尸骨无存。这牛儿大炮的轰鸣声响若惊雷，空谷传响，震得敌人心胆俱裂。跑得动的赶紧撒开两腿没命似的转身逃离。

敌人的先锋排正在沟口的上坡上休息，突听得身后枪炮声响起，排长赶紧指挥"杀回去！"。刚跑了几步，感觉不对头，连忙命令："转来转来，抢占制高点。"正在这时，一阵排枪射来，撂倒了好几个，手枪队和赤卫队从三面包围过来，"缴枪不杀"的吼声震动山谷，士兵们乖乖地举起了手。

这一仗，歼敌近百人，俘敌二十余人，缴枪一百多支，取得升保暴动以后保卫根据地的首战胜利。

第六回　丧天良估逼子杀父
报血仇现行翁扒媳

杜晏波在南线取得首战告捷，极大地鼓舞了红军和革命人民的斗志，敌人也被革命的气势所折服，纷纷后撤。

敌人在积蓄力量，不断增加兵员，改变剿杀策略，调整进攻路线。三天后，敌人又发起了进攻。杜晏波率领二中队越战越勇，使南线之敌寸步难行。但北线、东线相继失陷，根据地腹背受敌。血战十余日，晏波不得不撤出观音场，回援铁炉寺，继而又退守鹤鸣观。

眼见得起义队伍伤亡巨大，根据地不保。总指挥部决定分散突围，寻机再战。旗帜、印章、文件由张明佐秘密保存，覃文、罗南辉等潜入阆中绕道回南充，张友民到南江投入任炜章部继续革命，杜晏波、汪治国带领剩余红军战士，就地游击。

总指挥部在鹤鸣观召开最后一次会议，同志们怀着沉重的心情，眼含热泪，面对党旗宣誓："宁愿赴死，决不背叛组织，决不出卖同志！"

临别，张友民深情地说："同志们，革命暂时处于低潮，我们都不要气馋。我张友民只要不死，就要永远革命到底！敌人不是画影图形要抓我吗？老子现在要大大方方叫他去抓，看他认得到不！"说罢，顺手一把抓起香炉里燃着的熏香，将明晃晃的香头对着自己的脸庞戳了下去，随着一阵"嗞嗞"声响，一团青烟冒起，一股烧焦的肉味弥漫开来，张友民痛得弯下腰去，硬是没有哼一声！等他直起腰时所有在场的同志们都惊呆了——原来那张白皙英俊的面庞瞬间变成了满脸伤疤、丑陋无比的"鬼脸"！很多人难过地掉下了眼泪。张友民头也不回，下山而去。

敌人重新占领了升钟寺，对起义群众进行了血腥屠杀。剑阁县吴龙骧外号"吴厨子"，嗜杀成性，叫嚣："宁可错杀一百，决不放走一个共产党和游击队。"在金仙场斩杀游击队员20多人，在檬垭庙屠杀革命群众16人，在张家嘴杀了张友民全家，连三个月的婴儿也不放过。敌人在保城屠杀革命群众78人，在皂角屠杀游击队员和革命群众20多人；在双凤屠杀10多人，在神坝屠杀20多人。据不完全统计，此次直接被敌人杀害的游击队员和革命群众多达280多人。敌人杀人手段极其残酷，砍头、挖心、水淹、火烧、挖眼、拔舌、五牛分尸等，无所不用其极！流马乡团总赵廷文每杀一人则割下耳朵用铁丝穿起来，到清乡结束，论功行赏时，他交上去的人耳朵就有40多对。

保诚女共产党员为掩护400多游击队突围而受伤被俘，惨遭凌辱。敌人见硬的不行，便要起花招，要用黄丝300两、银圆100块买她口里的情报，又叫来她的丈夫和家人软化，张翠兰均不为所动。丧尽天良的敌人竟残忍地割掉她的双乳，最后凌迟杀死。

在柳树乡，民团团总赵俊臣勾结敌南部廖营马连长像疯狗一样四处抓捕红军战士、共产党员和农协会员，两三天之内就抓捕了36人，关在破庙中连续拷打十天十夜，吊鸭儿浮水、压杠子、传香头、割舌头、背洋油桶子等等，各种刑法用尽、各种招数使完，硬是没有一个人屈服。

这天下午，赵俊臣和马连长带着一群团丁和国军来到破庙，他们要趁着酒兴又玩一盘折磨人的游戏。一进庙门，刽子手正在吊打李大明。赵俊臣一见，气不打一处来，不住地命令刽子手："给老子往死里整！给老子往死里整！"原来，李大明是村农民协会主席，升保暴动期间积极组织农会支援苟家沟保卫战，又带头分了赵俊臣家的浮财。因此，赵俊臣对他恨之入骨。不想，红军撤退后，李大明和他的儿子也是农协会员的李正才父子双双被捉，敌人用尽各种手段也不能使二人屈服。

李大明被打得奄奄一息，赵俊臣拿一把砍刀，用刀尖直戳李大明的脑袋和肋骨，还恶狠狠地骂道："老东西，服不服？招不招？"

一转身，看见正在地上哭泣的李正才，一条毒计涌上心头。他叫团丁拉出李正才，皮笑肉不笑地说道："正才呀，你要晓得，你们赤匪杀人放火，都是罪大恶极，只有死路一条的。但今天本团总看在乡里乡亲的分上，愿意救你一命——你只要亲手把你老汉儿杀了，我就饶你不死。"

在场的众人一听，都惊得睁大了眼睛，李正才吓得赶紧往墙角退缩。见李正才不愿意，赵俊臣命令将他父子二人绑在一起吊打。打一阵问一阵，翻来覆去折腾了一两个小时，打的父子二人皮开肉绽、体无完肤。赵俊臣又开导李正才："李正才，我是为你好，你们反正是死命一个，能活一个是一个。何况你老汉儿也五十几了，该死之人，你才二十几岁，正是青春好时候。一命换一命，你是捡便宜的。你不答应，我们就继续整，直到把你两爷子都整死为止。你干不干？"

李正才点点头。赵俊臣高兴极了："这就对了嘛。"赶紧喊："快放下来，放下来，绳子解开。"

团丁放下父子二人，赵俊臣手舞足蹈地吼："大家快来看哈，儿子杀老子。你们共匪都要向李正才学习，只要你们能亲手杀共匪，你们就能活命……"

话音未落，那边突然传来"啊！"的惨叫，接着又是"哎哟"一声……

原来，李正才假装屈服，接过敌人递来的砍刀，猛一转身，挥刀砍向一个团丁的脖颈，接着又是一刀砍向另一个敌人。敌人吓得赶紧往庙门外跑。李正才在砍死两个团丁之后，对大家喊道："弟兄们，我先走一步！"

然后，举刀自刎。

赵俊臣和马连长气得双脚直跳。最后，这35位英雄儿女表现出大无畏的英雄气概，抱定"死就死我一个，决不咬第二个"的决心，高呼"怕死不革命，自有报仇人！"等口号，在李家岩慷慨就义。

面对敌人的疯狂屠杀，杜晏波和广大隐蔽的红军战士心急如焚、怒火万丈，决定以牙还牙、以血还血。冬月下旬，杜晏波和杜少武、向廷海等人在皂角密会，决定成立"复仇团"，向反动派讨还血债。

复仇团总部设在皂角乡赵家沟，杜晏波任总指挥。其宗旨是惩戒那些为非作歹、屠杀人民不手软的刽子手。其惩戒方法是先劝说，劝说不成再警告，对那些"耗子拖秤砣——自闭门路"的死硬分子，最后实施惩罚。

不几天，周围团转的区长、乡长、团总等人都收到一封劝诫信。信中，阐述了共产党救国救民解放全人类的宗旨，和本次升保暴动的意义，信中还明白无误地指出收信人在这次镇压革命中的表现。最后指出，收信人的所作所为共产党都看在眼里、记在心上，如果能够弃恶从善、改过自新，人民既往不咎；如果不听劝告继续作恶，人民决不饶恕。

这些人收到劝诫信后，有的人幡然醒悟，立即停止作恶；有的人虽然表面上不以为然，但行动上有所收敛；有的人却毫不在意，以为是共产党在吓唬人，反而更加激起他们报复的怒火。

一段时间后，那些不听劝告继续胡作非为的人又收到一封"警告书"。警告书比劝诫信措辞严厉，明确指出，再不收手，必将血债血偿。

总有人愿意一条路走到黑，总有人不信邪，赵俊臣等就是这样的人。

赵俊臣是乡长兼团总，柳树乡地盘不大，人民贫穷，但赵团总却肥得流油。家有一千多背谷子的水田，有三千多斗豌豆的旱地，是柳树乡最大的地主。在柳树街上修有一套撮箕口的房子，临街的作铺面，卖食盐、洋油、布匹等日杂百货。虽然离乡公所很近，却从来不去乡公所办公，办公就在家里。警士队就住隔壁，每天都有两个警士在他家里站岗执勤。

升保暴动后，赵俊臣带领警士和家人一溜烟逃到大桥镇，不敢回家。

起义失败后，杜晏波从观音场柳树乡一带北撤。赵俊臣和其他反动团总一样，疯狂反扑。先是为清乡军带路，捕杀红军战士和农协会员，在李家岩杀害革命人民36人（含审讯时逼死1人）。在收到劝诫信和警告书后，恶性不改，不仅口出恶言，还暗中派人到处侦探复仇团的信息，捆绑、吊打无辜群众。继而亲自动手，在柳树乡、观音场、神坝等地大肆抓捕农协会员和红军伤员，残杀革命人民10多人。

这年的腊月三十异常寒冷，早饭后，天空飘起了雪花，雪花不大，稀稀洒洒，看得见扎不起。家家户户贴春联、煮腊肉，都在高高兴兴地过大年。

午饭后，赵俊臣家的长工贺聋子喝得醉醺醺的，七岔八岔地去喂牛，发现牛圈的稻草堆里蜷缩着一个讨口子，赶紧报告了值班的警士。两个警士赶忙跑去拉出讨口子一看，只见他满头又长又脏的乱发，戴一顶破毡帽，一只帽耳朵遮住了半边脸；穿一件又破又脏的棉袄，下身一条破了洞的单裤，趿拉着两只不一样的破布鞋；杵一根黄荆棍，端一只缺了口的土巴碗；一只眼皮往外翻，走路一瘸一拐；脸上满是眼屎、鼻涕和泥巴。看不出年纪，耳朵似聋非聋，神经似癫非癫的一个人。两个警士问了半天问不出个名堂，就要把他赶出去。这时，正在堂屋写符纸的赵俊臣出来，瞟了几眼，也许是正在写符纸的缘故，这个双手沾满鲜血的侩子手，居然心生恻隐，对警士说道："一个傻讨口子，过年过节的，积点德吧——把那剩菜剩饭舀一碗给他，还叫他在牛圈里过一夜吧。"

贺聋子舀了一葫芦瓢中午长工们吃剩的菜和饭倒在讨口子的破碗里，讨口子狼吞虎咽地吃完，又用手指把碗刮得干干净净，钻进牛圈的草堆，倒头就睡。晚上，贺聋子又给讨口子舀了半瓢剩饭，讨口子还是吃了就睡。

晚饭后，长工们在堂屋里架起火盆，堆起竹疙瘩、青杠树头，燃起一盆红红的大火。一家男女老少、长工伙计等一二十个人围在一起，烤火守岁。赵俊臣和管家、儿子围在一桌打纸牌，孩子们隔一会儿去放几挂鞭炮，警士每隔一段时间到房前屋后查看一番。

子夜时分，赵俊臣吃了宵夜，又喝了两杯酒，趁着酒兴，他拔出手枪，对天"砰砰砰"连放三枪，长工伙计齐声夸赞。

兴致过后，瞌睡上来，孩子和媳妇们东一个西一个地溜去睡了。到四更天，堂屋里只剩下两个警士和长工贺聋子陪着赵俊臣的老婆在烤火。几个人东一句西一句地扯闲条，一会儿，贺聋子也歪在圈椅上扯起了噗鼾。赵俊臣叫人帮他打几盘，说自己去上趟茅房，转身就进了幺儿媳妇的屋里。

其实，赵俊臣跟他幺儿媳妇老早就有一腿，是众所周知的秘密，只是没人敢说破。老婆子晓得他要去干啥子，厌恶地朝火盆里狠狠地吐一口痰，嘴里喃喃地骂道："不要脸的东西！"把火钳子在火堆里猛捣两下，弄得灰烟四起。其他人都装作不晓，没人吱声，用手荡荡灰尘，继续打牌、烤火、谈闲。

幺儿媳妇的房门虚掩着，赵俊臣推开门直接就上了床，也没客套，二人就进入正题……

二人正在热火朝天的时候，突然轻轻一声咳嗽，一个人影站在床前。幺儿媳妇"妈呀"一声拉过铺盖捂住了头。

赵俊臣扭头一看，好像是那个傻讨口子的身影，低声吼道："讨口子，格老子想做啥子？"一只手就去摸枪。

讨口子眼疾手快，一棍子把他的衣服裤儿连同枪套一股脑儿刨拉到床底下："赵俊臣，你看老子想做啥子？"一把明晃晃的匕首已经顶住了赵俊臣的脖子。

赵俊臣一下子瘫倒在床，颤颤巍巍地问道："好汉，你是哪一个？要钱要物尽管开口。"

讨口子一声冷笑："本人是红军战士杜晏波！你看我是来要钱要物的吗？"

"杜队长，饶命啊！"赵俊臣浑身像筛糠一样颤抖。

杜晏波又是一声冷笑："赵团总，你杀红军的时候也饶过人吗？不过你放心，就冲你今天的两瓢剩饭，我杜晏波赏你个全尸。"

赵俊臣顿时恶向胆边生，他头一偏，猛地一把扯过幺儿媳妇身上的铺盖向杜晏波抛过去，光溜溜的身子一跃而起，飞起一脚向杜晏波蹬去。

杜晏波早有防备，右手一挥推开铺盖，左手一把按住赵俊臣的脖子，右膝盖顺势跪在他肥厚的肚皮上，硬生生地把他跪趴在床上。赵俊臣一声惨叫，瘫倒下去，一口污血秽物吐到床上。杜晏波一刀下去，正中颈动脉，一股黑血喷出老远。

这时，赵家院子骚乱起来，赵家人围堵在幺儿媳妇的门前大喊大叫，两个警士端着枪冲在前面，却畏缩着不敢进屋，枪栓拉得噼里啪啦响，更不敢开枪，生怕伤了赵俊臣和幺儿媳妇。贺聋子在院子里拿只铜盆，一边敲打一边叫喊："快来人啦，游击队杀人啦！"

杜晏波擦干净匕首上的血迹，捡起赵俊臣的手枪，对着房门"砰砰砰"放了三枪，飞身跳出窗户，一把推开贺聋子，几步跨出场院，消失在黎明中。

这一天，死在游击队刀枪下的还有杜延凯、宋南山、何国斌等人，他们不是团总就是区长、乡长。

第七回　送新娘兄妹巧装扮
　　　　享初夜身首两离分

南部县皂角乡团总、恶霸地主名叫赵联伍，人称"脚牛"，是个坏事干绝的家伙。平日里衣冠楚楚、道貌岸然，一副乡村士绅的派头；暗地里却勾结土匪流氓、官府衙门，拿保安队当家丁，黑白两道通吃，尽干些劫财夺产、欺男霸女，甚至杀人不眨眼的勾当。谁家有块肥田沃地，他变着法儿要夺到手才罢休；哪家的姑娘要出嫁，他会在信里夹粒子弹或是一截人手指送去，限令某日某时，送到哪家店里，让他享受"初夜权"。升钟寺暴动那夜，他本来也是何义普邀请的客人，但那晚他在成都因事没有赶回来，便侥幸捡了条命。暴动失败，他觉得天下还是他的，做起事来更加肆无忌惮。

这一天，老土地一户人家喜气洋洋宴请宾客，原来是闺女出阁。正当客人们猜拳行令吃得兴高采烈的时候，赵联伍的狗腿子赵二带着两个身背步枪的警士趾高气扬地来到宴会现场，他们交给姑娘的父亲两样东西：一封请柬、一个信封。请柬上写着请新姑娘晚上到皂角乡某旅店去喝茶，信封里装的黄澄澄的一颗子弹。意思很明确，不去就吃子弹。面对突然的变故，一家人号啕痛哭；宾客们也没有了吃酒的雅兴，一个个莫不切齿痛骂赵联伍猪狗不如；新姑娘更是寻死觅活，哭得昏死过去。接亲的新郎官怒不可遏，操起板凳就向赵二抢了过去，却被警士一枪托打翻在地。

正在大家六神无主的当口，一位客人悄悄地走进后堂，和姑娘的父亲密语一番。

一会儿，知客师连忙安排单独给赵二等三人摆上一桌，鸡鸭鱼肉、蒸笼上扣、十大碗，另上两壶高粱酒。又请来当地的保长、甲长作陪。酒足饭饱之后，又一人一个礼封封。然后，一乘花轿，将新姑娘抬往皂角乡。当然，姑娘的哥哥跟着送亲。

初更时分，轿子到了皂角场，旅店内张灯结彩，赵联伍早已等不及了。喜娘搀扶着披着大红盖头的新姑娘进入洞房，赵联伍满心欢喜，看一眼跟在后面的"大舅哥"——头戴破毡帽，上身穿土布对襟棉袄，下身穿条肥大的缅裆棉裤，脚穿一双破旧的棉布鞋，都抱了"燕儿窝"，一只眼皮向上翻转，露出红红的眼肉——原来是个"扯板眼"。赵联伍不屑一顾，顺手掷了两个铜板给"大舅哥"，手一挥："去去去。"赵二立马懂局地把"大舅哥"连拉带扯地拖到楼下，和四个轿夫一起喝起酒来。只听到楼上迫不及待地响起了关门声。

"来来来，我们又来喝起！"赵二欢天喜地忙不迭地招呼大家。几个警士刚端起酒杯，"大舅哥"一使眼色，四个轿夫四把杀猪刀抵住了警士们的要害，然后二两麻绳将各人捆了个严严实实。几个轿夫还不解气，一阵脚尖锭子打得筋断骨折，塞在桌子底下。

"大舅哥"三跳两蹿跑上楼，"嘣嘣嘣，嘣嘣嘣"敲得房门空声作响。

赵联伍刚脱了长袍，正准备去揭新姑娘的盖头，却被这敲门声吵得无名火起："格老子，哪个狗日的不懂事？在敲啥子？"

"老爷，有急事。""大舅哥"嗡起个鼻子。

"啥子急事？有老子的事情急？"赵联伍一边吼一边还是打开了房门。

说时迟、那时快，在他开门的一瞬间，一只铁拳劈面打来，赵联伍来不及哼一声已经是满脸开花，接着一阵拳脚，把赵联伍打得瘫倒在地，如一团烂泥。新姑娘也赶过来，与"大舅哥"一起将赵联伍装进麻袋。

大家熄了楼上的灯，又到楼下喝酒吃肉。

四更天气，花轿原路返回。被惊醒的街坊们在心里咒骂赵联伍：格砍脑壳的，又一个好姑娘被他狗日的糟蹋了。

第二天上午，人们发现被打伤的警士，却不见赵联伍的人影。手下连忙四散去找，结果在场外的桑树园中找到了赵联伍——一具光溜溜的无头身子倒挂在桑树上。

原来，"新姑娘"就是女游击队员向四儿。"大舅哥"呢？就是杜晏波。

杜晏波两次乔装"扯板眼"为民除害，使得阆南地区的恶霸土豪人心惶惶，特别是生怕遇见"扯板眼"人。以至于后来川北民间形成了几句顺口溜：假（指爱干净、好穿着打扮）不过秃子，奸（指聪明、脑瓜灵活）不过聋子，明（指心里有数）不过瞎子，扯（指能言善辩）不过麻子，歪（指凶恶、霸道）不过扯板子。

第八回　重聚首畅谈毛狗洞
　　　　再举义激战皂角乡

1933年初，阆南中心县委派于江震、项治平、何艻等人秘密潜入升钟地区，任务是评估形势，准备恢复那里的党组织，可能的情况下建立游击队，开展游击战争，以配合红四方面军在川陕苏区的行动。

于江震到达升钟寺以后，只见到处是血雨腥风，反革命的白色恐怖和革命的红色恐怖交织在一起，一时间人心惶惶。于江震认为这种单纯的报复思想是要不得的，会给革命带来不利的影响，应该予以制止。在连续谈话了几名复仇团员后，团员们并不理解，人们普遍的认识是："敌人做得出初一，我们就得做出十五。"于江震发现要想做通大家的工作，首要的是找到杜晏波，做通他的思想。但杜晏波神出鬼没，一时竟难以寻找。

皂角乡赵家沟后沟山上，有一串的石洞，因为常有狐狸出没，当地人叫它毛狗洞。毛狗洞在后沟半山腰上，有大小七八个洞子相连，大的有半间屋大，小的仅能容下一个屁股。洞与洞之间有狭仄的石缝相连接。大洞套小洞，小洞连大洞，曲折神秘。洞子有三个出口通向外界，通风干燥。洞子外面的山坡上长满密密麻麻的柏树、青杠树和各种杂树，地形隐蔽，视野开阔，既便于藏匿又便于疏散，是理想的藏身之地。这里是复仇团的联络点，杜晏波和十四五个复仇团员常住在这里。

一天深夜，春寒料峭，山路上摸索着走来两个人影，来人正是于江震和联络员。二人来到毛狗洞，和哨兵对上了暗号，七弯八拐，来到最大的洞室。

"于书记！"

"晏波兄！"

两双有力的大手紧紧握在一起，使劲地摇晃，久久不愿分开！

"晏波兄，你们受苦了！"于江震看着杜晏波瘦削的面庞。

"于书记，想你们啦！"杜晏波眼圈通红，两行热泪夺眶而出，从他刚毅的面颊上扑簌簌地滚落下来。

石壁上放着一盏桐油灯，昏暗的灯光下，这一对才分开两三个月的共产党员如同久别重逢的亲兄弟，坐在石凳上彻夜长谈。杜晏波向党组织汇报了暴动以后的情况，红军游击队和革命群众的突围隐蔽、敌人的反攻倒算、复仇团的活动情况等等。当谈到敌人残暴行径和革命人民的英勇顽强，在场的同志无不落泪叹息。杜晏波最后感叹道："岱生（于江震号岱生）老弟，在敌人的破坏和残杀之下，原先我们流血费力打下的大好局面已经不复存在了，原来的区委和支部多数被破坏了，现在能够正常运转的只有双凤、柏树垭、檬垭庙三个支部了！红军基干力量也损失不少，赤卫队基本上全垮了！但是，革命群众对敌人非常痛恨，我们的复仇团员和隐蔽疏散的红军战士还不少，只要党一声令下，我们又能组织起一支强大的队伍，照样能闹他个天翻地覆！"

于江震静静地听着杜晏波的叙述，深深地为我们革命战士的气概所折服。他先是分析了革命形势，介绍了川陕红军在通南巴的情况，继而将话题引到复仇团上来。于江震肯定了复仇团的成果和作用，也表扬了同志们的勇敢精神。但他严肃地指出这种以牙还牙、以血还血、以恐怖对恐怖的做法是与党的宗旨不相符的。于江震系统地讲述了党的宗旨、政策和策略，深刻阐述了为什么不能搞"红色恐怖"的原因以及那样会产生的严重后果。于江震说："我们共产党人，要打烂的是整个旧世界，要消灭的是整个剥削阶级、封建制度和国民党反动派，而不是所有的国民党人、所有的为旧制度做事的人。对个别残害人民、作恶多端的反革命分子、反革命头子要坚决打击，但打击面不能过宽，不能伤及无辜，不能给敌人以污蔑我们的口实。要让同志们切实掌握好党的政策，不能只顾报仇雪恨，不能只顾杀个痛快。如果我们为了复仇而乱杀一气，那样我们岂不和反动派是一类？我们岂不真正成了恐怖分子？那样群众就会对我们心存芥蒂，敬而远之，我们的革命就容易失去群众基础。我们共产党人是有信仰的人，我们的信仰就是共产主义，我们的奋斗目标就是解放全人类，建立苏维埃政权，最终实现共产主义。我们要为信仰而奋斗，要为目标而奋斗，就要摈弃个人英雄主义，就要摈弃报仇雪恨的狭隘观念。光辉伟大的事业，更需要光明磊落的胸襟和行为。"

杜晏波专注地听着，心里豁然开朗，很多原先没有想明白的问题被这年轻的小老弟不经意间解释得清清楚楚。杜晏波不住地点头，禁不住抓住于江震的手，动情地说："岱生老弟，不不不，于书记于书记，听君一席话胜读十年书！我现在心里敞亮了。我们的党真是伟大，什么事都有规矩，什么事都想得周到。你说，我们现在该哪个做？党叫我们哪个做我们就哪个做，绝不含糊！"

二人商量决定，重建中共升钟区委，杜晏波任区委书记；逐步恢复和新建保城、铁鞭、何家坪、向家坝、观音、皂角等地的党组织；将复仇团员和各地隐蔽的红军战士、赤卫队员召集起来，成立红军游击大队，杜晏波任大队长。

几天后，红军游击队秘密宣告成立，总部设在皂角乡任家湾，下设四个分队，有100余人。

没有不透风的墙。游击队成立的消息被皂角民团侦探到。皂角民团团总在赵联伍死后由其堂弟赵联禄担任，连夜将消息送到南部县保卫团，南部县保卫团立即报告当地驻军知悉。南部县长和驻军首领均认为：共产党在经过清剿、屠杀之后，已经力量衰弱，即使死灰复燃，也不足为虑。于是，只派了一个分队的保卫团，大张旗鼓地开进皂角乡，和皂角的民团一起把守乡公所。

游击队原本的计划一是袭击升钟寺，为死难战友报仇；一是袭击崇德（今飞凤）场，建立以向家坝为中心的游击区。这下敌人突然增兵皂角乡，打乱了游击队的计划。杜晏波和于江震、项治平等商量，决定敌变我变，只要敌人送上门来，我们就夜袭皂角场，消灭这股敌人，在皂角乡站住脚。敌人保卫团和民团加起来不过七八十人，而游击队的实力超过敌人，定能取胜。

正当游击队准备第二天夜晚发动攻击的时候，情况突变。次日天刚亮，杜晏波得到报告：赵联禄和南部县保卫团谭队长带领部队正向赵家沟开来。

原来，敌人一直在暗中打探地下党和游击队的行踪，终于探得杜晏波的总部在赵家沟。谭队长立功心切，当即决定突袭赵家沟，端掉共产党的老窝。

杜晏波临危不乱，眉头一皱计上心来，一套作战方案立马形成。他来不及请示于江震，立即命令党员干部即刻秘密疏散赵家沟的群众，坚壁清野，把一个空的赵家沟留给敌人。自己则带领游击队避开敌人，从柏树湾绕道去捣敌人的老巢皂角场。一面派人到任家湾通知任家湾的游击队员立刻出发在马鞍山和狮子山之间的野猪沟伏击回撤的敌人。

午时初，杜晏波带领50多名游击队员赶到皂角场，立即分成三队，一队沿场街正面进攻，两路分左右两翼助攻。分队长杜战虎"噌噌噌"爬上电线杆，割断电话线，带领队伍猛扑乡公所。乡公所的团丁只晓得自己的人去打游击队去了，哪里会提防游击队来打自己？一见场街上冲击的游击队，顿时吓得手忙脚乱。一面胡乱放枪抵抗，一面向南部县打电话，可是摇了半天也没有打通，眼见得游击队攻进大门，赶紧从后门逃跑。

游击队顺利占领皂角乡，消灭民团5人，缴枪十余支，缴获银圆400多块。杜晏波留下少数人发动群众，成立苏维埃政府，把赵联禄的家财分给贫苦农民，又开仓放粮，救济群众。自己带领30多人，一边追击逃跑的民团，一边赶往野猪沟。下午3点左右，两股游击队会合，立即选择好有利地势，悄悄埋伏起来。

话说谭队长和赵联禄带兵直扑赵家沟，想给游击队来一记黑虎掏心，却不料游击队已经有所准备。赵家沟空无一人，连猪牛都没有一头。团丁们气急败坏，到处翻箱倒柜、掘洞掏墙，到头来只抓住几只鸡鸭。团丁们折腾累了，就杀鸡烹鸭，做饭休息。正当他们吃喝得兴高采烈的时候，从皂角场跑来的民团报告了老窝被端的消息，众人顿时傻了眼。呆了半晌，谭队长喃喃自语："哼，格老子杜晏波更是蝎虎！老子没有端了他的窝，他倒端了老子的窝。蝎虎，蝎虎！"立即命令部队原路开回，去救乡公所。临行，一把火烧了赵家沟十几间房子，以发泄愤怒。

马鞍山下野猪沟，沟深林密，一条小路穿过沟底，是皂角场到赵家沟的必经之路。杜晏波和游击队员们就埋伏在两山的密林中，静静地等待敌人的到来。

下午5点左右，敌人跌跌撞撞地进了埋伏圈，突然，山林间飞出无数颗手榴弹，爆炸声撼天动地，山沟里烟雾弥漫、弹片横飞，炸得敌人鬼哭狼嚷，乱作一团。爆炸声刚停，谭连长正想整顿队伍，紧接着步枪、手枪、鸟铳一齐开火，一下子撂倒一大片。皂角的民团最有经验，齐声哀号："妈呀，遭了，碰到杜晏波了!"一个个四散奔逃。谭连长还想制止，一颗子弹飞来正中面门，一个四仰八叉下去，断了气。游击队一声呐喊，冲下山坡，敌人死的死、逃的逃，搞不赢的赶紧跪下投降。游击队大获全胜。

第九回　向家坝插旗招军
朝裔公毁家纾难

红军游击队的成立，特别是皂角乡的战斗使敌人气急败坏。田颂尧立马在南部开会，再一次组织6县联防围剿，采用"多路合击，层层进剿"的策略。游击队经过奇袭保城寺、血战铁炉寺、设伏檬垭庙等战斗后，为了保存革命实力，于江震和杜晏波商议，决定化整为零，转移阵地，持久斗争。

1933年初，阆南地区虽仍笼罩在黑雾之中，但红四方面军已在通(江)南(江)巴(中)一带站稳脚跟领导农民闹革命的消息似春风扑面吹来，给革命力量以巨大的鼓舞。敌人重点在升钟、保诚、皂角垭一带清剿防备，杜晏波却趁机走出大山，潜入向家坝。他晓宿夜行、走村串户、约谈同志、收拢队伍，在阆(中)南(部)境内的双柏垭、何家坪、金星场一带秘密活动，聚集力量组建游击队，并派人速去川陕苏区与红军取得了联系，得到了有力的支持。

向家坝，嘉陵江西岸的一个普通丘间平地。向家大院，一座集川北和客家建筑风格于一体的农家古建筑群落。仙桂山系如飞天蛟龙腾挪盘旋，在阆南之间打一个哈欠、伸一个懒腰，慢腾腾地伸出一条小爪，于是成就了数道山梁一片田畴，向家大院就坐落其间。因其历史悠久、规模宏大、人才辈出，故而闻名遐迩。记得二十世纪九十年代初，作为向家坝的女婿，我奉岳父之命，曾和阳叟朝阳公整理编撰过一篇《向家大院今昔歌》，内中对她做过比较详细的介绍：

……

向家大院起康乾，风雨沧桑四百年。
因势布局多讲究，坐东朝西顺脉延。
背靠神笔尖山子，门对宝砚罐子山。
飞凤长鸣鸡叫岭，犀牛望月鼓锣山。
瑞气常涌瓦堰河，文华高照龙王滩。
太极图水生万物，大院坝里读华篇。
天明垭眺来龙桥，寨子山下水连滩。
院后古道通苑城，正面大路连锦官。
右有桓侯保祥瑞，左靠水澄护龙潭。
峰回路转形胜古，翠柏苍松凤凰旋。
八字走马转角楼，六口天井紧相连。
院外高筑石驳岸，上修拱顶架旱船。
西南三层望月楼，北排八字面金銮。
步步石阶通泉井，竿竿绿竹映红檐。
百亩园林花次第，千株古柏鹤流连。

……

外观美景多奇异，　内窥堂奥甚庄严。

……

炊烟香烟同萦绕，书声佛声频诵传。
戏韵绕梁表忠孝，耕读传家效先贤。

……

转角廊台日跑马，碉楼地堡暗射猿。
鸡鸣犬吠阡陌里，龙藏虎卧门户间。

……

从阆中古城华光楼码头乘船横渡嘉陵江，到达江南古镇南津关。穿过古镇曲折的街巷，朝着西南方向，迤逦前行。沿途经过界牌坊、浪里桥、连三湾、五里店、铁门坎、望水垭、白鹤铺、小佛垭、千佛岩、宏山垭、城隍垭、碑垭豁、长干岭、七宝院、天明垭，便来到了向家坝。"【摘自《向氏族谱》（2020版）】

向家大院顾名思义住户都姓向，祖籍湖北大冶，清初因"湖广填四川"迁居于此，筚路蓝缕，累世十余代，三百余年。

二十世纪三十年代，向家坝风云际会，革命火种在此余烬不熄，星火燎原。向家大院先后培养了大学生朝裔、朝阳，袍哥首领君实、尧荣，青年才俊廷尧、廷海，巾帼英雄四儿等等，杜晏波家距离大院数百米，国民军旅长张仕维家距此也不过一二里地（一九三五年，红军过后，国民党清乡军欲一把火烧毁向家大院，干柴、苇席俱已准备停当，正在举火之时，被从达县"剿匪"前线赶回的张仕维等人联络地方头面人物和四方百姓，一求二逼，方才救下了这座有三百年历史的古迹）。大姐、七妹长期隐居，张尚德、何艻、于江震经常往来，群雄荟萃，声威隆盛。向家坝的群众长时间接受朝裔等人的革命宣传，春风化雨，大都同情和倾向革命。一九三五年，红四方面军过此，原最高人民法院院长谢觉哉的夫人王定国先生也曾在此工作，建立苏维埃，组织妇救会，与进步青年向朝阳等交厚，至改革开放以后，尚有书信往来。

喜讯传来，不少隐匿的起义队员又看到了曙光，他们挖出埋藏的枪支弹药，纷纷聚集在杜晏波的旗帜下，很快汇成了一支战斗力较强的武装力量。游击队员有参加升保暴动的老队员，也有新发展的战士，像向廷海、向朝裔、杜大海、江元品、江元青、凡金龙、凡一顺、向四儿等。为适应形势的需要，杜晏波将这支队伍进行了整编，正式定名为川北工农游击队，他被推选为总指挥，下编3个游击分队，分别活动于阆（中）南（部）边界一带。他们打土豪、除恶霸，惩恶扬善，老百姓扬眉吐气，反动势力惶惶不可终日。

3月中旬，中共南充中心县委得知川北工农游击队建立，速派富有斗争经验的共产党员来这里协助开展活动，很快恢复建立起中共特别支部和特别区委，像闵一涵（大姐）、闵能厚（七妹）等长住向家坝指导斗争，杜晏波先后担任特支和特别区委的重要领导职务。这支游击队在党的领导下，如虎添翼，经过广泛发动穷苦百姓，一个破仓分粮、吃大户的群众性斗争，浪潮再起，如火如荼。

农历二三月间，风光虽好，却是青黄不接的季节，是农民们最难熬的日子。家家缺粮，户户断炊。一部分群众拖儿带母踏上了逃荒要饭的路程。为了解决群众的吃饭问题，从成都回来的特委委员向朝裔提出开展"青苗运动"的想法。

向朝裔，向家坝人，与妻三家塘陈氏都是共产党员，一直在成都从事学生运动，我岳父的二叔，家里"为了拴住他们的心"，曾将我岳父过继给他们为子。1935年3月加入红四方面军参加长征。"文革"期间，作为红军后代，我的岳父曾到广元拜谒原中国人民解放军成都军区后勤部部长、时任广元独立团团长的王子宜。王言：他在长征路上多次见过他们，在阿坝时还看见他们在写标语，到了陕北后就再也没有看见了。遗憾的是，和很多无名英雄一样，阆中红军烈士名录中至今没有他们的名字！

我岳祖丈朝恩公和岳叔祖朝裔公的家产很大，向家坝三层六院、跑马转角楼有一多半是他们的产业。我的岳祖丈也同情和支持革命，大姐、七妹长期住在家里宣传革命道理，耳濡目染，思想开放，给革命工作提供了很多方便。

朝裔和晏波等人一商量，决定凡共产党和农会能够影响的地方，比如升钟寺、何家坪、牲口河、向家坝等地的党员和农会干部要做大户人家的工作，让他们"借粮度荒"，没有粮食的，献出四分之一到三分之一的豌豆、胡豆等青苗，分给揭不开锅的农民，叫作"吃嫩粮食"。朝裔首先拿出自家的一半青苗分给张向二沟（今飞凤镇桥亭村、水澄村和白壁庙村一部分）的穷人，还与岳祖丈商定，将自己的那部分田地分出来，分给穷人。他当众烧毁田契，宣布自己家的田地谁耕种归谁所有，穷苦百姓莫不感激涕零。

通过这些措施，不仅使广大贫苦农民渡过了难关，更使他们感念共产党的好，紧紧地团结在共产党周围，更加积极地加入农会和游击队。一两个月之间，向家坝游击队发展到一百余人。

第十回　田颂尧阆南转兵
　　　　游击队岭上设伏

向家坝红军游击队一天天壮大，武器却成了问题。杜晏波等人一面安排在升钟寺土法炼硝、制火药、造炸弹，在何家坪秘密建起炉灶打造刀矛，一面想方设法夺取敌人的武器。

这一天，从大桥上来一支队伍，他们出隆山驿、过辖马口、经长岗岭直奔阆中城。原来是"田冬瓜"（田颂尧矮胖，故有此绰号）驻守南部和阆中的队伍在换防。

初夏时节，花红柳绿，一派生机盎然。长岗岭，一条名不见经传的小山梁，长约五六里，是裕华飞凤二镇的界岭。岭不高，但地形险要，人烟稀少。岭上松树和柏树郁郁葱葱，青杠、黄荆、马桑等落叶杂树也披上了厚厚的绿装，就连坡上的芦苇、茅草也发疯似的猛长，本来三尺多宽的大路此时被草木遮挡得只有尺把宽。各种雀鸟在林子里叽叽喳喳地叫个不停。田地里不时有农人在侍弄着庄稼，偶尔有几个放牛的或者捡狗屎粪的在坡上坡下走动。山脚下，几个农人正在修筑田埂，打夯的号子悠远绵长，优美动听：

　　领：清早起来走上梁，

　　和：莲花一朵莲花；

　　领：莲花莫得菜花儿黄，

和：莲花李华菜花黄；

领：莲花二朵莲花，

和：莲花二朵莲花。

领：梁上有个好堰塘，

……

领：可惜堰塘不扎水，

……

领：齐心合力来打夯……

一切是那样平和、宁静、悠然。

杜晏波和江元品长衫里掖着短枪，装扮成拾粪的农民远远近近地尾随，向廷海在路边上的一块地里薅玉米苗，一边故意扯起个公鸭腔有一搭没一搭地唱山歌："六月天气似火烧，郎帮奴家把秧薅；妹儿借故下田去，想与情郎打私交（情郎哥儿嘞）……"

几个人假装忙着手里的活计，眼睛却偷偷地瞟着大路，他们早就商量好了，要伺机袭击掉队的敌兵。

田冬瓜的队伍在长岗岭上稀稀拉拉摆了好几里长，拖拖沓沓走了一两个时辰，到中午了还没有过完。这些川军都是些肩背步枪、腰别烟枪的"双枪兵"，一个个歪戴帽儿斜穿衣，东倒西歪、有气无力地向前挪动，汗水湿透了军服，又渴又累。一个当兵的看见杜晏波等人，便叉起两腿杵起步枪，懒懒地问道："呃，捡粪的，到保宁府还有多远？"

杜晏波一边捡牛粪一边头也不抬："'半天云里吹唢呐——还在哪里哪'，早球得很啰，还有二十里哟。"

当兵的打了个大大的哈欠，连忙喊住他们班长："班长，听到莫得？人家说还有二十里哟。老子实在走不动了，不如歇哈儿再走嘛。"

班长也连打两个哈欠，用衣袖抹一把嘴角的哈喇子："狗日的，这荒郊野地的，哪儿有地头歇嘛？"

当兵的挤眉弄眼地一阵傻笑，指一指旁边的青杠林："那儿，那儿阴凉！"

其他几个当兵的也忙不迭地附和："对对对，那儿阴凉！"

班长四下里一阵张望，见前面的队伍已经走远，一使眼色，第一个溜进了青杠丛，其他四个烟鬼早已支持不住了，急不可耐地钻进树丛，管他三七二十一，把枪一丢，屁股朝天、脑袋拱地地围成一圈，掏出烟枪烟膏，美滋滋地吞云吐雾起来。

烟瘾过足了，伸一个懒腰，起身一看，我的乖乖，明明刚才傍树而立的枪，怎么就不翼而飞啦！几个家伙东找西找，树丛里草笼里都翻遍了，就是不见踪影。怎么办？丢枪如丢脑壳，几个家伙吓得一佛出世、二佛升天。"狗日的，这下糟惨了，'猫儿抓糍粑——脱不了爪爪'！"班长汗水长飙，急得直跺脚。几个人你看我，我看你，"轰"的一下，便四散而逃。

队伍进了阆中军营，连长一点名，差了 5 个兵，赶紧派一名班长带人沿来路寻找，一直找到崇德场；又派人分别去这些人的家里抓逃兵。来回折腾半个月，哪儿还找得到人？

第十一回　布迷阵狗皮成大用
袭崇德警士尿裤裆

游击队蓬勃发展，武器短缺依然是个大问题，有些战士还拿着大刀长矛。怎么办？

这天傍晚，杜光华突然来到向家坝，来不及放下木匠背夹子，钻弄堂、穿过道急急忙忙三拐五拐找到杜晏波："队长，重大消息！崇德乡团马儿（红军对警士队的蔑称）今天刚到了几杆好枪——我在它对门子做木活亲眼看到的，想不想要？"

"哼。你敢不敢跟我去取枪？"杜晏波问。

十七八岁的杜光华正处于天不怕地不怕的年纪，桌子一拍："啥子不敢？只要你哥子一声令下，老子刀山火海都敢去。"

崇德乡，位于阆中城西南，距县城十三公里，地处柏垭、皂角、思依、天宫之间。清朝设乡，境内多山地丘陵。其西南有飞凤山，传说有凤凰常于该处栖息鸣叫，故 1940 年改名凤鸣乡，1984 年又改名飞凤乡，1992 年建镇。

崇德场原名柏树梁，因其建在白璧庙山下一长满了密密麻麻的柏树的小山梁之上而得名。现在的飞凤镇场已有三街五巷，千余人口；阆中到升钟、阆中到天宫、阆中到柏垭的几条公路穿场而过，经济发展，商业繁荣。当年的崇德乡柏树梁，虽然也是场镇，也逢场赶集，但场街不大，只有王爷庙和古戏台之间的一段街面，乡公所、警士队、厘税所等单位临街而建，几处商铺、茶馆、饭馆、旅店、暗烟馆等，二三十户住家绕场而居，其中，不乏有钱有势的大户人家。因此，当时的柏树梁就已经是周围附近的大场口了。

当天晚上，三更后，二人悄然来到崇德场，趁着朦朦胧胧的月色，三拐两拐就拐进了乡公所的墙外。杜晏波自打穿开裆裤起就在场上玩耍，杜光华跟着师傅做木工手艺，吃百家饭、屙百家屎，南部、阆中周围团转的几个乡镇都跑遍了，柏树梁子场上的旮旮角角没有他们不清楚的。

崇德乡警士队住在乡公所旁靠黑龙滩一边的街上。几间瓦房夹杂几间草房，周围是人多高的土筑的围墙，一棵高大的黄桷树遮盖了大半个院子。两个人躲过哨兵，来在乡公所警士队驻地小院的墙外，用提前准备好的铁钎打了一个洞。按照事先的计划，杜光华"噌噌噌"爬上黄桷树，骑伏在粗壮的枝桠上，一支步枪瞄准小院，一支手枪别在腰间，负责掩护、接应；杜晏波腰插双枪，绑扎停当，钻进院内取枪。

正在这时，一名警士出来小解。春寒料峭，这个警士不想到厕所里去，图近便直接在墙角解决。迷迷糊糊中，听得墙边有什么响动，猛一回头，只见一条白花花的大狗蜷缩在墙边，嘴里还发出"呜呜"的声音。"哆，哪儿来的野狗。"警士口里嘟哝着，撒完尿又迷迷糊糊地回去睡了。大门口的哨兵拎着枪抻长脖子看了一眼，冲撒尿的警士骂道："狗日的二娃子，懒皮懒吊的，又在墙隘里屙狗尿！"

原来，杜晏波刚从洞口钻进院内，正要起身，突然听见脚步声趿拉着响，见一个警士蹒跚走来。情急之下，急忙蜷缩在洞口，又把身上所穿的狗皮坎肩翻转来盖在头上。成功骗过警士后，杜晏波轻轻推开警士们的寝室，只听得鼾声夹杂着东一句西一句的梦呓此起彼伏，脚臭和汗臭味充满房间；靠墙的枪架上，整齐地摆放着十几支步枪。杜晏波也不客气，分两次取下步枪，轻轻从墙洞里顺出来。

"永海（杜光华又名杜永海），打两炮？"

"要得。"

杜晏波捡起半片房瓦朝院子中央扔去，"啪"的一声，在静夜中分外响亮。

"谁？"哨兵一声喝问，端着枪刚一露头，杜光华"砰"的一枪，将其打翻在地。紧接着，"砰砰砰""啪啪啪"的枪声在柏树梁响起。杜晏波在乡公所内、杜光华在乡公所外，四枪齐射，一边开枪一边呐喊：红军来啦！缴枪不杀！

正在睡梦中的警士们被突如其来的枪声惊醒，爬起床撒开脚丫子就跑，真是"螃蟹夹豌豆——连滚带爬"，一直向黑龙滩、武圣宫方向逃窜，直跑到距场两三里远的讨口子湾才停下来，一个两个惊魂未定，低头一看大部分人光着屁股；即使有几个穿了裤衩的，也被吓得尿透了。

这时，杜晏波和杜光华二人已经背上缴来的战利品快步如飞地翻过白壁庙上山去了。

第十二回　警士失魂神皇垭
　　　　英雄火烧长岗岭

天气转暖，又到了警士队换服装的季节了。这天，崇德乡警士队安排何牛儿、王开顺、赵伯啃三人到阆中县团防局去领夏装布。

三人一打早出发，进了保宁街到了团防局，啰啰唆唆地办好了手续，领了五匹大白布。本来办好了事情，就应该提早转回来的，可是何牛儿是个酒罐罐，加之上午在团防局领布时因为礼行送得"些微"，被文书和仓库主任甩了两次"大袖子"，心里窝火得很，非要去坐会儿茶馆不可。他是班长，王、赵二人也不好反对，乐得一起逍遥。三人在茶馆里一共吃了 3 个火烧馍、2 斤卤牛肉、10 个白糖蒸馍，喝了 2 斤保宁压酒，酒足饭饱，又喝茶直到太阳打偏，才背起布匹往回赶。5 匹布王开顺和赵伯啃各背 2 匹，何牛儿背 1 匹。可赵伯啃不胜酒力，加之晕船，一过嘉陵江就在河坝头吐了，何牛儿只好和他换。

何牛儿心里憋闷，一路走一路嘀咕：格龟儿子些，老子们在前线为他们卖命，剿游击队，抓共产党，他妈的随时都是把脑壳别在裤腰上，干他妈些乡里乡邻戳脊梁骨、生娃儿没屁眼儿的坏事儿。他们倒好，狗日的在屋头享清福，办点事情还要送礼封封，送少了还不安逸。共产党成事了有我述事，造孽的还不是他们那些贪官污吏？狗日的啥世道！何牛儿越想越生气，张嘴就吼起川剧来："恨杨广斩忠良馋臣当道，思双亲不由我泪湿战袍……"

"何班长，你吼个述哇？惨兮兮的，老子眼泪果儿都快出来了！"王开顺听不下去了。

"你晓得个述！老子眼泪果儿往肚里咽哩！"何牛儿回头瞪了王开顺一眼。

三人一路走一路歇，才到千佛岩太阳已经落山了。

"死伯啃，你格老子走快点，长岗岭不干净。"何牛儿一边走一边催促。一想到近期游击队活动频繁，长岗岭松柏茂盛、遮天蔽日，正是游击队经常出没的地方，只要过了长岗岭，翻过辖马口，就人烟稠密，再走两三里就到崇德场了，三人不由得加快了脚步。

走过千佛岩，爬上长岗岭，神皇垭就在脚下，三个人已感到疲惫不堪了。长岗岭是一条大致呈东北至西南走向的山梁，起于神皇垭止于贺家垭，长约五六里，像一条扭曲着身子的巨蟒呈"S"形横亘在裕华和飞凤两镇之间，一条弯弯曲曲的大路从山梁上经过。岭上松柏茂盛，树林闯，东一块西一块的水田，还没有到插秧的时节，田里面还留有去年的谷桩，青蛙、蟋蟀们依附在上面发出各种叫声。田里只有浅浅的薄水，那水被淡月照得惨白惨白的，被脚步声惊起的田鼠"簌簌簌"地快速地划破水面钻进洞穴。一阵山风吹过，松林发出低沉的"呜呜"声，如诉如泣，让人毛骨悚然。三人都不说话，只顾埋头赶路。

突然，"妈呀！"走在最后的赵伯啮惊叫一声，甩掉布匹，撒腿就跑。

原来，在他们的前面，矗立着一个高大的身影，两只黑洞洞的枪口已经顶在了何牛儿的脑门上。王开顺说时迟、那时快，也一下甩开布匹纵身一跃跳下陡坡慌忙逃命。这时，何牛儿也缓过神来，转身就跑，大汉一个扫堂腿将何牛儿扫翻在地："哼哼，想跑，有我杜晏波在此，你跑得了吗？"原来，大汉正是杜晏波，他打听到何牛儿他们今天去阆中采购布匹，已经在此等候多时了。

"杜队长，饶命啊！"何牛儿忙不迭地跪地叩头作揖。

"饶命？何牛儿，你杀害我游击队员和革命人民为啥不饶命？你罪大恶极，我代表人民，今天取你狗命！"杜晏波说毕，插好双枪，捋起长衫，抽出大刀，向何牛儿的脖子砍去。回身一脚将何牛儿的尸体踢到坡下，将头颅踢到侧边的水田里，抱起几匹布，来到城隍垭当嘴的大石头上，采来一大堆松枝柏叶，掏出火石，点燃柴火。顿时，熊熊大火在长岗岭上燃烧起来，城隍垭两沟的老百姓沸腾了。杜晏波高声喊道："老乡们，何牛儿罪恶滔天，已被我杜晏波处决了！红军游击队分浮财了，你们快上山来拿布吧！"然后，消失在茫茫暗夜之中。

国民党南部县、阆中县政府悬赏 2000 大洋捉拿杜晏波，还在阆中县的大风铺、南部县的皂角垭分别驻扎了一个营的部队设卡搜查、清剿。但是杜晏波和他的游击队来去无踪，只见恶霸、豪绅和伪乡长、区长、团总一个个人头落地，就是不见游击队的身影。

第十三回　追凶顽夜探姚家店
躲孽债魂归奈何桥

"快，何义普在山下姚家店露面啦！"

1934 年 10 月 23 日傍晚，杜晏波正在水观音山上凡一顺家房后的石洞内，同两名游击队员谈事，向四儿上气不接下气地跑来报信说。

游击队员凡一顺的家就在姚家店对面的水观音山上，与姚家店遥遥相望。杜晏波听说何义普就躲藏在山下姚家店，激动地跳起来说："嘿嘿，何义普，你躲过了初一，躲不过十五，到底让我揪住了尾巴！"

杜晏波再次向向四儿问明情况，他把手枪上好子弹，别在腰间，嘱咐向四儿和其他游击队员几句，迈开大步向山下走去。

刚一下山，远远地看见一个戴垮垮草帽的人正风急火燎地赶来。杜晏波急忙抽出手枪，一闪身隐藏在大树背后。不一会儿，来人走近，原来是支队长江元品。

两人一见面，江元品就迫不及待地告诉杜晏波"发现何义普了"。待江元品讲述完毕，杜晏波哈哈大笑，告诉他自己正为此事而来。两人商量一阵，迈开流星大步就朝姚家店赶去。

路上，江队长认为情况还没有完全弄清楚，不能打草惊蛇，便商量着暂时隐藏在芦苇丛中，等晚上侦察清楚了再动手。

　　何义普号卓如，南部县升钟区团总、大地主，家住小河坎村，有3000多背谷子的田，2000多斗豌豆的旱地。当年，他和副区长赵昌源等三家的土地就占本村的六成。有房子，南部城里有中药铺等，家大业大。原来，办喜宴的那天晚上，何义普正闹肚子，频频往茅厕跑。暴动枪声即将打响的前一刻，他拿了一手好牌，无奈肚子又"咕咕"地叫起来了，便要旁边一位看客帮自己抵起，连忙一溜小跑奔向厕所。刚蹲下去，就听到大厅里突然响起"砰砰"的枪声。他平日结仇过多，自知不妙，就"扑通"一声跳进了粪坑，躲在臭气熏天的茅坑角落里瑟瑟发抖。拂晓时分，暴动队伍撤走后，他才悄悄从粪坑里爬出来，连夜逃出了升钟场。

　　何义普仿佛是条受了惊吓的豺狼，走东，觉得不对头，走西，也感到不是路。他冥思苦想后，觉得还是逃出去避一避为妙。他乔装打扮成小贩后，偷偷窜进阆中城。可城里住得也不安稳，不是觉得有黑洞洞的枪口对着自己，就是感到身后有人跟踪，惶惶不可终日。他马上又渡过南津关，沿古驿道朝成都溜去。

　　这天下午，阳光明媚，晚秋的太阳温暖宜人，但何义普却感觉到炙烤得火辣辣难受，身上汗流浃背。

　　深秋时节，路旁的草木逐渐凋零，只有柏树还是那样郁郁葱葱，山坡上的柏树林间一簇簇的橡树和枫树像一团团燃烧的火，红艳艳的，煞是好看。路上行人络绎不绝：背背子的结伙成队，手拄拐耙子，迈着规矩的、不紧不慢的步子，鼻孔里低低喘着粗气，一串"啪嗒啪嗒"的脚步声；赶马的赶驴的鞭子甩得脆生响，口里不住地斥责牲口；挑大粪的双手把着桶系，扁担在肩头有节奏地一闪一闪，发出优美的"嘎叽嘎叽"的音乐声，口里不住地提醒别人"撞到沃衣裳，撞到沃衣裳"；那些走亲戚的和赶场上街的穿得花花绿绿，说说笑笑，嘻嘻哈哈；还有坐滑竿的、坐轿子的，有做手艺的、卖小菜的，有背包挢伞的、打空手的，有闷声不响的、有嘻哈打闹的……三五成群，熙熙攘攘。

　　何义普晓得游击队神出鬼没，生怕被人认出来，他将礼帽压到眉沿上，任凭汗水顺着面颊流淌，低着脑壳急急赶路。往日出门，不是轿子，就是滑杆，现在却如同丧家之犬，咋个受得了？好不容易过了到龙门垭，就气喘吁吁，实在走不动了。抬头一看，哦，前面不是姚家店么？何不就在这里打尖歇一夜，明天天明再起身往成都赶！

主意打定，他就兴冲冲地跨过小河，朝姚家店走来。

姚家店，古川陕驿路上的一个幺店子。店子并不在大路上，而是开在农舍里，但在大路上老远就能看见姚家店那杏黄的幌子。下了大路，是一条小河沟，走过小河上的几个跳蹬子，就是一片农家。最靠外面的几间瓦房，围成一个倒向的小院落，就是客栈。可能是因为这片农家叫姚家湾，这家客栈就叫姚家店。

姚家店的老板并不姓姚，而是姓宋。刚一上院坝口，店老板宋良成一眼就认出是何义普，急忙热情地跑上前招呼："何老爷来啦？快请屋里坐……"

何义普连连摆手，叫宋良成别声张，急忙闪身进店。

何义普是姚家店的常客。想当年，往来这条路上，不是滑杆就是轿子，前呼后拥，好不威风。不曾想今日被游击队追杀，犹如惊弓之鸟，整天东躲西藏，弄得灰头土脸。宋良成赶紧用铜盆端来温水，递上毛巾、皂角。何义普安置停当，洗了把脸，宋良成捧出茶来，何义普皱着眉呷了两口。

宋良成又来问："何老爷，想吃点什么？"

何义普摆摆手，说："快先去给我弄个干净床铺，我想歇一会儿。"

宋良成知道何义普烟瘾上来了，忙去收拾房间，端出烟盘、烟枪，再点起烟灯。这家伙就蜷缩在铺里，"呼噜呼噜"地吞云吐雾起来。

这晚，月色朦胧。吃晚饭的时节，江元品装扮成一个赶夜路的客人，假装到姚家店投宿。拢了一看，店门紧闭；又侧耳一听，店里鸦雀无声。原来是这个家伙为了清静、安全，不准店主再接待别的客人，叫他老早关上店门。江元品躲在竹林里仔细地观察了一番，发现白纸敷着的窗户上露出模糊、微弱的灯光。他轻脚轻手地趴到窗户边，用舌尖舔破窗户纸，从小洞里发现屋里床上躺着个像死猪般的家伙，正是何义普。江元品又轻轻退出来，跨过小河找到了杜晏波，两人商量定，后半夜动手。

鸡刚叫了第三遍，何义普就起床准备动身。他洗漱后走出店门一看，天色尚早，就又退回屋内，叫宋良成给他煮点东西吃。宋良成安排好老婆为何义普煮鸡蛋挂面，又转身笑嘻嘻地对何义普说："听说老爷医术高明，小人有时感到周身麻木，想请老爷给开个方子，不知行否？"

何义普原本是中医世家，在南部县何家拐一带历来就有名气。店主相求，不便推却，就提起笔来，随便开了几味药，然后将处方交给宋良成，说："这药吃了，保证以后再用不着我治病了！"

"何老爷，好久不见！"这时，杜晏波如影子一般一闪而入，黑洞洞的枪口对准了何义普的胸膛。

"杜……杜队长……饶兄弟一命吧……"何义普见到威风凛凛的杜晏波，"扑通"一声跪在地上，连连磕头求饶。

杜晏波斥喝道："饶命？你杀害穷苦百姓如割韭菜，啥时饶过人家？今天，我代他们向你讨还血债来啦！"

何义普还想求饶："杜队长，我当年可是待你不薄啊！"

杜晏波大义凛然："何义普，当年我和你关系好那是私义，今天我代表共产党和革命群众来取你性命是公义，我杜晏波是不会因公废私的。"

说罢，"砰砰！"两枪，何义普一头栽倒在地，一命呜呼。店主宋良成吓得跪在地上磕头求饶，杜晏波也不理睬，拿起何义普刚才开处方的笔，饱蘸浓墨，在纸上写道：

"团总何义普，罪恶多多多。若问杀人者，是我杜晏波！"扔在桌上，大步出门而去。

第十四回　绑法场初心不改
破铁镣蛟龙脱钩

　　杜晏波的家住在向家坝背后的半山腰上，人称"杜家岩"。它前临人烟稠密、村舍棋布的张向二沟，后靠林木茂盛的尖山子，当时属于南部县皂角乡管辖。屋下是经天门垭到皂角、升钟的大路，侧面是经天门垭到老土地的小路，都与通阆中、成都的大路相连，交通方便。站在门口，上可望见张爷庙、桥亭子，下可看见水澄寺、崇德场，地势开阔。三间茅草房，修成一个"尺子拐"，清静整洁，紧邻的是杜姓家族的一套四合院的瓦房，便于隐蔽。

　　自从升保暴动以后，杜家岩周围团转经常有陌生人活动，大多数是清乡军派的探子。有一天，杜晏波偷偷地潜回家，吃了一碗锅里的剩饭，坐在饭桌前，想趁空擦擦枪。刚擦到一半，突听得外面人声嘈杂，从窗缝里一看，敌人已经过了天门垭，正快步向他家包抄而来。杜晏波赶紧把长衫前襟一抄，将桌上的枪机配件揽入怀中，悄悄打开后门，一边往山上跑去，一边一只手组装手枪。"看，杜晏波在坡上！"等敌人围上了，发现他时，杜晏波已举起双枪"砰砰"两枪，撂倒两个敌人，敌人也不敢追赶，就朝山上放起枪来，这工夫，杜晏波已经一溜烟似的跑不见了。

　　还有一次，杜晏波刚一回家，就被清乡军发现了。敌人吸取上回的教训，偷偷地从四面包抄过来，把茅屋围了个水泄不通。先是在屋外"砰砰砰砰"地放了一阵枪，又高喊："杜晏波，你被包围了，快出来投降！""杜晏波，投降免死！""快出来，这回你跑不了啦！"任凭敌人喉咙喊破，屋里就是不见动静。实在没办法，敌人撞开房门，进屋搜查……敌人把房上房下、屋里屋外、猪圈牛窝、床上床下、灶孔茅坑、边边角角都搜查了一个遍，就是没有杜晏波的影子。一番折腾后，敌人只好悻悻地离开。最终，敌人也不晓得杜晏波藏在哪里的，还以为他早就跑了，或者根本就没有回来。原来，杜晏波听到外面脚步声，一看，敌人把房子围了个严严实实，想跑已经来不及了，想硬拼也不可能。突然，他急中生智，把长布衫紧紧绑扎停当，钻到床下，两手两腿撑在床头，脊背紧贴床扎，俗话叫"撑硬人"，一直等敌人走了才出来。

1934年2月5日，军阀田颂尧网罗一些叛徒、特务组织起"剿赤青年团"，对阆、南两县中共党组织实行大搜捕之后，又于同年9月，重返该地区再次进行"清剿"。游击队受到内外夹攻，损失很大。年底的一次行动中，由于叛徒告密，杜晏波和另一位共产党员、游击队副队长熊佐周不幸被逮捕。敌人视他俩为要犯，并押于南部县城的城隍庙内，通宵达旦进行审讯。在各种软硬手段的威逼利诱均失效的情况下，敌人耍出新花招。

这天，细雨霏霏。敌人决定处决熊佐周，将杜晏波押赴刑场作陪。熊佐周是一名老共产党员、优秀游击队战士，曾参加"升保暴动"，他作战勇敢，对党忠诚。一声罪恶的枪声响过之后，熊佐周倒在了血泊之中。几个面目狰狞的家伙齐声狂叫："杜晏波，马上就要轮到你了，还不快交代出你的同党，可以考虑饶你一死！"杜晏波目睹战友壮烈牺牲，在极度悲愤之中，他冲到荷枪实弹的刽子手面前，正气凛然地高喊道："你们这些狼心狗肺的东西，快开枪吧！想撬开我的嘴，办不到！"

敌人没有办法，只好悻悻地把他押回牢房。

1935年初春，红四方面军准备强渡嘉陵江的消息不胫而走，驻嘉陵江西岸的国民党军队戒备森严。南部县城受此影响，一片兵荒马乱。于是，敌人将关押的所有"罪犯"转移到三台县。

二十几个"罪犯"被从监狱里押出来，用麻绳捆绑，前后相连，串成一串。杜晏波是重刑犯，受到特别"照顾"——戴了一副手铐，被拴在最后面。一个班的士兵和几个狱警押着他们，出了南部县城，沿大路向成都方向走来。

从南部县到三台县近300里路程，爬坡上坎，非常难走。"罪犯"们在狱中受尽了折磨，又挨冻受饿，病痛交织，身体异常虚弱。加之一个个都打着赤脚，皮破血流，步履艰难。所以队伍行进速度很是缓慢。

第一天走了八十多里，第二天七十多里，第三天因为头一晚下了场夜雨，道路泥泞，才走了五十余里，来到盐亭地界，晚上在一座破庙里驻扎。

庙子破败不堪，大殿的柱子歪斜，半边的屋瓦已经垮塌，半扇大门吊在门扣上，窗户也是拖一扇吊一扇，只有一间厢房勉强完整。当兵的把犯人押进大殿，赶到无屋顶的角落，两个兵和一个狱警在大殿中间烧起火堆，三个人围着烤火。其余的士兵住在厢房，也烧了一堆火。庙门口布了岗哨。

杜晏波是重刑犯，除了手铐又加了一副脚镣，这些家伙生怕他逃跑，把长长的铁镣反套在庙子的墙柱上。杜晏波不能站立，只能侧着身子坐在地上，身体相当别扭难受。一会儿，杜晏波想换个姿势，他把脚挪了挪，半边身子尽量挨近墙壁，想把头和肩靠在墙上休息一会儿。突然，什么东西刺痛了他的脸。扭头一看，原来是一枚麦秆粗细的小土钉。小土钉钉在墙柱上，半截入木半截露在外。杜晏波心里一阵狂喜。他扫视一遍大殿，只见犯人们挤在一起，东倒西歪。连日来的疲劳侵蚀着他们，一个个早已进入了梦乡，鼾声此起彼伏。一个士兵和狱警也在火堆旁半睡半醒，另一个士兵还在慢悠悠地拨弄着柴火。杜晏波换了个姿势，用手去拔铁钉，铁钉纹丝不动。再用手上下左右摇动，使劲地摇动。嗯，动了，动了！他的手弄破了，鲜血直流，他又用口，用牙齿钳着拔。

这时，刨火的士兵站起身来，伸了个懒腰，打了一个哈欠，在大殿里巡视一圈，见没有异样，又回到火堆旁，双手撑着下巴，打起瞌睡来。

半夜时分，这根细长的铁钉终于被拔了出来！杜晏波用铁钉迅速打开脚镣，再打开手铐。一切都是静悄悄的，杜晏波出了一口粗气，活动一下四肢，悄无声息地移动脚步，闪身出了大殿。他知道大门外有岗哨，进庙时他就做了观察，便迅速绕过大殿，从侧面垮塌的围墙豁口一跃而出，消失在夜幕之中。

几天后，杜晏波又回到了故乡向家坝。

早在1934年12月，于江震、项治平等在升钟寺的铁炉寺召开会议，准备组织第三次武装起义，建立革命政权，迎接红四方面军渡嘉陵江。杜晏波回来后，重整向家坝游击队，也迅速投入到迎接红四方面军的准备中。接着，他很快找到了游击队支队长江元品，经商定，迅速恢复了川北工农游击队的名号。为与红军取得联系，报告白区敌我双方的情况，杜晏波决定由江元品负责指挥游击队，待命行动，他先到县委汇报工作，有机会亲自去苏区一趟。

第十五回　柳林子恶贼逞凶狠
大丰铺忠魂化碧涛

1935年3月12日，杜晏波和中队长江元清化装成小货郎，走出大山，准备进阆中城去联系县委。

这时，国民党军队为防止红军渡江，在嘉陵江西岸布置了几道防线，还在各交通要道布置军力，盘查行人。各区乡的保安队不停地在场镇和乡间巡逻，到处搜查红军侦察员和游击队员。

杜晏波和江元清商量，本来想走黑水塘从观牧寺过江到沙溪进城为最近，但老土地驻有国军；然后想从凤鸣过千佛岩从南津关过江，但大丰铺驻有国军；最远的路是走高观经黄连垭从塔山湾过江，但富乐庙驻有国军，而且要经过的地界，柏垭区苟一德的保安队穷凶极恶，抓游击队特别卖力。想来想去，他们决定走凤鸣、铺垭塘、眉山寺小路，然后相机过江。

这天，他们起了个大早，挑了一担针头麻线，手摇拨浪鼓，一路叫卖着出了何家坪，穿过鼓乐山，中午，在柳林铺歇脚。在后院找了个僻静的角落要了一碗盖碗茶，坐下休息。

柏垭区区长也是柏垭区民团团总苟一德，"头顶生疮脚底流脓——坏透了"，升保暴动时他就带领柏垭区民团攻打起义军，残杀革命群众数十人，是个双手沾满革命人民鲜血的刽子手。偏巧也就是这一天，苟一德坐着滑杆，带着50多名荷枪实弹的保安队员到大田坝一带清乡，中午时分转道铺垭塘，人困马乏，也到柳林铺歇脚。进店就高声招呼："老板，上茶，备饭！弟兄们吃饱了好去找共匪杜晏波！"

坐在里间的杜晏波听见此话着实一惊，在门缝里一看，见是苟一德一伙人，急忙拉起江元清几步就从后门窜了出去。

店老板是个"叫驴子吃灰面——一副白嘴"的家伙，经常油嘴滑舌，跑来跑去地穿梭斟茶，冷笑着咕哝："天天喊抓杜晏波，人家就在眼皮下都不晓得，还抓个球！"

"啥？杜晏波在哪里？"此话恰好被苟一德听见，他眼一翻，双手叉腰站在老板跟前，逼视着对方，"快说，不说老子就办你个'通匪'罪！"

老板后悔自己刚才多嘴，但是，事已无法挽回，便无可奈何地将头朝房后偏了偏，苟一德立即拔枪指挥众团丁向屋后追过去。杜晏波两人刚跑到房后竹林里，团丁便如苍蝇般围了过来，双方展开枪战。杜晏波百发百中，团丁们惨叫不断，叫者非死即伤。但是，江元清的右脚杆也不幸中弹，杜晏波背着江元清且战且退，刚到房后山梁上，团丁们就将他们围在小山包上。

子弹打光了，杜晏波和江元清就施展拳脚，打得团丁们四仰八叉，倒了一地。苟一德躲在人缝里"砰"的一枪击中杜晏波的右臂，接着又一枪打中杜晏波的左腿，团丁们一拥而上按住了杜晏波和江元清。

抓住了杜晏波，苟一德欣喜若狂。他本想将杜晏波直接押送到阆中城里交县政府，但转念一想：万一在途中遭杜晏波同伙劫夺咋办？不如先把人押到大丰铺，请张营长派兵一齐押送更安全些！于是直奔大丰铺而来。

驻扎在大丰铺的国民党清乡军营长叫张熙宇，土匪出身，嗜杀成性，哪一天不闻血腥气，便吃不香、睡不着，阆中人称他"张屠户"。

苟一德拢了说明来意，"张屠户"坐在太师椅上，略一沉思，说道："共产党手眼通天，此人又神通广大，很有来头。你把他关在城里，说不定哪天就有人设法把他救出来了。不如就地正法，干净利落，免生后患！"

"这个？"苟一德想到人是他抓的，还是想押到城里去请功领赏，"张营长，这杜晏波是党国悬赏捉拿的要犯，如果我等将其就地处决，是不是……？"

"苟队长！"张熙宇急忙打断苟一德的话，"我刚才说了，此人神通广大，共产党手眼通天，你今天押进阆中，说不定明天就被放出来了。人是你抓的，他出来后第一个饶不了的就是你！你难道忘了何义普、赵联五的事？"

一席话说得苟一德虚汗直冒，可是那 2000 元的奖金也确实诱人："这个，这个……"

张熙宇不等苟一德说完，猛地一拍扶手，高声喝令："来人啦，安排下去，将杜晏波就地正法，暴尸三天！"

阆南中心县委当天得悉杜晏波被捕的消息，立即制定出三套营救方案。

然而，当天傍晚，杜晏波在大丰铺遇害，时年 35 岁。

解放后，阆中县人民政府追认杜晏波为革命烈士，并列入英烈谱中。

第十六回　红旗漫卷嘉陵岸
　　　　青春矢誓天门垭

1935 年 3 月 28 日晚，也就在杜晏波牺牲十六天后，红四方面军发动了强渡嘉陵江的战役，上迄苍溪县的鸳溪口，下到阆中境内的涧溪口一线枪炮声惊天动地，天空映得通红。29 日拂晓时分，红九军一部在副师长韩东山的带领下开始在涧溪口渡江，另一路在许世友率领下，从梁山关蟠龙山一线进攻阆中古城。31 日，红军占领阆中城，开始从南津关、空树溪渡江追击敌军。川军罗乃琼师、王志远旅一窝蜂涌上浮桥，过江退守锦屏山、黄花山一线，敌军凭险固守，红军渡江伤亡很大。

于江震、项治平等已接到阆南中心县委指示，带领升保游击队火速赶到南津关支援红军强渡嘉陵江，江元品也带领向家坝游击队前来助战。黎明时分，刚刚赶到的于江震、项治平等人观察了一下地形，见敌人抢先占据了南岸的山头，居高临下用机枪、大炮攻击渡江的红军，情况很不利。他们当机立断，要于江震、江元品带领大队人马隐藏在锦屏山背后的山脚，项治平挑选15名精壮的队员抄后山小路偷袭山顶的敌军阵地，等山头打响后，江元品等则在山下放枪，呐喊声援。

项治平的精干小队沿一条崎岖小路悄悄向东侧的山头摸去，快到山顶的时候，一个从掩体里站起身来准备小解的敌兵发现了他们，"哇哇"惊叫着掉头就往回跑。项治平甩手一枪，敌兵惨叫一声，跌落到数十丈深的悬崖下去了。掩体内的其他敌兵见势不对，急忙朝游击队员射击起来。游击队员们借着早晨的薄雾隐蔽前进，到了掩体跟前，枪弹齐发，四五个敌兵顿时毙命。山头上其他掩体内的敌兵仗着人多武器好，与游击队员对射起来。

这时，江元品带人在山下鸣枪呐喊，似有千军万马从背后杀来，山头掩体内的敌兵见状，已经乱了阵脚，开始作开溜的打算。突然，后山半山腰响起了密集的枪声，是于江震带人从另一边杀了上来。紧接着锦屏山后响起了"嘀嘀嗒嗒"的冲锋号声，是红九军副师长韩东山渡过空树溪后，赶来支援来了。兵败如山倒，敌人丢弃阵地，一窝蜂地涌向七里坝，从黄连垭向成都方向逃去。

游击队与红军在嘉陵江西岸胜利会师，他们来不及享受胜利的喜悦，在"为杜晏波报仇！""活捉张屠户！"的口号声中，掉转枪口向大丰铺冲去。大丰铺的敌人早已逃遁，战士们含泪收敛好杜晏波的遗骨，以隆重的礼仪归葬于杜家祖茔。

十多天后，在杜晏波的家门前一个叫"天门垭"的草坪上，向廷海、杜光华以及杜晏波的亲兄弟杜大昆等二百多名向家坝游击队员和当地青年农民正式加入红军队伍，成为真正的红军战士。他们排着整齐的队列，举起右手，高声宣誓："我们是工农的儿子，愿来当红军，完成苏维埃给我们的光荣的任务，为着工农解放奋斗到底。"

第十七回（后记） 爱恨情仇东流去
虫沙猿鹤殊途归

—— 书中人物终局考

张友民（1902—1933）：字尚德，别名逸民，1902 年出生于四川省南部县升钟寺张家嘴的一个贫苦农民家庭。曾担任南部县团练局局长、公安局局长等。

升保暴动失败后，于 1932 年冬到南江县桃园寺任炜章部协助改造部队。任炜章于年底起义后，改编为红军独立第一师，张友民任参谋长。次年，调任川陕省工农民主政府文化委员会主席。在张国焘"肃反"中被杀害，时年 31 岁。遗骨现葬于通江王坪红军烈士陵园。其妻蒲香（中共党员）受牵连，亦被害。1937 年，中共在延安批判了张国焘的错误，为红军独立师平反，追认张友民为红军将领，并列入红军烈士录。

覃文（1908—1933）：中共党员，革命烈士。原名谭德武，字别秋，1908 年 10 月 16 日出生于四川省开江县太和乡一个中等地主家庭。1930 年 5 月，以四川省委特派员身份在开江、梁山、达县开展革命活动。7 月组织 1000 余人参加虎南武装暴动，并成立了四川工农红军第三路游击队，任政治部主任。

升保暴动后回南充中心县委工作。1933 年 6 月，任中共四川省军委书记。1933 年 9 月 15 日被叛徒出卖，不幸被捕。1933 年 10 月 10 日晚被害。

罗南辉（1908—1936）：又名罗曼、罗敏，四川成都西郊人，1908 年生。1927 年加入中国共产党，早年曾在水烟铺当刨烟工。先后任川军江防军第二十八军第七混成旅起义军营长、中国工农红军第二十六军第一路警备大队队长、中共川东特委军委书记、中共四川省委的锄奸小组组长、中共南充中心县委军委书记。

升保暴动失败后，被党组织派到川军第二十九军从事兵运工作。1933 年春，率一个连的士兵在前线倒戈起义，参加红四方面军。1933 年 10 月，任新成立的中国工农红军第三十三军副军长。1935 年 5 月参加长征，1935 年 6 月，红一、四方面军在四川懋功会师后，任红三十三军军长。1936 年 1 月红三十三军与红五军团在四川丹巴正式合编为红五军，任副军长。1936 年 10 月 23 日在会宁县中川乡大墩梁遭敌机轰炸，壮烈牺牲，年仅 28 岁。

汪治国（1906—1934）：南部县水音乡人。15 岁被拉兵去南充何光烈部当兵，擅用双枪，百发百中，外号"汪天棒"。1926 年加入中国共产党。顺泸起义时，任刘伯承的警卫班班长。1927 年调中共四川省委特工队，专门从事镇反锄奸工作。1930 年在川军李家钰部发动吉祥寺兵变。1932 年奉命追杀叛徒罗星樵来南部。同年 5 月，截获流马区 2000 银圆转交省委。升保暴动打响起义第一枪。

升保暴动失败后，回省委工作。1933 年，汪治国任阆苍南中心县委游击大队大队长，在阆南一带打游击。1934 年 5 月，汪治国被叛徒出卖，在水音乡被捕。入狱三天后遭杀害，年仅 28 岁。

李汛山（1910—1992）：四川省蓬溪县人。1929 年加入中国共产党。曾任中共四川阆中与南部联合县委宣传部部长。

升保暴动后，于 1933 年参加中国工农红军，参加了长征。抗日战争时期，任八路军一二〇师三五九旅七一八团供给处处长等。解放战争时期，任第二野战军供给部部长等。中华人民共和国成立后，任西南军区后勤部财务部部长，中国人民解放军后勤学院教育长等。1955 年被授予少将军衔。

何芗：苍溪县雍和乡人。1929 年加入中国共产党，升保暴动后回南充中心县委工作。1933 年 7 月，中共中央派廖承志带着给红四方面军的批示和一本敌军密码电报破译法，同交通员杨德安、中共四川省委书记罗世文一道，秘密从上海抵达成都，经阆中、苍溪出川北，前往川陕革命根据地首府巴中。受南充中心县委安排，何芗负责秘密迎接与护送工作，圆满完成任务。1933 年 10 月任阆南县委书记。后脱离组织，在歧坪教书。1938 年于江震回川整顿地下组织，5 月何芗恢复党组织关系，曾任阆南县委主要领导。1950年1月1日，任苍溪县解放委员会筹备会副主任。1981年任苍溪县人大常委会副主任。

项兆开（1905—1935）：字志（治）平，1905年生于四川省南充县（现南充市嘉陵区）新场（乡）一个自耕农家庭。1928年在南充读中学期间加入中国共产主义青年团。1930年春毕业后，在南充中学附小以教书为掩护开展学生运动，从事革命活动。同年转入中国共产党。1931年2月，任共青团南充中心县委秘书。不久，他被党组织派到南部、阆中一带任巡视员。

升保暴动失败后不久，奉命来到升钟地区，恢复党组织，重建游击队。1933年春，任共青团阆南县委书记，并再次被派到南部升钟地区清理、恢复党组织，重建升钟特别区委和游击队。1934年9月，中共川陕省委派于江震和项志平第四次到南部县升钟地区发动群众开展武装斗争，准备迎接红四方面军西渡嘉陵江。1935年4月2日，阆南、德丰两县苏维埃政府在皂角乡成立（辖11个区，115个乡，584个村），项志平担任苏维埃文教委员会主席。随后在阆南武装游击队的基础上，建立起3600多人的游击队，并改编为红军独立师，项兆开任副师长。1935年4月底，率独立师（两个团）进入北川。5月18日，在攻打松潘的战斗中壮烈牺牲，时年30岁。1950年项兆开经川北行政公署批准为革命烈士。

闵一涵：宜宾高县人。原名闵良厚，受堂弟闵建勋的影响，思想进步，向往革命。1930年，她和七妹闵能厚在又新丝厂加入党组织，之后闵良厚改名闵一涵，她为人纯朴和善，忠诚可靠。1931年，在磁器口金沙街中共江（北）巴（县）县委任联络员，后调任南部县委做妇女工作，与闵能厚长期驻扎向家坝。

升保暴动失败后，继续在成都、南充从事地下工作。

杜光华（1915—1947）：原名杜云生，又名杜永海，中共党员、革命烈士。四川阆中市天林乡杜家崖人。1931年参加游击队。

升保暴动失败后，随杜晏波等开展游击战。1935年参加红军并且加入了中国共产党，历任红四方面军一团班长、排长、连长。八年抗战中，他随一一五师开赴抗日前线，他先后被提任八路军一一五师三四三旅六八六团连长、营长、团参谋长、副团长等职，立下显赫的战功。抗战胜利后，进军东北，1946年7月，杜光华任东北民主联军第四纵队十师师长。1947年2月22日在三保临江战役中壮烈牺牲。

于江震（1911—1967）：原名家洵，又名泽南、岱生，四川西充县占山乡樊村沟人。1928年加入中国共产党。

升保暴动失败后，在阆中、苍溪、通江、巴中等县，组织游击队。1935年任红军独立师师长兼政委。红一、四方面军在达维会师后，任川康省委干部大队大队长。1936年10月，入延安中央党校学习。1937年11月，党中央派于江震从延安回南充整顿地方党组织。曾任中共川北工作委员会书记、川康特委组织部部长、南方局机关支部书记、四川省委组织部部长等。

1947年秋末，受毛泽东、周恩来亲自委派，组织"四川干部大队"代号"长江支队"，于江震任政委兼支队长，准备入川开辟根据地，后随形势发展，率领"长江支队"随军入川接收政权。解放后，于江震先后担任中共西南局委员、组织部副部长、部长、纪检副书记、西南军政委员会人事部部长、西南人民监察委员会主任，直至中共中央组织部、工业部副部长，西南局书记处书记兼秘书长。

向廷海：阆中向家坝人，生平不详。1932年参加红军游击队。

升保暴动失败后，继续跟随杜晏波在阆南一带开展游击战争，1935年4月和向朝斋、向廷尧、杜大昆（杜晏波弟）等参加红四方面军，后无音讯。

江元品：阆中裕华（今江南镇）人，生卒不详。1932年参加红军游击队。

升保暴动失败后，参加杜晏波的向家坝游击队，曾任支队长。红军西征后跟随于江震、项治平等人在阆南一带开展游击战争。后回乡务农。二十世纪八十年代初，和阆中飞凤镇凡金龙等人一起落实政策，享受在乡红军待遇，八十年代后期病故。

袁路民小传

第一章　少年为学好交游

　　阆中市飞凤镇场口有一座雄浑气派的民居，它背山面水，因势利导，沿山而上，建成一大一小两个院落。房屋全木结构，榫卯穿斗，雕梁画栋，白璧青瓦。数十间房屋装修得精致典雅，雕花门窗，红漆染的木隔断木地板。十数级石阶直通大门，人们拾级而上，抬头仰观，更增添了它的威严雄壮。阆中到升钟的公路从门口通过，交通方便。这就是飞凤镇政府办公地。其实，它是民国初期的风云人物阆中同盟会会员、护国反袁斗士袁路民的故居，2010 年 2 月，被公布为县级文物保护单位。

　　袁家世代务农，家境殷实。路民自小聪明，上过私塾，读过《四书》《五经》，在当地算是有学问的人。袁路民自小特别喜欢舞枪弄棒，于是父母遍访名师教习他武术，最终练得一身本领。刀、枪、剑、戟、斧、钺、钩、叉、鞭、铜、锤、挝、镋、棍、槊、棒、矛、耙等十八般武艺样样精通。喜爱古典兵法，《孙子》《吴子》《武经七要》等书籍爱不释手。十八岁，参加保宁府举办的武生童试，考中武秀才。二十一岁，到成都府参加全省文武生员乡试，经过骑射、步射、举石、硬弓、舞刀以及策论、兵法等文科考试，考中武举人。

清朝末年，统治者思想腐朽、政治黑暗。美日英等外国列强用枪炮打开了中国大门，使中国逐渐沦为半殖民地半封建社会。国家贫穷落后，官员贪污腐败，百姓穷困愚昧，社会动荡不安——内忧外患，民不聊生。中举之后，袁路民不愿为官，回到乡里，一边收徒传教，一边与耕读为伴。他性格豪爽，处事公道，爱抱打不平，急公好义，主持地方公道。

清末民初，仁字堂大哥老观人冉射屏在阆中开设堂口，袁路民加入了这一组织，并被任命为崇德（今飞凤）分堂口的舵把子，是保宁地界有名的大爷，阆中的实力派人物。

1905 年 8 月，孙中山在日本东京成立中国同盟会，自任总理。四川属于西部支部，西南各省的留学生、文化人、地方豪强、袍哥大爷甚至官宦人士纷纷加入。袁路民喜欢游历，结交一些江湖人士。1906 年，在成都游玩时结识了熊克武、余英、谢奉琦等人，在谢奉琦的介绍下，秘密加入同盟会，成为四川省早期的中国同盟会会员之一。从此，这个出生川北农村的年轻人走上了忧国忧民、反帝反清的革命道路。

回到阆中后，袁路民一面秘密宣传革命思想，抄录四川同盟会刊物《鹃声》《蜀声报》等，秘密发展党员，一面加强对袍哥的说服改造工作。

袍哥又名哥老会、汉流，清初传入阆中。民国初年，阆中有袍哥"仁""义""礼"三大堂口。"仁"字堂舵把子冉射屏在锦屏山武侯祠开山立堂，叫"保汉公"，成员多为地方绅士、财主子弟及部分工商界人士。在米粮市街开设"三元居"茶馆作为联络点，由管事蒋锡三负责。仁字堂在全县 48 个场镇都开设有分堂，兄弟伙计有 1700 余人，是当时阆中最大的袍哥组织。

"义"字堂口叫"聚义公"，设在光国寺内，总舵把子叫何明五，参加者多为船帮、工人、小商贩等，高家坎茶社是其联络点。

"礼"字堂口叫"扶汉公"，总舵把子叫马登云，参加者多为理发、修脚、摆赌、开烟馆的，也有行窃、打家劫舍之流。

袁路民主要做仁字堂的工作。他本身是崇德乡的分舵把子，冉射屏是他的拜兄，平日里称兄道弟，关系很铁。他利用一切机会向他灌输"驱除鞑虏，恢复中华"的思想，使冉射屏以及仁字堂的弟兄们的思想发生了很大变化。这时，恰逢从成都回乡的同盟会会员的彭典初、孔震生也奉命来做冉射屏的工作，这样，冉射屏及其部分兄弟伙加入同盟会，阆中的同盟会力量大为增强。

第二章　反清保路拔头筹

宣统二年 (1910 年)，英法德美四国银行团威逼清政府借款修铁路，清政府于次年 5 月 9 日签订借款合同，将款项用于镇压革命，在邮传大臣盛宣怀的鼓动下，宣布"铁路国有"政策，将商办的川汉、粤汉铁路收归国有。但是政府并没有退还铁路股东的股资。四川铁路的股东有商人、官员、地主和农民等，而且农民占股比例还很大。清政府的这一政策严重损害了各阶层人民的利益，激起了广大人民的反抗，从而掀起了轰轰烈烈的保路运动。8 月 4 日，同盟会会员龙鸣剑、王天杰在成都成立四川保路同志会，与袍哥舵把子秦载耕、侯宝斋等 20 余人开会成立保路同志军，做好武装起义的准备。9 月 7 日，四川总督赵尔丰派兵镇压集会群众，制造了震惊中外的"成都血案"，随即，四川各地武装起义爆发。

9 月，巴中平昌同盟会会员孙洪震受保路同志会总会的委托回乡组织同志军，策动川北地区的保路运动。同时，袁路民也收到四川同盟会和保路同志会的命令，要他组织民军，协助孙洪震开展工作。月底，孙洪震带领巴中同志军 20 余人到达阆中，在五吉关与袁路民率领的阆中同志军 30 余人相会，组成川北同志军第一路军，袁路民任副总指挥。同志军驻锦屏山和南津关，断绝交通和城内的供应，又派人到城北梁山关游击呐喊。他们一面召集各区乡民众 1000 多人集结在五吉关、河溪关、空树溪等地支援，把篾垫席筒染成黑色架在木架子上，布置在锦屏山、白塔山上，一面在锦屏山上用风筝做成纸飞机向城内发布告示，向清军宣称："革命大军以怒涌川腾之势直捣保（宁）潼（川），若不缴械投降，恐城破鸡犬难留……"

保宁府官员见城市被围，粮草断绝，锦屏山、黄花山、白塔山上白天旗帜招展，夜晚火把通明，整天价喧嚣呼号声如潮涌，隐约间可见山头无数的大炮口对准城中。他们急得像热锅上的蚂蚁，派出的探子一批接一批，只有出去的没有回来的。眼见同志军声势浩大，援军又杳无音讯，同志军的限期将至，不得已，最终选择投降。这就是闻名史策的"五十壮士下保宁"的传说。

同志军整队入城，袁路民任军政府安抚使，管理境内军务和治安。发布告安民，除陋习，布新政。

第三章 "二次革命"勤奔走

1912 年，清政府垮台，中华民国建立。时阆中社会动乱，散兵游勇四处劫掠，土匪恶霸恣意横行，清衙门关闭，官吏纷纷逃匿，路民等同盟会会员主动站出来，成立临时管理机构，维持秩序，组织民众开市，督促农民耕种。直到川北宣慰使署成立，川北宣慰使张澜（四川西充人，1949 年当选中华人民共和国政府副主席）到阆，才将一切权力移交。袁路民生性懒散，不愿受约束，不愿意在阆中城里为官，张澜挽留不住，任命其为阆（中）南（部）团练总办，操练民团，维持地方治安。于是袁路民"对联烂了边边——图个字（自）在"，回到家乡，继续与耕读为伴，时常有江湖上的袍哥兄弟往来其家，他们切磋武艺，谈论书画，推杯换盏，真是"座上客常满，杯中酒不干"，倒也快活无比。

1913年袁世凯准备召开第一次国会，排斥国民党，摆脱革命的束缚。3月，暗杀了国民党左派廖仲恺，引起了国民党的强烈反抗，全国规模的武装讨袁起义爆发，史称"二次革命"。

当孙中山的"二次革命"指示传到四川后，在成都读书的阆中籍学生龚焕然、孔宝庆、孙震生、杨向渠与巴中、苍溪籍学生孙洪震（东瀛）、庄严、母剑魂等商定共举反袁大旗，成立讨袁靖国军。他们先后秘密潜回阆中，再次秘密联系阆中的袍哥力量，积极准备在阆中起义。按照约定，冉射屏利用自己的身份，掌握川北道和保宁府官员的动向，必要时来他个中心开花；袁路民负责与川北各地袍哥弟兄联系，特别是争取川西北哥老会的张达三的"同志军"赶来阆中相助；赵秋圃、刘春负责与仪陇、营山、蓬安等县的民团中那些被袁世凯派系所排挤的原川北团练讲习所骨干分子联系，以仪陇县土门寺为据点、集聚力量、支援阆中。

当时的阆中，道、府、县三衙同城。时任道台杨湘（字芷江，江苏阜宁人）、知府张作藩（字剑侯），他们都是袁世凯的铁杆爪牙。杨湘等官员深知，要治理好川北，维护保宁地区的社会治安，绝对离不开袍哥势力，因此，他们都与阆中的袍哥大爷冉射屏、赵秋圃、刘春等交厚。

1913年（民国二年）7月初，阆中同盟会员和进步学生秘密召开第二次讨袁会议，成立"讨袁靖国军"，总部设在大东街"同发栈"，司令部设在笔向街孔宝庆的家中。会议一致推举龚焕然为都督，孔宝庆为司令，袁路民、母剑魂为联络官，陆玉书、杨向渠为秘书，孔震生为宣传部部长。会议选定冉射屏任"昭、广招讨使"，赵秋圃任"阆、南、仪招讨使"。会议决定起义时间以袁路民派人联络的张达三部到达阆中时为准。会后分头行事，散布讨袁革命军已到四周各县，夜里四处张贴标语传单，用以威胁、恐吓保袁势力，乱其人心。一时间，保宁府已成山雨欲来之势，街头各种传言纷纷嚷嚷，人情汹汹。有钱人暗地里收拾细软准备外逃，各种势力也暗中揣度各做打算。

川北道台杨湘预感革命风暴即将袭来，形势已极为严峻，心中惶恐不已。他寻思自己作为封疆大吏守土有责，又不敢擅自离开阆中；作为"外来户"异地为官，在阆中又没有亲戚朋友，想找个藏身之地都没有。杨道台急得团团转，懊恼不已。突然，他灵光一闪，想到一个人物，一个可以救他性命的人物——冉射屏。杨道台如同溺水之人一下子抓住了一根稻救命草，他想冉射屏是地方显赫人物，平素与官府颇多来往，或可依赖。于是，写好一封言辞恳切的书信，派人连夜送到老观场。信中，杨道台极尽恭维、卑切之词，"……鉴于目前暗流涌动情势汹汹，老夫每有案牍之烦，惶惑性命之忧。忽闻弟台仙乡奉国古治，历史悠久，风光秀丽，军商要地，乃求一往，或可赏心悦目……"冉射屏接信大喜，满口答应。第二天，一乘八抬大轿把杨道台接到老观场，住进冉射屏的公馆。从此，三日一小宴，五日一大宴，美女鸦片随时伺候。同时，仁字堂的兄弟伙把老观场围了个里三层外三层，实际上是把杨湘软禁起来了。

7月14日，有一支全副武装的军人开进阆中，住进了同发客栈。他们是熊克武（1905年加入孙中山领导的同盟会，民国初年四川著名的军阀）部的一个排，路过阆中去汉中买军马。夜里，龚焕然悄悄来到同发客栈，拜见领队的王排长。经过彻夜长谈，摸清了队伍底细。原来，坐镇重庆的川军第五师师长兼重庆镇守使熊克武见袁世凯倒行逆施，凭着自己敏锐的政治嗅觉，预感到一场革命和反革命的较量已不可避免，于是迅速整编军队，实行新的建制，将第五师改编为4个步兵团、1个骑兵团、1个炮兵团、1个工辎兵营，并将蜀军将弁学堂速成班中的优秀毕业生刘伯承等编入第五师，以加强中下级军官的力量。并派人带上银圆到汉中、陇西等地购买战马。此次到汉中购马的王排长和军需官都是同盟会会员，憎恨北洋军阀，同情革命。龚焕然便抓住机会，将阆中反袁起义之事相告，请其支持。天下同盟会员是一家，王排长当即答应全力支持阆中起义。

返回同发客栈已是四更时分，龚焕然兴奋不已，立即召集孔宝庆、母剑魂、孙东瀛等人开会，与会人等一致认为王排长的正规军是一支足可依靠的强大力量，是上天赐予的最好机会，一定要抓住。为避免节外生枝，会议决定提前起义。

1913年7月15日午夜子时，阆中"二次革命"反袁起义正式打响。龚焕然、孔宝庆、袁路民等人率领义军冲锋在前，首攻道台衙门，把守大门的都蔚率兵抵抗，被袁路民一刀斩杀，其余兵丁见群龙无首，不敢反抗，乖乖地下跪投降。接着又进攻保宁府衙，知府张作藩早已潜逃，袁路民率靖国军冲进衙门，勒令衙中人员交出府印，从而夺取了阆中的军政大权。起义取得暂时胜利。

熊克武部王排长见起义成功，为不耽搁买马大事，婉拒了龚焕然等人的挽留，第二天便匆匆离去。

"二次革命"在阆中取得了武装起义的成功，城市乡村处在喜庆之中。袁路民征鞍未洗，立即赶往老观场，准备带领仁字堂弟兄回防阆中，加强城市防御力量。两天后，当袁路民从老观场带领100名袍哥弟兄押解道台杨湘回到阆中城时，一股寒意袭上心头。只见阆中城防松懈，散兵游勇四处乱窜，革命军队伍纪律松弛，警惕性薄弱，袁世凯的爪牙们并没有受到拘押惩戒，龚焕然、孔宝庆等起义领导们沉浸在暂时胜利的喜悦中，整天忙于拜客、饮酒、喝茶。袁路民心急如焚，赶紧向龚焕然、孔宝庆提出五条建议：一、加强城防力量，调部分民军进城，靖国军和民军划定防区，上城守卫；二、加强城内治安，组织巡警、民军和同盟会骨干，划定街区，分片巡逻，维护治安；三、加强军队训练，扩大靖国军武装，将袍哥和民军中的骨干力量进行军事编制，强化正规训练；四、整顿旧军队，打击散兵游勇，惩戒反动分子，把忠于袁世凯的反动官僚、军官及其家属控制起来，该审判的立即审判，镇压一批，以威慑敌人，鼓舞民众；五、向南部、苍溪、梓潼、仪陇等周边派出四路哨探侦察敌情，昼夜不停，特别是成都方向敌情，防止敌人偷袭。见龚、孔等人不以为然，袁路民焦急万分，顾不得休息，马不停蹄地赶往梓潼，亲自迎接西北同志军张达三部，因为他知道，只有张达三到阆中，阆中的反袁力量才足够强大。

话说保宁府知府张作藩，在15日晚间已探得同盟会要起事的消息，急急忙忙跑去找道台杨湘商议，闻听杨湘还在老观场未回，便也顾不得许多了，换了身便服，只带了一个随从，高价买通了一只打鱼船，从塔山湾过江，匆匆逃出阆中城。

张知府急急如丧家之犬、惶惶如漏网之鱼，连夜逃到南部，租了乘轿子，昼夜赶路，两天两夜即到成都，立即将事变告知四川都督胡景伊（袁世凯的部属）。胡立即委任手下高培德为川北观察使，率领军队300余人，化装成普通百姓，与张知府一道分批潜回阆中。他们一进城，立即与旧部勾结，于七月二十一日夜突然袭击同发客栈靖国军总部，将龚焕然、母剑魂、庄严、孙东瀛等抓获；并包围了笔向街孔宅，逐户搜索，在西侧邻居蒲氏宅第的夹墙道间将孔宝庆捉住。七月二十三日龚焕然、孔宝庆、庄严、孙东瀛四人被杀害于西门外刑场。同日被杀的还有两位归顺起义投诚军官。赵秋圃、刘春分别去了土门寺和老观场，幸免于难。母剑魂下狱，孔震生当夜从家中逃往巴中，后被缚送成都关押。杨向渠改名杨天禄逃往汉中。侯仲良与陆玉书自此下落不明。只有孔震生和杨向渠活到新中国成立以后，孔震生担任过绵阳地区行政公署副专员。

这几天，在老观场的冉射屏如坐针毡，每天派出几路人马打探消息。24日，冉射屏突然收到高培德派人送来的一封信，信中大谈冉射屏保护乡梓，"护杨有功"，经胡都督上奏袁大总统，朝廷"予以旌表"，请冉射屏立即入城受封。冉射屏不知就里，将信将疑，思来想去只得冒险入城。高培德还派人在城门口鼓乐相迎，等到一进道台衙门，伏兵齐上，将其捆绑，二话不说，立即斩首在道台衙门照壁前（即今之川北兵备道署前）。"保汉公"仁字号袍哥从此群龙无首，组织立即瘫痪了。其余袍哥人人自危、噤如寒蝉、遁迹敛形了。

阆中民间还有一个关于此事的笑话：传说杨湘、张作藩为了表示对高培德的感激，决定在华光楼（南楼）河坝举行一个盛大的欢迎仪式。这天，张作藩打马经过东来顺饭庄时，听见一个身材魁梧卖醋的小伙子在吆喝："这边走，这边看，正宗的保宁醋金不换！"

张作藩见状大喜，赶紧吩咐一位跟班去叫卖醋伙计过来，跟班的疑惑地望着张作藩："大人，你要买保宁醋？"张作藩摆摆手："买啥子保宁醋哟！你去把那个伙计叫来，他嗓门洪亮，吐字清楚，吼的号子听起来巴适得很，我要让他后天去台子上领喊欢迎口号。"跟班更加疑惑地说："大人，县衙里当差的大嗓门多的是，你叫这个卖醋伙计来领喊口号，他球经不懂，恐怕到时要给大人潲皮哟！"

张作藩的秘书瞪了跟班一眼，说："你懂个铲铲！大人这样安排，更能体现官府与百姓同心，拥护高观察进城嘛。"

张作藩满意地对秘书点点头，说："胡秘书，你说得对，这件事就交由你来办，将那醋房伙计带到县衙里专门培训，三天后一定让他到台上领喊口号。"醋房伙计被带到县衙里，胡秘书指派专人教他领喊口号。

醋房伙计不敢马虎，专心致志把十几条欢迎口号背得滚瓜烂熟。三天后，欢迎大会在华光楼河坝如期举行，官府强行命令大批群众参加，河坝里聚集了上千人。高培德在众官员的簇拥下登上临时搭起的木台，胡秘书催促卖醋伙计赶快领喊口号。

谁知醋房伙计从来没有见过如此盛大的场面，站在台上，面对台下众多观众，顿时紧张怯场，两条腿直打哆嗦，每天背得滚瓜烂熟的欢迎口号忘得一干二净，像木桩一样站在台上，急得汗水直飙。胡秘书从背后蹬他一脚："喊噻！喊你平日里最熟记的话。"

醋房伙计举起手，突然惊乍乍地冒出一句："保宁醋哦！正宗的保宁哦！酸得巴味（儿）！酸得尿滴！"

全场群众一时哄然大笑，秩序大乱。这场欢迎会以闹剧草草收场，在民间传为笑谈，一直口传至今。

7月底，当袁路民和张达三率领川西北哥老会同志军赶来阆中时，高培德军已沿江布防，封锁渡口，将船只全部停靠在嘉陵江东江北岸，紧闭四门，放出母剑魂过河与张部谈判（因母系成都蜀报记者，与张相识），妄图拖延时间，以待援军。同志军不予理睬，在锦屏山上架起大炮，日夜不停地轰击阆中城。同志军居高临下，一颗颗炮弹在袁军阵地上炸响，西门一带一片狼藉。第三天早晨，辰时初刻，张达三一声令下，隐藏在南津关锦屏山山岩下的五十多艘竹筏如同离弦之箭，破浪穿波射向东岸。锦屏山上的大炮更是抖擞雄威，炸得袁军鬼哭狼嚎。山上山下的同志军齐声呐喊，子弹如飞蝗般射向敌人。袁军丢盔卸甲，节节败退。同志军攻破江防阵地，从鱼翅码头上岸，突入西门，攻入了城内。眼见的兵败如山倒，高培德急忙收拾细软，率领残兵败将沿玉台山向苍溪剑阁方向逃跑。

袁路民冲进城内，首先打开监牢释放被关押的同盟会会员、袍哥兄弟和龚焕然等首领的家属，庚即派人收拢龚焕然、孔宝庆、冉射屏等烈士的遗体，卜地安葬。

经此事变，袁路民更加无心做官，婉拒同盟会任命的保宁府同知的官职，以及张达三要他加入同志军的邀请，毅然回到家乡崇德，当起农民。

第四章　护国反袁碧血流

1915年12月12日，袁世凯宣布接受"推戴"为"中华帝国皇帝"，定于1916年元旦登基称帝，取消中华民国年号，改1916年为"洪宪元年"。12月25日，唐继尧、蔡锷、李烈钧等在云南起义，护国战争爆发。

当时，袁世凯复辟称帝的消息老早就在坊间流传，国民党员和有志爱国人士义愤填膺，秘密商讨对策，反对袁世凯的倒行逆施。自"二次革命"以后，阆中军阀更迭，你方唱罢我登场，冯玉祥、颜德基、熊克武等部先后进驻阆中；孙中山、黎元洪、袁世凯任命的亲信先后执掌阆中。一朝天子一朝臣，有人得意有人失意。袁路民本来不想插手官府事务，但国民党人士暗中联络，眼见袁世凯走回头路，不得人心，便也积极行动，联络各路豪杰，组织民团，密谋反袁。

1916 年元旦，保宁府和各乡场纷纷竖起"五色共戴旗"，上书"洪宪"大字，"洪宪皇帝万岁"的标语和彩旗铺天盖地；袁世凯的亲信们在阆中古城和四十八个乡场举行了盛大的游行、联欢等庆祝活动。然而，令人诧异的是，第二天一大早，各场镇和古城的标语全部被撕除，旗帜被砍掉。驻阆北洋军立即派人查访，原来都是袁路民组织的民团暗中破坏的。北洋军头目气急败坏，立马派一个排到崇德乡捉拿袁路民。袁路民也集合民团在长岗岭布防，阻挡北洋军。通过一昼夜激战，北洋军增兵数百人，民军毕竟抵挡不住，只得撤退。原先联络的各乡镇民团和地方势力见北洋军势大，大都畏缩不前，不敢起事。袁路民只好解散民团，只身逃亡川西地区，投奔在那里的原"复汉军"首领吴庆熙。

三月，云南、贵州、湖北等地以及四川本地的刘存厚等护国军与四川北洋军交战中取得节节胜利。袁路民受护国军总部委派，回阆中主持川北局势，迎接护国军北伐。通过不懈努力，袁路民联络袍哥、会党和各乡镇民团 1000 余人，制造刀枪火药，准备 4 月初进攻阆中城。

然而，正当扑城准备紧锣密鼓地进行之时，袁路民回乡的消息被叛徒告密。原来，保宁府袁世凯的亲信为维护"洪宪"大业，防止像袁路民这样的反袁力量起事，暗中在各乡镇都派有眼线、"坐庄"。所以，袁路民一回乡，保宁府的北洋军就得到了消息，一张抓捕大网迅速编织出来。

一个漆黑的午夜，三百多北洋军神不知鬼不觉地开进崇德乡。他们首先摸上后山，控制了哨兵，二十名投弹手打开数百枚手雷，准备居高临下将袁宅炸个稀巴烂；一百名快枪手将袁宅围了个水泄不通；一百名步兵包围了崇德场，控制住了老百姓和民军；一百名骑兵队作为机动兵力，把住各个路口；三门大炮布置在对岸的山包上，随时准备轰炸袁宅和崇德场。北洋军部署完毕，并没有直接发起攻击，而是派了联络官进宅谈判。袁路民清楚地判断了当前的形势，思前想后，为了保全家人和场街群众，袁路民提出两点：第一，反袁斗争乃其一人主事，不得牵连其他同志；第二，北洋军不得滥杀无辜，不得殃及家人和乡里。在得到肯定答复后，袁路民放弃抵抗，主动就擒。

北洋军在阆中西门外的刑场公开处决袁路民等人。势已如此，家人和袍哥兄弟们只有做最后的准备。为了让袁路民少些痛苦，他们费了好大的劲才请得阆中最好的刀把子（刽子手）给他行刑，又花了五十个大洋买通刀把子给"留个把儿"（指身首不分离，留层皮）。到了行刑那天，众兄弟齐集法场，只见刽子手一刀下去，寒光一闪，路民的首级耷拉在胸前，而其他犯人的头颅都纷纷滚落地上。一腔鲜血喷洒在地，众兄弟一拥上前，用草席裹起，抬上滑竿，早有渡船等候岸边，载过嘉陵江，马不停蹄地送回家中。家里已预备下棺木，路民最好的兄弟袍哥老幺石德斋亲自给他缝上首级，穿上寿衣，葬于祖茔。

后　记

从保路反清到"二次革命"再到反袁护国，阆中人一直在为国家、为民族、为民主英勇奋斗，而袁路民就是这群人中的代表，是"生命不息奋斗不止"的民族民主斗士，是了不起的英雄。可惜，也许是笔者孤陋，至今仍未查见为其著书立传者，正史、地方志亦未见提及；飞凤镇其故居前那一方孤零零的石碑实在不足以彰显其逐渐被时光和俗流霾没的功绩，于是乎书此拙文，是为纪奠。由于学识粗浅，很多史料不全，难免瑕疵，望有识之家指正。

1913年的"二次革命"，最先起来讨袁的，是江西国民党人李烈钧的"七月十二日湖口起义"。接着便是江苏的黄兴、安徽的柏文蔚、广东的胡汉民……阆中的袁路民、龚焕然等武装起义恰赶在7月15日，只比李烈钧晚了三天。从全国范围来看，应该算在率先之列；从四川来看，则是打响了讨袁第一枪。在"二次革命"中，全国其他州县，尚未有像阆中这样壮烈成功的例子，是阆中的光荣，是辛亥革命以来的国民革命历史中四川的一件重大事件，当永远载入史册。

1916年护国反袁斗争，袁路民带领民团兄弟暗中行事，打击了袁世凯等复辟势力，振奋了阆中人民的护国激情，也在全国率先之列，当属护国反袁的排头兵。

一座小城的人民，在一个个重要的历史节点，能够当仁不让地站出来，振臂高呼，为真理呐喊，做正义的捍卫者，甚至不惜自己的青春、热血和生命，这是怎样的一种崇高和伟大啊！盘龙山和嘉陵江滋养了阆中人，也使阆中人的性格如同滋养他们的山水一样清澈明了、雄浑豪直。

袁路民当得起义士的称号！

火烧皂角坪

　　1935年春，中国工农红军第四方面军为策应中央红军北上，放弃经营三年的"川陕革命根据地"，离开通（江）南（江）巴（中），渡过嘉陵江，向川西挺进。3月底的一天清晨，崇德乡正逢当场，十里八乡的老百姓们背包挑担汇聚在小小的柏树梁子。那些卖粮食卖鸡鸭卖蔬菜卖农具的农民和买主们在精明地谈着生意；那些寻亲访友的在东张西望地觅视人群，显得行色匆匆；几个老熟人在街口相遇，拉着粗糙的手问家人问庄稼问牲畜依依不舍；酒馆里几个喝早酒食客在划拳行令，争得面红耳赤；只有茶馆里的几桌茶客稳静而安逸，悠闲地品着盖碗茶，一边摆着龙门阵，或者聚精会神地玩纸牌，"天、地、人、和、幺"，打得津津有味。忽然，从场口过来一队士兵，只有七八个人。他们穿着破旧的灰布军装，头戴灰色五星八角帽，足蹬草鞋，身背步枪。他们迈着整齐坚定的步伐，一边走一边热情地向老百姓打招呼。他们径直来到古戏台上，向围拢来的群众做起了宣传："老乡们，受苦受难的同胞们，我们是共产党领导的中国工农红军！我们是来帮助你们打倒田冬瓜过上好日子的！老乡们，天下穷人是一家……"哦，原来是红军来了！老百姓在暗暗议论着，有的赶紧跑回去把消息告诉更多的人，有的则形影不离地跟着红军战士，看不够他们的飒爽英姿，听不够他们宣讲的闻所未闻的道理。当天下午，乡苏维埃政府在王爷庙挂牌成立，第二天，在瓦店子杨家大院建立了村苏维埃政权，杜正国任主席，自此崇德乡境内第一次诞生了共产党的政权。

老百姓对待红军的态度是复杂的。当时国民党在宣传上大肆污蔑丑化红军，把红军叫作"乌老二"（在川南和川西地方叫"霉老二"），说乌老二红毛绿眼，青面獠牙，杀人放火，生吃人肉，共产共妻。还说乌老二喜欢吃娃娃，用树棒串起烤着吃，等等。所以有的胆小就跑了，叫作"跑反"。跑得近的就在周围山上躲起来，跑得远的就跑到南部、西充、成都等地。小时候听我婆婆经常摆谈，当时我爷爷把家里仅有的十几斤大米倒在一个大背篼里，和族里邻近的几个青年一起跑了，也不告诉要跑到哪儿去，也不管家里的人吃什么活什么、是死是活。十多二十天后，红军走了，跑反的人回来了，米吃完了，空背篼也丢了。

但凡富裕人家和被蛊惑的群众大多跑反去了，留下来的人多是穷苦百姓，支持红军、参加红军的也比较多，听说红军西撤的时候于江震、项治平等人在天门垭一次组织地方青年参加红军的就达两百多人。崇德乡乃至我们村曾经就有好些人参加了红军，解放后确认为"红属"和"烈属"的不少，后辈中好多人都成了国家干部。我们当地当年参加红军能活到解放后又回乡认亲的好像只有一个王子宜。王子宜是水澄寺村人，离飞凤镇很近，当年 12 岁，正在山上放牛，有红军战士对他说："小朋友，走，跟我们当红军去。"他二话不说跟着就去了。他母亲听说后，在后面追他，他非但不回反而在山上向他母亲掀石头，吓得母亲不敢来追。后来官至成都军区后勤部部长，多次回乡。"文革"中，给凤鸣公社提供了一台柴油发电机，使凤鸣公社成为全县第一个开通广播的公社；后来又给凤鸣公社调拨了一辆汽车，为家乡建设作出了贡献。当他还在担任广元独立团团长的时候，我岳父因为向家"红属"的问题去找过他，他还记得当年很多老乡都在红军队伍里，后来到了延安，人就很少了。

还有一些群众在红军队伍里做事。当时在瓦店子大院子建了一个红军被服厂，当地很多裁缝师傅都在被服厂工作，杨家坝的润老汉和他的两个徒弟也在厂里上班，报酬丰厚，三五天还可以回家来歇一晚上。红军西移，被服厂走到老土地，润老汉就向领导请假，他要回家拿两件换洗衣服，安排两个徒弟带上机器（手动缝纫机）先走。不想他这一回来就没有走脱，第二天，辖马口、天门垭等地都布上了清乡军，到处盘查行人，搜捕失散的红军。润老汉的两个徒弟从此再无音讯，润老汉一直活到二十世纪七十年代。

正是青黄不接的时候，红军开仓放粮救济穷人，首先要开的是杨家祠堂。杨家祠本是杨姓大地主杨晓昌的庄子，后来逐渐成了杨姓家族的祠堂。祠堂里的粮食究竟是地主的浮财还是杨姓的族粮现在已经说不清楚了。当时的杨姓的大户人家听说要开杨家祠放粮，一面派人去跟红军求情，一面组织杨姓的老百姓到杨家祠去阻止开仓。红军的决定岂能随便改动？到时候照样开仓放粮，远处的老百姓欢天喜地满载而归，而杨家坝杨姓的老百姓则呼天抢地。受到鼓动去阻止开仓的杨姓百姓，红军大多没有为难，驱散了他们，只是把带头的十几个青年人给带走了，龙老汉就是其中一个。小时候我放一头大黄牛，龙老汉放一头小黄牛，出门多在金谷包、周家垭豁等地，我给他扯习字本儿纸用于卷叶子烟，给他吆喝牛，给他勾牛屎，换得他给我抽两口，给我戴他的水晶老花镜，给我讲故事。故事主要还是讲他参加红军的事情。据他说，他们十几个人被红军抓了以后，进行阶级教育，见他们都是穷人出生，也没有为难他们，先是帮助红军干些杂务，挑挑子背背子，不久之后就把他们转为正式红军，而且很快就编到战斗部队。后来，响应张国焘的"打到成都吃大米"的号召，他们在成都周边（现在估计应该是百丈关）打了一大仗。结果被国民党军包围，他们一个排全部被捕，国民党军枪毙了排长，然后把他们给放了。回乡之后，他把这段经历深埋心底，不论是解放前还是解放后都不敢说。解放前他只说是被"乌老二"抓去了又逃了回来，解放后他只说参加了红军被打散了。如果解放前晓得他参加了红军，解放后晓得他被捕过，估计他也活不到那么长岁数了。龙老汉曾经带回一枚像章，上面是朱德和毛泽东的头像，背面有"朱毛红军万岁"的字样，"文革"中有人还看见他家里的小孩拿到学校显摆。

我曾问他爬雪山、过草地的事情。他说，爬雪山确实很苦，冷死人，身体差一点的人稍不注意就被风吹跑了，或者爬到半山就被冻死了，山坡上冻僵死的红军战士多了去了。过草地倒没啥子感觉，因为他们是第一批过草地的，草地上黄羊、野兔啥的很多，特别是有一种野韭菜，大片大片的，一两尺高，绿油油的，割下来炒羊肉兔肉巴适得很。所以他们的肚子根本就没有挨过饿，挨饿的是后过的部队，草根都吃完了，不挨饿才怪哩。他们只是觉得路难走，泥谷湔泅，还危险，陷进沼泽就没命了。

也有对红军心存芥蒂或者反对捣乱的。

甫原是崇德乡警察所的一名警士，据说祖上做过大官，曾经富比王侯，后来家道中落。到他这会儿，家里虽不贫穷也不大富，有几亩田地，吃穿不愁。甫的口头禅："铜盆打了分量在，船烂了还有三千钉。"经常背杆梆梆枪到处转悠，喜欢在人前显摆，一般人都怵火他。他父亲早亡，母亲是个炮仗性子，又争强好胜，两三句话不和就要斗嘴吵架的那种。甫刚刚娶了媳妇，新媳妇漂亮贤惠，颇得邻里称道。红军来了，像甫这种人当然早就跑了，家里就剩下婆媳俩。

这天傍晚，来了三个红军，找到甫他娘，告诉她，红军得到消息，她家里有一支汉阳造步枪，叫她把步枪拿出来看看。

"莫得莫得！我屋里哪儿有啥子枪哦，你们弄错了。"甫他娘开始抵赖，头摇得像拨浪鼓。

"大娘，你就不要瞒了，我们都调查清楚了。你儿子甫先生的枪就放在家里的，快拿出来吧。"领头的红军耐心地做着工作。

"是哪个狗日的嚼舌根子的东西说的？叫他来拿，我老娘说莫得就莫得！"甫他娘开始要横了，一会儿骂人造谣，一会儿又说枪叫甫带走了。

红军不急不躁，耐心做着思想工作。天快黑的时候终于说通了，老太婆承认有一支步枪，藏在家里的房梁上，愿意拿出来献给红军。

甫的家在山下的一片竹林间，距离老院子一路之隔。房子建在一个叫皂角坪的小坝子上，面向水田，是一块风水宝地。房前有一棵高大的皂角树，每到四五月间，皂角花开，白色黄色的花絮一团团、一簇簇非常好看；夏秋季节，青的红的皂荚挂满枝头，像丰收的豆角。远近的乡亲时常有人或洗衣服或做药引来向主人家讨要抑或购买三五个皂荚，视若珍宝，所以，皂角坪小有名气。带转角的三间草房，整齐干净。房屋不高，但屋内甑有木楼。独门独户，清静幽雅。

甫他娘带着红军来到家里，一只手端着一盏桐油灯盏，一只手扒着扶梯，颤巍巍地上楼找枪。站在楼板上，踮起脚从房檩的缝隙里扯出一卷用油皮纸包裹的东西，打开一看，正是一支半新不旧的汉阳造步枪。

甫他娘本是个争强好胜的性子，一辈子从不吃亏的主儿。她一边抚摸着枪一边想：枪是儿子的武器，是在周围邻里显摆的场面，一家人视为生命，岂能轻易交给别人？等儿子回来，我又怎样向他交代？再者，从小到大老娘哪儿吃过这么大的亏？给什么人低过头？你几个"乌老二"就把老娘给吓住了？甫他娘越想越气：老娘宁愿把房子烧了，也不愿把枪给你。正是：怒从心头起，恶向胆边生。甫他娘越想越窝火，越想越激动，心里也像装了一锅滚油一样烧痛难忍。突然，拿着桐油灯盏不自觉地向房顶的麦草凑上去，一下，二下，三下，干麦草一点就燃，火苗先是反卷向下燃烧，带来满楼的浓烟，一眨眼的工夫，熊熊大火一下子蹿出房顶。甫他娘见房子真的燃烧起来了，知道自己闯下了天祸，后悔已来不及了，一屁股坐在楼板上，号啕大哭起来。

在一楼等待的红军见楼上起火，几步冲到楼上，一把把甫他娘拽下楼来，又在烟火中找到步枪，然后把甫他娘控制起来。

红军战士一面拿起瓢、盆、水桶挑水救火，一面号召老百姓都来帮忙。可是，老百姓一来对甫他娘幸灾乐祸，二来对红军不了解，不晓得火是为啥子烧起来的，都不敢去救。所以，尽管红军喊了半天，声音都喊哑了，仍然没有几个百姓去救。一会儿，从山那边跑过来一队红军战士，赶来参加救火，可是二三月间草干风燥，一会儿的工夫，一套房子就烧了个裸连精光。

红军这下是真生了气了，马上把两个女人抓了起来。

皂角坪坝子里摆了张四四方方的饭桌，皂角树上绑了几个火把，红军战士和苏维埃干部坐在桌前，两个女人跪在坝子里，一句一句回答审讯人员的问话。村里的几个德高望重的老人被请来坐在桌子旁边，老百姓静悄悄地远远地观看，大多藏在四周的竹林里，偶尔有几个胆大的凑近了观看，红军也不阻拦。据老一辈人讲，两个女人号哭了一夜，也没有审出个什么所以然来，天亮的时候把她们押解到了村苏维埃。

其实，甫并没有跑远，和几个警士一起先跑到南部的定水，感觉不安全，再跑到西充躲藏起来。原来，红军发动嘉陵江战役的时候，阆中驻军和团防局命令各区乡的团丁和警士一律带上武器统一向西充一带撤离。但是，崇德乡的警士队队长敬名山胆小怕事，害怕和红军打仗。所以传达命令的时候就笼而统之、含含糊糊地说向西充撤，也不管警士们带枪不带枪。自己则带了三五个贴心豆瓣一溜烟跑到西充城里，住进了一家最好的烟馆。

这一天甫正在闲逛，突然遇见一个远房老表，告诉他家里的房子被火烧了，老娘和媳妇被红军抓起来了。甫一闻言大惊失色，又急又恨，又哭又跳，一时六神无主。这时，有人给他出主意，叫他去找敬队长，求他带领兄弟伙去把老娘和老婆抢回来。

甫费了老大的劲才在烟馆里找到敬名山，一把鼻涕一把泪地诉说老娘跟老婆被红军抓去的情况，请求敬队长派兵给兄弟报仇。敬名山一听，冷冷一笑："说得轻巧一根灯草。那'乌老二'那么好打，我们还跑个锤子？为救你龟儿的老娘和婆娘赔上我弟兄们的性命划不着。"说罢，任凭甫再三哀求，理也不理，只顾烧他的鸦片。

甫求告无门，又急又气，嗓音都哭哑了，坐在阶沿上独自垂泪。远房老表是个江湖客，黑白两道都有些门路。一把拉甫到小旅馆，切了一盘猪耳朵、一盘豆腐干、半斤炒花生，舀了一斤烧老二，二人借酒浇愁。酒至半酣，老表才挤眉弄眼地说出自己的主意。原来，老表这几年行走江湖，与九龙山土匪杨笨牛多有来往，明里做些针头麻线的小生意，暗地里却做着不可告人的勾当，是个专门给土匪找"肥猪"的暗探。老表开导甫："现在红军势头正盛，国军不是躲就是逃，根本不敢招惹。而且这些官老爷无情无义，绝不肯为了一个普通警士的家属去冒险。我倒听说九龙山杨大当家的最讲义气，而且艺高胆大，天底下没有他办不成的事情。老兄去求他，也许他能帮忙。"

甫摇头说道："我倒是也听说杨笨牛厉害得很，但我跟他无瓜无葛、不亲不友，他肯帮忙？"

老表说："杨大当家的义字当先，为朋友两肋插刀，定能帮忙。"

"不可能、不可能，我一个穷光蛋，连见面礼都莫得，拿啥子请人家帮忙啊！"甫连连摆手。

老表神秘一笑，两只眼睛眯成了豌豆角，满是酒气的嘴巴凑到甫的耳朵边："你老兄哭穷了是吧？哪个不晓得你家里有宝贝？"

"嗯？不行不行，我可莫求得啥子宝贝。"甫紧张地站了起来。

老表按住甫坐下："老表啊，我看你是'揣着元宝跳河——要财不要命'，放着两条人命等你救你却舍不得一件宝物。钱财乃身外之物，况且，现在身逢乱世，你那宝贝值得几个钱还不好说呢？人命关天，何况还是你妈！鸦有反哺之义，羊有跪乳之恩，你一个大男人还常在市面行走，难道还不晓得这忠孝二字？而且，听说兄弟媳妇如花似玉、温柔贤德，你就能舍得？大男人做大事不要念小财，钱没得了可以挣，人没得了就挣不来。常言说'舍不得孩子套不得狼'，要是我，我一定会把宝贝献给杨大当家的，我相信他一定会替老兄报仇，救出娘娘和嫂子。"

原来，甫家有一尊镶玉金佛，是祖上留下来的，据说是金身玉座，价值连城，民间有传说"金佛坐玉莲，买断保宁船"，可见其珍贵。但传说归传说，当地哪个也没有见过。这次跑反，甫连枪都没有带，偏偏就把金佛带在身边。

老表一席话说得天花乱坠，也说得甫心里七上八下。最终，在老表的撺掇下，甫被说动了心，管他三七二十一，只要能救得老娘和婆娘回来，一尊金佛也舍得！甫黹出去了。连夜连晚，二人往九龙山而来。

苍溪县九龙山，森林浩瀚，峰壑幽深。苍松翠柏，云缠雾绕，四面悬崖绝壁，林海茫茫；大大小小一百多座山峰星罗棋布，沟谷纵横；虎、豹、猿、熊、猴、狐、猪、獾出没其间，铁甲松、樟树、银杏、漆树、柳树、枫、梅、竹等植物夹杂生长。春赏百花，夏泳泉流，秋观云海，冬踏梅雪，四季景致宜人。峰峦壮丽，林泉优美，本是神仙去处。可是当此乱世，"棒老二"到处横行，最著名的莫过于杨笨牛。

杨笨牛本出生农家，读过几天私塾，身长体胖，膀大腰圆。从小习武，力大如牛。他家住杨家庄，平常满脸堆笑，见着任何人都是客客气气。家有良田沃土数十亩，一部分自耕一部分出租，对租户也很和善。然而，背地里的杨笨牛却是个手下有百十个弟兄，明抢暗夺绑票勒索的土匪头子。杨笨牛聚集一伙弟兄啸聚九龙山虎歇坪，四面壁立千仞，只有一条叫"猴儿愁"的小路七转八拐方能上得山头。自从红军发动嘉陵江战役以来，龙蛇震动、虫蚧遁迹，杨笨牛一家也搬离杨家庄跑到虎歇坪躲藏起来。

提起这杨笨牛，在我的家乡还有一个有趣的传说。说是有一年，杨笨牛带领他的棒老二兄弟伙劫了一个大户，发了一笔洋财。兄弟伙兴高采烈，杀了两头牛，大碗喝酒，大块吃肉，大宴三天。不想吃得急了，一口饮食梗住，上下不通，只能进不能出，渐渐地腹胀如鼓，气息奄奄。手下棒老二们"石灰车遇瓢泼大雨——心急如焚"，四面八方去请名医医治，不见效果；又请来端公阴阳打锣扛神，仍然不见好转。这样十几天下来，杨笨牛肚子上青筋爆裂，只有进气的份，没有出气的份了。

恰在此时，杨家坝有位草药医生，平时靠挖采地骨皮、麻芋子、地丁草、车钱絮等草药给人治病，乡亲们偶尔有个头痛脑热、跌打损伤，他给熬点生地黄，喝点竹绒汤，敷点牛膝根也就好了。不想这两年时运不济，生意惨淡，经常坐冷板凳。于是，收拾包袱，当起了游方郎中。

这天，杨先生肩挂药褡包袱，手拿一杆写有"包治百病"的白布幌子，恰巧打杨笨牛家附近走过。有人看见他的幌子，就嘲笑他："这下子杨老爷有救了，来了个'包治百病'的薅屎匠人。"早有人把情况报告给了杨笨牛府上。也是病急乱投医，管家赶紧派人把杨先生请进家来。在此会诊的名医们见来了个游方郎中，邋邋遢遢，几天没有吃饭的样子，饿得东倒西歪，无不显出鄙夷的神色。

杨先生呼哧呼哧吃了两大碗稀饭，才缓过神来，装模作样地摸了脉，问了病情。又低三下四地讨问其他医生的看法，名医们也懒得理他，指指桌子上的一堆处方，叫他自己去看。杨先生仔细察看了名医们的方子，已经是成竹在胸。只见他也不开处方，只在包袱里捡了七八味中药，装在药罐里，亲自来到厨房，亲自煎药。一会儿，端来半碗药汤，让人给杨笨牛服下。

有两位名医在他抓药时偷偷地观察，见他抓的药和别人也没有区别，行方的脉理路数也是一致的，感觉没有多大的名堂。大家各自吹牛闲谈，也懒得理睬他。

忽然，将近一个时辰，家人急狗慌忙地来请杨先生，说是杨笨牛肚子里在发响声。众医生围拢一听，只见杨笨牛鼓胀的肚子里面隐隐如同雷鸣，臭屁也接二连三地放响。杨先生赶紧叫家人轻轻搓揉杨笨牛的肚子，自己又去给熬了一碗药来。

第二碗中药服下，一个时辰不到，杨笨牛的屁一个比一个大、一个比一个臭。突然，杨笨牛大喊一声："来啦！"众人知道要拉，一个个手忙脚乱，一时打不起主意。一个伙计眼疾手快，随手拿起一只斗，塞到杨笨牛的屁股底下。只见杨笨牛乒乒乓乓一阵连珠大炮响过，臭气满屋。杨笨牛的脸憋胀得通红，像算珠粒一样的大粪一粒一粒地从后宰门蹦出来，每蹦出一粒，杨笨牛就出一口长气。就这样足足拉了一个时辰，粪粒足足装满了一大斗。

调养几日，杨笨牛身体痊愈，大喜，要重重感谢杨先生，询问杨先生要多少诊费。杨先生笑笑，说："早闻杨老爷大名，今日有缘亲自为老爷切脉问诊，实在是三生有幸。杨老爷逢凶化泰、遇难呈祥，一赖老爷吉人天相、鸿福广大，二赖先前的老师们对症下药，打下基础，小可实在没有什么功劳。不敢奢望。"

杨笨牛听他说得乖巧，哈哈大笑，沉思片刻，道："我十几天只吃不拉，到鬼门关上走了一遭。杨先生你一剂岐黄，就让我起死回生，实在有再生之德。这样，我拉多少就谢你多少。我拉了一斗，我就回敬你一斗。"说完，安排管家抬来黄澄澄一斗袁大头，感谢杨先生。

杨先生用这一斗袁大头买田置地、修房盖屋，过上了富足生活。

起初给杨笨牛会诊的名医们面面相觑，既不服气又不明白——药也差不多，为什么他能治好我们却治不好？在杨先生走后，众名医仔仔细细地查看研究杨先生的药渣。刨来刨去依然找不出个所以然，只能怅然而去。后来，还是一个丫鬟发现了秘密——丫鬟去厨房做饭，不经意间发现柴堆里有几砣煮过的稻谷草把把——杨笨牛闻讯不禁点头称是——稻谷草属碱性，化牛肉！

话说甫被老表撺掇，终于下定决心，毁家救亲。立马和老表二人风餐露宿四天三夜来到虎歇坪。老表先进寨通报，过了一个时辰，才有人传唤甫进寨。甫拜了山门，来在聚义厅，一见杨笨牛，立即"扑通"跪倒，又磕头又作揖，鼻脓口水说了半天，才表明来意。杨笨牛双手搀扶起甫，一边端茶递水。这时，甫从包袱里拿出一个长方形的紫檀木匣子，打开匣子，是一个红布包裹的物件，打开红布，又一层黄稠子包裹，甫小心翼翼地一层层褪开黄稠子，原来是一尊金光闪闪的佛像。佛像高约五寸，慈眉善目，双手打法印，双腿盘膝，坐于莲台之上。而莲台是一块晶莹剔透的玉石，下白上绿，隐隐有暗赭，红花碧叶栩栩如生。杨笨牛眼睛鼓得像对牛卵子，放射着无比贪婪的光芒。突然，他跳下板凳，双膝跪地，对着金佛又叩又拜。众土匪见状，也一齐跪倒在金佛周围，推金山倒玉柱，乱哄哄一阵磕头作揖。杨笨牛站起身，又围着金佛端详半天，笑得合不拢嘴。最后，在老表的再三"劝说"下，收下金佛，勉强答应帮甫的忙。

隔了几天，有探子回报，说红军已开始从阆中苍溪境内撤离。杨笨牛立马集合起三五十个精壮土匪，下了九龙山，往阆中方向而来。

来到阆中崇德，探得红军已经撤至老土地，有人看见甫的女人在给红军洗衣服、做饭等。于是"棒老二"们又继续追赶，终于在与梓潼交界的凤凰山追上红军。

红军驻扎在一个小乡场上。入夜，一片漆黑。甫把身上所有的几十个袁大头全部分给了下山的"棒老二"们，自己捞一杆步枪打先行。一行人摸到场镇，杀了哨兵，一窝伙冲进兵营，乱枪齐发。兵营一下子炸开了锅，人们乱跑乱叫，红军战士边撤边打。甫发疯似的冲进一个个屋子寻人，忽然，他听到一个熟悉的声音："哎，我在这儿哩！"循寻声一望，原来是自己的小媳妇在角落里瑟瑟发抖。甫一把拉起小媳妇："我妈呢？"

"妈，妈在临时监狱里，我，我没见着。"小媳妇哭得像个泪人儿。

甫把小媳妇交给跟来的兄弟伙侯二，自己又端起枪向前冲去。这时，杨笨牛手提双枪跑了过来，火把下一见小媳妇，只见梨花带雨别有一番风味。转过身来，吩咐两个土匪："立马送嫂夫人回山寨！要好生伺候，少根汗毛老子拿你两个是问。"

两个小土匪挤眉弄眼，答应一声"晓得"，押着小媳妇迅速离开。

此时，红军已整顿队伍反攻过来，四面八方响起了枪声。土匪们抵挡不住，纷纷回跑。杨笨牛一声令下："扯呼！"众土匪也不管甫了，一溜烟跑得无影无踪。

甫正冲得起劲，忽然一排子弹过来，只觉得腿肚子一麻，一个趔趄栽倒在地。红军战士一边射击一边追赶土匪，很快从街上冲过。甫忍住疼痛，赶紧爬出场口，躲进一条水沟里，艰难地往前爬去。天色微明，甫已经爬行了好几里路，见伤口还在流血，就在野地里采一些马鞭草、车前絮、奶浆菜之类，在口里嚼细碎了，糊在伤口上。下午，终于找到一位郎中。仔细检查，见子弹只是贯穿肌肉并没有伤到骨头，配了些草药消炎止痛，三五天后，居然逐渐好转。

这时，红军已全部撤离了川北地区向川西转移。甫心里惦记着老娘和老婆，心想老娘是找不着了，这老婆啷个还不回来呢？莫不是被杨笨牛或者老表给接到山上去了？一待伤势痊愈，他就急急忙忙赶往九龙山。上山一打听，"糟了"，都说没有见到他老婆。甫找到侯二："你把我婆娘弄哪儿去了？"

侯二袖子一甩："爬哟，哪个看到你婆娘？我们都在打仗，谁个看见你婆娘啦？"

甫几次求见杨笨牛，就是见不着；甫要见老表，老表早就下山走了；甫再三找侯二，侯二弄死不承认。甫也觉得事情有蹊跷，可就是想不通蹊跷的地方。万般无奈，只有灰溜溜地回到家乡，到处打探老婆和老娘的下落。

两三个月后的一天，有人在双柏垭发现了小媳妇，披头散发，衣不蔽体，骨瘦如柴，浑身又脏又臭，身上流脓灌水，已经不成人形。气若游丝，路也走不动，只能爬行乞讨。邻居们把她抬回家去——其实已经没有家了，只能暂时寄居在祠堂里，每日里东家一碗西家一瓢凑合着。甫整日游荡，初期还请来医生治疗，见无好转，久而久之也就懒得照管了。不久，小媳妇便黯然死去。

而甫他妈从此也再无消息。

轶事纵传何必详，元功极贵同泯亡

黎道台遇仙记

　　黎学锦（1776—1838），字云屏，生于湖南常德龙阳县大围堤（今汉寿县围堤湖）一富豪人家。自幼好学，弱冠中郡庠生，旋选贡生，入国子监。清嘉庆六年（1801）以学行优异，授四川候补道。九年（1804），参加甲子科文武两闱监试；2月，署盐茶道，5月实授川北兵备道，"上马管兵，下马管民"。管辖四川省保宁府、顺庆府、潼川府三府26县，驻节阆中。道光四年（1824）8月，调广东惠潮嘉道；九年（1829），补授河南粮储道，兼署布政使。道光十六年（1836）告老还乡，道光十八年（1838）病卒于家，葬于县境崔家桥乡蔺家山。当地现建有"黎学锦文化园"。

　　黎道台在阆中15年，为阆中人民做了很多善事善举：

　　他扶持文教，培养人才，倡导文化宗风，延续了阆中千古文脉，重修文庙，重建锦屏书院，重修保宁府试院，创建云屏书院，建立营学。

　　他营造景观，培植风脉。一是全面修整锦屏山。1984年建锦屏山公园时，基本上是按当年黎公的布局。二是重修古觇星台。三是构建"书院十景"。道光二十四年（1844），黎道台迁建锦屏书院于古治平园原址（今东风中学），除仿文同诗意重建诸胜之外，又别构"书院十景"，取名为：星台远眺、楼阁交辉、螺塔晴波、虹桥溪涨、莲塘贮月、竹榭笼云、蓼岸渔舟、稼亭牧笛、治平缉古、宜园恒春。四是重修中天楼。又名四牌楼。五是建张烈文侯（张宪）祠。此外，黎公还主持修葺白塔、北岩寺、滕王亭子、桓侯祠、凤凰楼等名胜古迹。还在道署东楼台上建"喜雨亭"，在西门外河堤上坝建"阆风亭"，在道署东偏傍十三楼侧附近，建"憩园"，等等。

他体恤民困，造福巴阆。黎公关注民生疾苦，尽力改善百姓生产生活条件，赈济灾民，疏解民困。他筑城西河堤鱼翅（今鱼翅广场），从此江患遂息。他修筑通济渠，灌溉良田数千亩。他设南津关义渡，解决人民渡河困难。他设"施粥厂"赈救饥民。他建立栖流所安置流民。他设"寄骨寺"，收殓流浪或无人掩埋的尸首。

阆中人民非常怀念黎道台，民间关于黎道台的故事传闻很多。

相传"八仙"之一的吕洞宾，为访好友严君平，来到阆中，但是严君平此时已云游他处去了。他不免有些遗憾，访友不遇，便登高凭栏，见阆中水绕三方，江山似锦，城廓如画。念及好友君平若在身边，共赏仙山美景，岂不快活。然而此时，他却只身云游至此，于是心有所感，便顺手摘来一个西瓜，用指轻轻一划，顿时西瓜便整整齐齐、均均匀匀分为八块。吕洞宾以瓜皮为笔，瓜汁为墨，在青石岩上题诗一首：

时当海晏河清日，白鹿闲骑下翠台。
只为君平川邸去，不妨却自锦屏来。

说也奇怪，这西瓜皮的汁水浸渍在石头上，却如铁画银钩，经久不褪，永不磨灭，至今还长留在锦屏山吕祖殿旁的山岩石壁上。

从此，吕洞宾就住在锦屏山的岩洞里，日日看书修行，倒也自在。

一天，吕洞宾从阆中的南津关口海棠溪岸拾级登山，一路见危崖如削，鬼斧神工；再见花木错杂，曲径通幽，果真是神仙境界。他攀援而上，来到"别一洞天"，只见上有浮云卧松，下有碧波荡漾，仿佛置身于神仙洞府。举目遥望，北面有大小蟠龙山峰峦起伏、苍翠接天；其前凤凰山凤头高扬，两翼若揽若抱，形成龙凤呈祥之势；嘉陵江在此来了个大回旋，把阆中古城拥入怀中；南面更有诸山环卫，特别是锦屏山居中而立，形成一道屏障；古城犹如一颗明珠，镶嵌在青山秀水之间。"好一块风水宝地！"吕洞宾暗自惊叹。但念如此佳山胜水却久失修缮，心里不免有些怅然。忽然想起听说新任川北兵备道正堂黎学锦清正廉洁、勤政爱民，不妨想个法子点化点化他，若能让他把锦屏山修缮一番也不枉阆中之行。

话说这天下午，黎道台见衙中无事，想起到阆中以来，百废俱兴，修渠道、整风貌，一切都在顺利进行中，只是这锦屏山年久失修，风光黯然。如此重要的"嘉陵第一江山"岂有不尽心修缮的道理？今日闲暇无事，不妨亲自去实地看看。于是，带上两个随从，一叶小舟踏浪而来。

过得江来，只见码头上桅阵如林，南津关人来人往。黎道台无心观赏热闹，一路向锦屏山走来。来在海棠溪口，却见山脚下的岩石缝里，有一位衣衫褴褛的老乞丐，三块石头垒在沙滩上，石头上一只肮脏不堪的瓦罐，正在煮饭。也不见柴火，老乞丐坐在地上，伸了一只脚杆在瓦罐下面，脚杆燃起红红的火苗，瓦罐里"咕噜咕噜"地响着，冒着白白的炊烟。

"这个讨口子，拿脚杆当柴烧，真是的……"一个随从咕嘟了一句。一行人也没有在意，说说笑笑往山上爬去。走到半山腰，黎道台若有所悟："你刚才说什么？"他问随从。

"没说什么。"

"刚才在山下，老乞丐。"

"哦，那老乞丐用脚杆烧火煮饭……"

啊……众人都不禁惊讶起来。"走！"黎道台和随从急急忙忙往山下跑去。

饭已经煮熟了，老乞丐正用手从瓦罐里面抓饭吃。瓦罐内的饭抓吃完了，老乞丐手捧瓦罐，用膝盖将瓦罐底一顶，瓦罐底如同橡皮一样翻了出来，然后把沾在瓦面上的饭粒舔舐干净，再在膝盖上将瓦罐又一顶，瓦罐又翻转如初。众人觉得有趣，傻傻地看着老乞丐耍弄瓦罐。老乞丐收拾好瓦罐，放在三块石头垒的灶上，拖根破竹棍，颤巍巍地向锦屏山上走去。几个人跟在老乞丐后面，大气不敢出。走过百十级石阶，拐过几个山角，刚到一小洞窟，一转眼，老乞丐不见了。转过山嘴，众人在纯阳洞边休息，"莫非是吕洞宾？"黎道台心里一个激灵。

从此后，黎道台决心整治锦屏山。趁年丰人和，带头捐资，负土垒石，随山形定位，营建了一系列景观。他首先将纯阳洞旁的小洞窟扩大，塑造吕洞宾大仙的神像，世代香祭，修建殿阁，取名"吕祖殿"。世人往来于此，祭拜之余，曾撰长联以志："漫云山不在高，空中楼阁，看万家灯火，都在江山斜阳间。玲珑缥缈，望里图画天然。老先生拍手云头，诸弟子长歌天外，此何地哉？樵翁剔薜留题，者是阆风之苑；但愿人能宏道，到处提斯，佩一剑往来，常游石边古松下。反复周旋，语次圣贤同耳。瞌睡汉瞑心枕畔，大英雄顿悟当前，君肯信否？侠客因材施教，无非精理为文。"接着，又开凿"八仙洞"，彩塑八仙神像，洞外建一楼阁曰"飞仙阁"，依山就势，绝壁临渊，绿树掩映，檐牙高耸，蔚为壮观。还建了临江楼、张侯祠（祀张宪）、静应祠、载酒堂、瞰碧亭，立"嘉陵第一江山"大碑，开凿洞宾石窟，建灵官楼、观音阁、小天竺、云屏小榭、筑春晓园、矜式亭（今司马光随父捧砚处），建小蓬莱、落奕山房、杜少陵祠、温公（司马光）陆放翁祠、惠泉亭、长春塔等。诸景落成后，又在三贤祠下建云屏书院，与东山三陈读书岩遥相呼应。从此，锦屏山面貌一新，名声日盛。

吕洞宾见锦屏山修缮整齐，阆中各景也日臻完善，便邀请张果老等七仙来阆中玩耍。八仙同游阆中，蹬"十三楼"、赏"书院十景"，游"犀牛望月"，看"鱼翅"护堤，叹"通济"沃田，听治平园书声……不禁为黎道台笃志为民、竭力尽责、造福一方的精神所折服，于是决定度他成仙。

一个三伏天的早晨，黎道台乘轿上锦屏山避暑，上南津关，过连峰楼，经小巷来到锦屏山下的一座石拱桥。

这时，他见有八个乞丐（七男一女）坐在桥上哭泣，黎大人见状，觉得蹊跷，就下轿探问："这是怎么回事？"

乞丐异口同声地回答："度黎机、度黎机。"

"哦，既是肚里饥了，给他们一些吃的吧。"黎大人以为众乞丐所说的

"肚里饥""肚里饥"就是肚子饿了，立即叫随从把带的干粮分给八个乞丐。然而，八个乞丐并不让路，仍然不停地叫着："度黎机、度黎机。"

黎道台只好叫随从把所带的干粮全部交给乞丐，随后，黎大人又乘轿上山。乞丐们一边吃着干粮，一边仍然不停地叫着："度黎机、度黎机。"

直至山腰罗半仙处，黎道台猛然醒悟："度黎机"不就是度我黎学锦吗？莫非，莫非是"八仙"？

八仙渡我来了，机不可失，时不再来。

想到这里，黎道台旋即让轿夫火速下山。

谁知到了石拱桥处，八位神仙早已不知去向。

黎道台仰天长叹："虽有仙根，却无仙缘！憾事！"

为了这一奇遇，黎大人就把这座石拱桥命名为会仙桥，小巷命名为会仙巷，并在锦屏山主峰悬岩上督工凿石拓一巨窟，塑八位神仙，取名八仙洞，又在半山腰建静应祠供奉罗半仙。

据说，黎道台"率属捐廉"次数多了，不免引起当地士绅的意见，甚至怨恨、猜疑。有人上告说他贪污纳贿，于是黎学锦被停职，限日赴京"听勘"。当时黎学锦两袖清风，无进京路费，向阆中商界借钱，却四处碰壁，备受冷眼。"德顺玟""德顺谦"（两弟兄商铺字号）得知此事，慷慨解囊借给黎道台白银五百两，黎道台才得有进京盘缠。

走时，黎道台深感人生无常，世事难测，悲愤地写下四句诗：

> 锦屏照沙洲，阆南水倒流。
> 人无三代富，清官不到头。

黎学锦进京后，朝廷查明了实情，纯系诬告，使其官复原职。

解学士

阆中山川灵异，历史悠久。巴子国曾迁都于此，自秦置县以来，2300余年，先后为历代各朝的县、府、州、路衙门所在地，甚至在清初曾作为四川省省府 18 年，因而钟灵毓秀，藏龙卧虎。

传说很久以前，阆中城里住着一位老先生，姓解，因为他满腹经纶，学问大得很，人们称他解学士。

解学士满腹经纶，出口成诗。清晨起来，第一件事就是放鸡、扫地，一边做事一边口内吟道：

"净扫堂前地，手提罩内鸡。"

家里的长工伙计们听见一起笑他："解学士，你又在吟诗啊？"解学士仍然手脚不停：

"分明是说话，又道我吟诗。"

众人大笑不已。

一天，有人在街上向解学士问路，问他董郎中的家在哪儿。解学士手指街巷，告诉问路人：

"一直朝前走，拐弯却向东。

粉笔书大字，便是董郎中。"

一个春日的下午，天空下起了毛毛雨，街上湿滑难行。解学士不小心绊了个四仰八叉，引得街上的人们哄然大笑——终于看见解学士出洋相了。解学士抖抖身上的泥水，自言自语：

"春雨滑似油，下得满街流。

跌了解学士，笑煞几头牛。"

江山代有人才出。在阆中的广大农村，有很多老农会唱山歌、会展言子、会编顺口溜。我们当地就有这么一位农民，他没有进过一天学校，却能够出口成"诗"，有韵有味，合拍合辙。后来我一直在想，要是他能够读上几天书本，定是李有才一样的人物，说不定会成为赵树理一样的文学家。他就是我们那儿远近闻名的"杨欢喜"。

"杨欢喜"天性乐观，爱说爱笑，仿佛从来没有见他忧愁过。一出门就锣声响，不是唱山歌就是编顺口溜，经常逗得大家哈哈大笑。三四月间，天气干旱，男女劳动力都去挑粪浇灌棉苗。扁担在肩头上吱吱呀呀地响，人们迈着稳稳当当的步子，桶里的粪水摇动着均匀的波浪，却点滴不洒。"杨欢喜"迈动优雅的脚步，一首顺口溜哼出口来：

"桑木扁担三尺多，吱吱呀呀忙唱歌。

一瓢粪水一朵棉，穿在身上暖心窝。"

麦子成熟的季节，艳阳高照，人们在地里忙着收割。"杨欢喜"擦一把汗水，高声吟诵：

"六月炎天晒麦黄，杜鹃声里收割忙。

大寨精神鼓舞好，家家户户馍馍香。"

有一年二三月间，很多人家没吃的，午间吃饭也不回家，就在桐巴树下休息，没精打采，饿懒逼傻。"杨欢喜"用桐巴叶扇着汗水，一首顺口溜哼出来：

"出大力，流大汗，庄稼长得起旋旋；

庄稼好，人夸赞，庄稼老汉莫得饭；

桐巴树下把气叹，肚子饿得惊叫唤。"

那几年，每年都要大搞农田水利建设，到处去修一些所谓的水库、堰塘。修的时候又不讲科学，完全是盲目蛮干，前头修起后头就垮掉，好多社员敢怒不敢言，只有杨欢喜，吊个烟锅子，边砌石块边说顺口溜：

"搞水利，修堰塘，修个堰塘装月亮。

春组织，秋垮台，明年春天又重来。"

老乡们都相视一笑。

1976年，伟大领袖去世，社社设灵堂，人人戴黑纱。乡党委书记发现"杨欢喜"在农资站买竹扫把，有说有笑，就很不高兴："好你个'杨欢喜'，全国人民都沉浸在悲痛之中，你啷个还又说又笑，为啥子不哭？"

"杨欢喜"还是嬉皮笑脸：

"王书记，你不晓，我哭的时候比你早。

二三月间肚子饿，那时我就哭过了。"

周围群众不敢大笑，书记觉得话里有话，叫来几个民兵把"杨欢喜"押送去住了几天学习班。

我们生产队有个满婆婆，快乐善良，肚子里装了唱不完的山歌。一头大黄牛，经常在宽敞的贺家窝一带放牧。我们小朋友，总是喜欢跟她在一起，捡柴、放牛、捡狗屎粪。不为别的，就是想听她唱山歌——特别喜欢听她唱《解放区的天》，那陕北民歌从她缺牙齿、不关风、多跑调的嘴里唱出来，别有一番韵味。一天，大家正玩得高兴，遇见"杨欢喜"，一首顺口溜又被他嘻嘻哈哈地编了出来：

"满婆婆，笑呵呵，放牛就在贺家窝。

贺家窝的娃儿多，攥住堆儿唱山歌……"

后来生产下户，肩头的担子越来越重，"杨欢喜"也逐渐老了，很少听见他唱顺口溜了。

赵秀才

保宁府有个赵海门，家财万贯，也是书香门第。特别是赵家幺儿，自幼天生聪明，博览群书，过目不忘。诗词歌赋无所不通，琴棋书画无所不晓，特别擅长对对子，可以说出口成对，有“神童”美誉。

有一年院试，赵家老大去看放榜，老幺只有六七岁，哭喊着也要跟着看热闹，哥哥没办法，只好带他去。到了贡院，已是人山人海，哥哥勉强可以挤进去，这小孩子不但挤不进去也看不见“皇榜”，只能望见大人的后背。于是，哥哥让弟弟骑在脖子上，我们这儿叫“骑尿罐子”。弟弟骑在哥哥的脖子上，好不威风，指指点点，手舞足蹈。这一幕恰好被主考大人看见，知道是赵员外的小公子，就想戏耍一下。手指弟弟笑言道：

“弟以兄作马。”

小孩子立刻接道：

“父望子成龙。”

众人一片喝彩。

主考大人不禁暗暗称奇：“吔，这小公子更是‘胡萝卜拌海椒面——看不出来’。”于是决定进一步考他一考。抬头一看，见中天楼雄伟壮丽，气势恢宏，上下三层，碧瓦红栏。于是手指危楼又出上一联：

“十丈栏杆三折上。”

小孩子一只手抱着哥哥的脖颈一只手朝四下里一挥，摇头晃脑高声答道：

"万家灯火四围中。"

主考大人越发佩服："早就知道赵家少公子聪明伶俐，果然不凡。"

后来弟弟也考中秀才，次年到成都乡试考举人。过了大年就到了成都。因为时间还早，闲暇无事，一众人每日里走街串巷，凭栏登楼，好不快活。不觉到了元宵佳节，与一干人等相约到青羊宫看灯会。

说起这青羊宫灯会，可有些年头了。成都灯会萌芽于西汉，成形于东汉，炽盛在唐代，繁荣在明清，近代成会，已有一千八百多年历史。据有关的文字记载，起源于东汉顺帝时沛国丰人张道陵在四川鹤鸣山创"五斗米道"而举行的"燃灯祭斗"仪式，这要算迄今了解到的最古老的原始灯会。起源于元宵节的成都灯会，久负盛名。唐时玄宗幸蜀，也于元宵节时上街观灯。其时成都青羊宫的道灯、昭觉寺的佛灯、大慈寺的水灯，都各有特色。锦官城"楼台上下火照火，车马往来灯照人"可谓盛况空前。北宋开宝三年起，每年元宵成都都照例放灯三夜。陆游旅川，曾用"突兀球场锦绣峰，游人仕女拥千重；鼓吹连天沸午门，灯山万炬动黄昏"的诗句来描写当时的热闹情景。《锦城竹枝词》中也有"上元灯会搭灯棚，走马鳌山数万擎"的描述。清代灯俗又有不同。一般除夕前两三天，临街的铺面便高悬檐灯，各公馆大门上多悬挂红油纱"桶灯"一对。从正月初九起，各庙宇和一般人家的灯笼都要点亮，称为"上灯"。届时成都繁华的街道上多扎有带有故事情节的大型彩绘"牌坊灯"，欢乐的人们还打着狮子龙灯和敲着锣鼓在街上游行，热闹的景象在正月十五元宵夜达到高潮，灯节过去，花灯渐次被拆除。

成都的灯会不知从何时开始一般都在青羊宫举办，青羊宫灯会一般从除夕开始，连续展出长达一两个月。灯会上不仅展出传统的纸扎、绢花、玻璃彩灯，而且还有瓷器灯、霓虹灯等；有龙灯、宫灯、纱灯、花蓝灯、龙凤灯、棱角灯、树地灯、礼花灯、蘑菇灯等；形状有圆形、正方形、圆柱形、多角形等；狮子灯、老虎灯、嫦娥奔月灯、天女散花灯、孙悟空大闹天宫灯、空中报喜、孔雀开屏、双龙戏珠、金龙抱柱、九龙腾飞、青龙直上、游龙戏水、猪八戒背媳妇、牛魔王娶亲等；有荷花灯、蟠桃灯、西瓜灯、茄子灯、海棠灯等。盏盏灯花无不形似神似，光彩夺目。

赵秀才正在慢慢观赏，忽然，一盏走马灯映入眼帘。只见此灯内外三层，彩绸扎制，上绘各种图案，图案上面画的是古代武将骑战马持刀枪的趔趄形象，明烛晃晃，轮轴转动，人马追逐、物换景移，煞是好看。赵秀才不觉吟出元代谢宗可咏走马灯诗云："飙轮拥骑驾炎精，飞绕人间不夜城。风鬣追星来有影，霜蹄逐电去无声。秦军夜溃咸阳火，吴炬霄驰赤壁兵；更忆雕鞍年少日，章台踏碎月华明。"再仔细一看，走马灯侧面还挂了半副对联："成都省走马灯灯里走马"，原来是一盏求联灯。赵秀才心想：这有何难？可是思索半晌，却对不出下联来。赵秀才顿觉无心赏灯，悻悻地回到客栈。

龙门甫开，赵秀才喜成龙跃。回到阆中，免不得一番朝贺喜庆，迎来送往，折腾了一两个月。这天，难得清闲，赵秀才毕竟年轻，未脱稚气，玩心尚浓，便一个人偷偷地跑到街上游逛。不知不觉中跑到城北来了，只见前面一条小巷，出了小巷，就是巴巴寺了。小巷虽小，却与别处不同，既不是煤渣垫道，也不是青石板铺路，整条街全用嘉陵江里的鹅卵石铺设，凹凸起伏，错落有致。最特别的是青色的鹅卵石街面中又用金黄色的鹅卵石镶嵌了一条舞爪盘龙，惟妙惟肖，栩栩如生。赵秀才蹦蹦跳跳之间，忽然记起：盘龙街！这条小巷的名字就叫盘龙街。赵秀才豁然开朗，终于对出了成都青羊宫的对联：

"保宁府盘龙街街上盘龙。"

尹枢自放状头

　　在中国 1000 多年的科举制度中，出现了七百多位文武状元，而文状元中又出现了很多"父子状元""兄弟状元"，他们的名字随着他们的传奇被世代流传。父子状元如唐代的赵蒙、赵昌翰父子，归仁绍、归佾（子）、归系（子）三父子，归仁泽、归黯父子；宋代的山东梁颢、梁固父子，河南张去华、张师德父子，河南安德裕、安守亮父子；金代大兴吕延嗣（祖父）、吕忠嗣（父亲）、吕造（儿子）祖孙父子（连续三代出状元的整个科举史上仅此一例）。"兄弟状元"如唐朝山东曲阜孔纬、孔缄、孔纁"兄弟三状元"，河北邢台的崔昭纬、崔昭矩；北宋河南雍丘的宋庠、宋祁，阆中的陈尧叟、陈尧咨等。

　　然而，要说"兄弟状元"的传奇性，阆中还有一对兄弟状元实在有名。他们是唐德宗贞元七年（791）状元尹枢和唐宪宗元和八年（813）状元尹极兄弟，历史上有"梧桐双凤"之美誉。

　　阆中历史上素重农桑，有耕读传家的传统，"春节之父"落下闳开创并奠基的天文历算学，因任文孙、任文公父子和三国周舒、周群、周巨家族成员的承继，在这里遂成显学，成一国之高地。唐朝中，孙丘为阆州刺史，在州北古台山（今名云台山）设立州学，称古台山学舍，拜请阆州巨儒尹恭初为山长（中国书院"山长"的称谓自此而始），教授阆州子弟学习。尹山长专致治学，数年不曾下山，教诲不倦。因此学者云集，学生出类拔萃者众多，学校声名远播。

话说阆中市解元乡（今已与二龙乡合并）有一个尹家大院，住有兄弟二人，兄名尹枢，弟名尹极。尹家诗礼传家，耕读为伴。尹枢生于唐玄宗开元八年即公元720年，年少时聪明睿智，勤奋好学，就读于古台山书院，《四书》、《五经》、诸子百家无不通晓，年轻时参加乡试，轻取第一，遂以解元身份进京参加考试，遐迩闻名。所以当地政府为了纪念他，将其家乡取名解元乡，其后世子孙在家乡建庙，取名解元寺，至今犹存。兄弟俩先后状元及第，朝廷念其年岁已高，未能授予官职，而是一面旌表一面奖励钱财令其回乡养老，于是在阆中县城修建府第，今学道街状元府是也。而阆中状元坊就是为纪念他们和宋朝的陈尧叟、陈尧咨而设的。

话说唐德宗贞元六年，即公元790年农历庚午年二月初二的早晨，一个寓意吉祥升腾的日子，阆中通往都城长安的官道路口，一群人正在依依惜别。送行的有老有少，辞行的是一位上京应试的书生。这位书生很特别，说是书生，却不是青春少年，而是须发皆白、老态龙钟的耄耋老人。只见他头戴儒巾，身穿麻布长袍，足踏平口蒲鞋，斜背一条布袋，里面除了几本应试的书籍，还装了一件好几年前就缝制的圆口长衫——要在及第后穿的和一双到长安后才舍得穿的云头锦履。一个十七八岁的书僮是他远房的侄孙，背一副竹木编制的书囊，里面装着经史子集以及必要的盘缠。二人辞别了众位抹泪含悲的送行人，迈开大步，逐渐消失在初春的晨雾中。

这位书生就是家住阆中县尹家大院的尹枢。想当年，尹枢风流倜傥，二十多岁参加剑南道乡试一举夺得第一名。从此开始上京应试，然而，造化弄人，一入科场误终身，四十多年过去，时运不济，总是名落孙山。转眼间，当年的翩翩少年，今已垂垂老矣！如今年届古稀，家中已是四世同堂，老妻和儿子、孙子们都劝他不要再考了，可尹枢科举之心不死，发誓不考取功名决不罢休，还要再赴长安，参加明年朝庭举办的科考。

这不，春节刚过，尹枢就召集家人，一一安排家事，他知道此去京城，路远山高，天长日久，能不能平安归来还很难说。一切妥帖之后，又特地找来兄弟尹极，叮嘱再三，要他勤奋读书，不可一日荒废学业。临别拉着尹极的手，说："弟之才学强兄百倍，此番朝廷开科取士，弟本当与兄一起前往，怎奈家业博大需人照管；可怜兄年已古稀，冰霜满头，壮志未酬，死不瞑目。想来亦是最后一次应试了，万望弟助兄完成心愿，贤弟情分没齿难忘！兄此番进京，若不能金榜题名，望弟承继兄愿，接着再试。"这尹极也还真的争气，时隔二十三年之后，于唐宪宗元和八年即公元813年参加科考，也是状元及第，此是后话了。

自隋朝开科取士以来，科考就成为朝庭招贤纳才的主渠道，也成了士子们踏入仕途的不二选择。但随着朝政的腐败，科考中弊案屡屡发生，虽经严厉打击，但弊案仍时有发生。真才实学的人才选不上来，选上来的人又多是庸才，朝庭为此十分头痛。

贞元七年（791），朝庭再次开科取士。按以往的科考惯例，主考官都是礼部或吏部派员担任，且大多是德高望重、才华横溢的三品以上官员。所以一到要举行科考的年头，很多人就四处打探今年的主考官可能是谁，该走路子的走路子，该撒银子的撒银子。有时候还真就猜个八九不离十。科场弊案逼得德宗皇帝出了一个怪招，他先是任命了一个吏部的官员为主考官（当时叫"知贡举"），待大家熟人找得差不多了，路子也走得差不多了的时候，突然一道圣旨下来，任命刑部侍郎杜黄裳为本届科考主考官。消息传出，不仅朝庭官员们诧异，士子们惊愕，就连主考官杜黄裳也是满腹疑问。可是圣旨既出，谁敢违抗。

杜黄裳一直在刑部任职，要说办个案什么的，那还能干。可是这担任科考主考官，那是大姑娘上轿头一回。杜黄裳向德宗皇帝请辞，德宗皇帝不允，还赋予他临机处置之权，可以先斩后奏。德宗的意思很明白：不管你咋个办，一定要把真正的人才给我选上来。

杜黄裳第一次当主考，可是却连考生的情况都不晓得，怎么办？领旨回家，杜黄裳急得扯着头发团团转，皇上给的权越大，说明差事越难办，给皇上办差，办不好那是要掉脑袋的。回家给夫人讲了，夫人眼珠子一瞪：你平时办案的精神哪儿去啦？活人还能叫尿憋死！不懂就问嘛。

一句话如醍醐灌顶。杜黄裳一拍脑袋：对，问，不懂就问！然而，问谁？杜黄裳又一拍脑袋，立马就想到了一个人——尹枢。对，就找尹枢。

其时，尹枢在长安士子中可谓名气大矣。一是参加考试四十多年，屡败屡战、锲而不舍的精神早已传为佳话。二是当时科考中有"行卷"的规矩，即参加考试的士子们在考前要将自己的作品誊抄若干，送给那些有名望的人寻求指点。尹枢参加考试四十多年，"行卷"无数，流传于坊间的作品甚多，诗文名声誉满长安，就连朝中官员也都知晓一二。三是尹枢是参加科场考试的士子中年岁最长的一位，古时能活到七十岁的人少之又少，像他这个年纪还从四川来参加考试，实为罕见。找到尹枢，一切有关科场秘密以及士子们的各自情况不就可以弄个一清二楚了吗？

杜黄裳当即派人打听尹枢住处。他早就听说尹枢这个老头脾气古怪、心高气傲。这杜黄裳也是个个性倔强、特立独行之人，惺惺相惜，便决定亲自去访。

唐时为方便士子们进京考试住宿，在贡院附近都设有官办馆舍，价格便宜。尹枢嫌其吵闹，又怕熟人打扰，自己便在附近寻得一清静小店安顿下来，每天饭后便泡上一杯从家乡带来的自制的老鹰茶，一边品茶，一边读书写字，准备考试。连店主都觉得奇怪，别人都在忙着"行卷"，打探情况，找寻门路，这老头竟然还若无其事地关在屋里读书。店主偶尔问及此事，这老头竟捋着胡子说，文章是写出来的，不是跑出来的。书生气不改。

这天尹枢正在屋里读书，店小二来报，有客人来访。说话间来人已踏进院子。

"先生可是阆州尹枢？"杜黄裳冲着窗口的尹枢问道。

尹枢见是一陌生男子，一身布衣，以为是同期参加考试的士子，问了一句贵姓，便将来人让进屋内就坐，仍未放下手中书本。

杜黄裳仔细打量了这尹枢：这是一位慈祥的老人，头上的儒巾打得规规矩矩，露出的白多黑少的头发梳理得整整齐齐，没有一丝儿凌乱；紫红色的脸膛布满细细的皱纹，但却掩饰不住神采奕奕；微微下陷的眼窝里，那一对眼眸特别明亮，很少见到这样犀利清冽的眼睛，就像是嘉陵江上碧绿碧绿的漩涡；只有这短短的花白胡子，悄悄地诉说着岁月的沧桑，却使人愈加精神；一件蓝布衣服罩着瘦削的身体，显得有些宽大。虽然是一把年纪了，却是精神镬铄，说话声音洪亮，双目炯炯有神，气度非一般士子可比。

两人有一句没一句地聊着，可尹枢的目光始终没有离开书本。杜黄裳问道："先生难道就不想认识一下朝中官员，听说今年知贡举的是一位姓杜的。"

尹枢抬眼看了一眼杜黄裳，说："认识不认识有何关系，考场上还是要凭文章说话的。"

杜黄裳说："听说先生考了多年，仍未及第，不知是何原因？"

尹枢一听此话，面露不悦之色："户枢已蠹，安有完门？"说罢便不再搭理杜黄裳了。

杜黄裳听出了尹枢的怨气，不得已才亮出自己的身份，说："先生休要见怪，我便是今年的主考官杜黄裳。今日唐突登门，是想请先生介绍一下士子们的情况。"

尹枢一听眼下这位不速之客便是今年的主考大人，十分吃惊，忙起身行礼，连连道歉。

杜黄裳说："先生不必拘礼。我今受皇上重托，为国家考选人才，实在不知从何入手。我想仅凭一场考试和一篇文章而决定一个人的前途，于人于国多有不利之处。先生征战考场多年，想必更知其中利弊得失。所以想请先生详解科举考试现状，以助杜某在今年考试中兴利除弊，完成皇上考选之重托。"

尹枢一听，一下子来了精神，问道："大人果真有兴利除弊之举措？"

杜黄裳答道："为国选才，责无旁贷。"

杜黄裳的一番坦言，着实让一向孤傲的尹枢感动，便推心置腹一五一十地向杜黄裳分析当今朝廷科考制度和选人用人的利弊得失，并详细介绍了近几届的士子情况，最后还推荐起士子中几个才华出众而报效无门的人来，如官家子弟崔元略、贫苦寒士林藻、令孤楚等。杜黄裳闻之大喜。

小店一席长谈，杜黄裳不仅掌握了科考士子们的情况，更让他了解了尹枢的才气。告别尹枢，杜黄裳在心里连连说，不虚此行。

唐德宗贞元七年即公元791年秋，朝庭科考如期举行。

这天早上尹枢早早地起床洗漱完毕，在孔圣人神位前烧了香行了礼，便急匆匆地赶往考场贡院。

天刚刚放亮，抬眼一望，贡院前已是人山人海。从全国各地赶来应试的考生们已早早地聚集在这里。

有鉴于往届考试弊案频发，主考官杜黄裳加强了考场的警戒和检查，所有考场监考人员全部换成刑部官员，又从长安尹那里借得五百士兵，把贡院围了个水泄不通。所有考生进场，均挨个验明正身，里外搜查，但凡查有夹带者，立刻乱棍打出。唐中后期，科场考试纪律松弛，夹带作弊者时有发生。有很多考生不在读书上下功夫，反倒是夹带作弊花样百出，令监考人员防不胜防。今年考场骤然加强了检查，令许多考生始料不及，真还就查出了几个夹带作弊者，被执勤兵丁打得满地找牙，骇得胆小的尿了裤子。

尹枢坦然通过检查，进了考场，迎面便看见主考大人杜黄裳，着蟒袍玉带，正领着一群官员威风凛凛地巡视考场。尹枢也不搭理，径直走向考棚，对号入座。

今年秋考，朝庭实行三考淘汰制。一天一场，一场一淘汰，三场考过关了，方能见到曙光。

尹枢前两场贴经、试策都轻松过关，到了第三场诗赋，拿到试卷一看，今年的考试题目是《珠还合浦赋》和《青云干吕诗》。尹枢屏心静气，闭目深思，然后提笔润墨，毅然落毫："骊龙之珠，无胫而至；骇浪浮彩，长川再媚。"既已下笔，尹枢从珍珠性状、合浦还珠故事想到人性的贪婪、廉洁之分，想到自己怀才不遇，想到治国为政，喜怒哀乐、酸甜苦辣，百般滋味涌到心头，思想如脱缰之马，文章如涌穴之泉："偶良吏兮斯来，遇贪夫兮则闷……在暗而投，诚则悲路人未鉴；沉泉而隐，亦常表帝者无为。欣出处兮据德，幸浮沉兮中规……丑当时之饕餮，应为政之美好；真列郡之尤祥，实重泉之至宝……玉非宝，泉戒贪，实为国之司南；诚感神，德繁物，在为政之不咈……愚是以颂其宝而悦其人，美斯政而感斯珍……"

尹枢如大河开闸，汹涌澎拜，洋洋洒洒五百四十言，一挥而就。一篇传世佳作诞生了。

三场考试结束，阅卷毕，主考官杜黄裳已知各考生的优劣，从中圈定30人入围考生预备录取。

按当时的规矩，三考完后，考生们要进行"庭参"。所谓"庭参"就是考生们要在贡院拜见主考大人，接受主考大人的训话。

"庭参"在贡院大院中举行。尹枢和五百余名考生静静地站在大院中等候主考大人杜黄裳。卯时，杜大人来了，先给众考生行了一个大礼，随即便开始训话："杜某不才，承蒙当今圣上厚爱，委以主考之职，为国家遴选人才。各位学子皆为世之英才，怀一颗报国之心，孜孜以求为国效力，杜某不胜感激之至。今大考已过，谁能登榜，不得而知。"杜黄裳稍作停顿，用目光环视众人，然后问道："莘莘学子，谁能助我？"

众人面面相觑，不知杜大人所问何事，均不敢贸然出声。

这时，从人群中走出白发飘飘的阆州考生尹枢，上前对杜黄裳深施一礼，恭敬地问道："学生在此，不知道大人有什么吩咐？"

杜黄裳杜大人微微一笑，说："皇榜题名！"

尹枢前趋一步行礼，说道："若主考大人不弃，尹枢愿为代劳。"

杜黄裳赶紧走过去拉住尹枢的手，说："难得先生有此胆识，有劳先生了。"

尹枢进了主考官杜黄裳的办公处，推开窗户，逐一翻阅考卷，提起笔来，根据各位考生答卷的文采、观点、思想、建议，逐一分析点评，然后确定名次，下笔题名，并对外面五百考生高声念道："令孤楚，第二名。"

屋外鸦雀无声。众考生无言，皆知此生上榜，实至名归。

"崔元略，第三名。"屋内又传来尹枢洪亮的声音。窗外仍无一声异议，众考生皆服。

陆复礼、林藻、王履贞、彭伉、萧俛、皇甫镈、房次卿、独孤实、窦楚、孟简，枢写一个念一个，近午时，上榜完毕。

杜黄裳见所录之人皆为出类拔萃之人，心中大喜。细数过来，发现才二十九人，按原定的取三十名进士尚差一人，且第一名位置还空着，便问尹枢："状元何在？"

尹枢不慌不忙，手捋着胡子笑道："非尹枢莫属！"

杜黄裳先是一怔，随即哈哈大笑道："非尹枢莫属，非尹枢莫属。"便伸手提起笔来，亲自在第一名位置上写下"尹枢"二字。

七十二岁的尹枢成了中国科举史上年龄最大的状元，也是阆中四位状元中的第一位。

孔明的预言

世界上的预言家很多，比较著名的有：十六世纪法国预言家诺查丹玛斯，中印度迦毗罗卫国阿私陀仙人，二十世纪美国著名的占星家及特异功能者珍妮·狄克逊等等。关于预言的著述也很多，诸如古希腊的《羊皮书》《诸世纪》《诺查丹玛斯预言》乃至《圣经》等。而中国的预言家更是多了去了，他们和世界上的预言家相比有过之而无不及，颇受民间推崇的有：诸葛亮、刘伯温、袁天罡、李淳风等。他们的著作如诸葛亮的《马前课》百年乩、刘伯温的《烧饼歌》、邵雍（北宋）的《梅花诗》、李淳风与袁天罡的《推背图》、李淳风的《藏头诗》、姜太公的《乾坤万年歌》、步虚大师（隋朝大将）的《步虚大师预言诗》等等。当然，民间老百姓最信服、最广为传颂的还是要数诸葛亮。诸葛亮一直被视为智慧的化身，无论在正史还是小说中，都是料事如神、神机妙算的代表。

公元263年，刘禅建炎初年，邓艾与钟会率军征讨蜀汉。钟会被姜维挡在剑阁关外不得动弹，邓艾率偏师偷渡阴平，意图绕过剑阁关，直取成都。

阴平地势险峻，邓艾一路折损颇多，再加上沿途分兵下寨，到翻越摩天岭后，身边仅有不到两千人。正当邓艾整顿休息时，忽然看见路边立着一座石碑，上面刻着"丞相诸葛武侯题"几个大字。邓艾凑过去一看，碑文上写着"二火初兴，有人越此。二士争衡，不久自死"几个字。邓艾细细一想，连忙对着石碑拜谒，叹道："诸葛丞相真乃神人，我不能拜其为师，真是可惜啊！"

后来的事情发展完全应验了诸葛亮的预言，邓艾、钟会双双被杀，皆是一场空欢喜。而邓艾字士载，钟会字士季，两人的字中都带有一个"士"字。

公元225年，诸葛亮亲率六师讨伐南中，横扫诸叛军，平定诸南蛮。其后，诸葛亮立了一座碑，碑文上刻有"万岁之后，胜我者过此"。一开始，大家都不解其义，以为诸葛亮在自吹自擂：除非过了一万年，都没有人能超过诸葛亮的功业。

隋朝开皇十七年（597），羌族首领爨翫（cuàn wán）叛乱，大将史万岁率军平叛。大军长驱直入，结果竟然发现了诸葛亮的石碑。看了碑文，众人皆大惊失色。诸葛亮所谓的"万岁之后，胜我者过此"，并不是自吹自擂，而是预言史万岁的功业将超越自己。随后，史万岁推倒了石碑，继续南征。而这段历史，也被记载入正史《隋书·史万岁传》中。

公元1643年，张献忠率领数十万大军杀入四川。大兵所向，犹入无人之境，很快便攻克了重庆和成都，占据全川。随后，张献忠建立了大西政权，自称皇帝，年号大顺。

张献忠杀入成都时，曾在东门外镇江桥处看到一座石塔。此塔由万历年间的四川布政使余一龙所修，名为回澜塔。相传明朝时，成都水患严重，一位高僧勘察后对乡亲们说："此地有妖龙作祟。"

因此，余一龙带领乡亲们集资修建了此塔，希冀于镇压恶龙。宝塔建成后，水患果然消停了不少。因此，回澜塔也被称为"镇江塔"。原本，张献忠见此塔巍峨高耸，非常喜欢。然而，就在张献忠欣赏回澜塔的雄伟时，却隐约听到几个小孩子在唱童谣：

"桥是弓，塔是箭，弯弓正射承运殿。"而这里所谓的承运殿，指的是成都的蜀王府。张献忠攻入成都，此处已经成了张献忠的皇宫。听到这里，张献忠怒不可遏，于是他立即指挥手下："给我毁了这座塔。"

就这样，军士们用锄头挖，用火药炸，终于掀翻了这座石塔。在拆桥过程中，发现了一座古代石碑，上面用篆文写有这样几行字：

"修塔余一龙，拆塔张献忠。岁逢甲乙丙，此地血流红。妖运终川北，毒气播蜀东。吹箫不用竹，一箭贯当胸。建兴元年诸葛孔明记。"

建兴元年，即公元223年，是时刘备刚死，诸葛亮刚刚开始辅政的那一年。距离1643年，已经有1420年之久。碑文中，诸葛亮准确地预言除了这座塔的修建和毁灭，也预言了四川所遭受的劫难。此外，诸葛亮还确定，张献忠必然"一箭贯当胸"而死。

张献忠平素里就喜欢听三国评书，诸葛亮的话意味着什么，他自然是知道的。因此，他整天疑神疑鬼，惶惶不得终日。1646年10月，张献忠被入川的清军和嘉州杨展的地方团练击溃，被迫弃守成都北撤，驻防西充县凤凰山。

公元1647年1月2日（农历1646年十一月二十七日）（一说十月二十日），清军在叛将刘进忠的带领下，一路从汉中过保宁直抵西充，也在凤凰山麓扎营。为了侦探清军的阵势，张献忠只带几名亲兵，接近清军营寨。谁知，一支利箭破空而出，直接贯穿了张献忠的胸膛。而射箭者，正是神箭手——肃亲王靖远大将军豪格的部下雅步兰。

诸葛亮的预言，就这样应验了，而且还被记载入正史《明史·五行传》之中。

公元1725年（清雍正三年）5月的一天下午，天气晴和，绿意盎然。保宁府阆中县城北门外的盘龙山上来了一群人马，为首的是一个身穿黄马褂、骑着白马的壮年汉子，此人正是号称"年大将军"的年羹尧。

年羹尧（1679—1726），字亮工，号双峰，中国清朝名将。原籍凤阳府怀远县（今安徽省怀远县），后改隶汉军镶黄旗，清代康熙、雍正年间人，进士出身，官至四川总督、川陕总督、抚远大将军，加封太保、一等公。他运筹帷幄，驰骋疆场，曾配合各军平定西藏乱事，率清军平息青海罗卜藏丹津，立下赫赫战功。雍正二年（1724）入京时，得到雍正帝特殊宠遇，发誓要做一对古往今来君臣的表率。然而，月圆则缺，器满则倾，物极必反。四月，上谕解除年羹尧川陕总督职，命他交出抚远大将军印，调任杭州将军。

年羹尧出西宁，过兰州，奔西安，经汉中直达阆中古城，意欲从阆中坐船顺嘉陵江到重庆再沿长江走水路到杭州。

一行人驻足盘龙山上，观看这暮春中夕阳下的阆中古城景色。但见盘龙山好似一圈龙椅，古城眷坐其中。山上树木葱茏，鸟语花香；东边的大象山高耸入云，远看一片郁郁葱葱；西面丘陵起伏，良田千顷，桑绿麦黄，丰收在望；城南群山朝伏拱让，特别是锦屏山如秀丽屏风照面；嘉陵江如彩练舞动，三面包围着古城，渔舟唱晚，千帆竞渡。四围青山，三面绿水。巴巴寺、滕王阁、华光楼、白塔等远近景物交相辉映。城街房屋古风浓郁，上百条古街道和成群连片的古民居星罗棋布。山水城相依相融，若即若离，亦真亦幻，犹如仙境。年羹尧一边欣赏着美城美景，一边吟诵杜甫的"阆州城南天下稀"和陆游的"作意城南看小春"的诗句，一边不停地赞赏"阆苑仙境"，一路上的委屈和愁苦顿然拂去。他略带兴奋地对随从说道："陆放翁在阆中曾有诗云：'残年作客遍天崖，下马长亭便似家'，很能说明阆中人好客，到了阆中就像回到家里一样，今天晚上就让我们住在阆中吧。走，下山。"

突然，一个随从惊叫："你们快看，这里有栋碑。"

众人围过去一看，原来一块小石碑斜卧在草丛中，上面堆积着腐草和泥土，稍作清理，碑石上隐隐约约露出字来，众人仔细辨认，原来是几个篆字："此山我到无人到。汉丞相诸葛亮题。"年羹尧看罢，冷笑一声："诸葛亮也太牛逼了吧？小小一座土山，怎能说他到后就没人到呢？我年大将军不是也来了吗？"于是命令随从："推下山去！"

随从们手忙脚乱刨开碑石正要推出，一个人又发现秘密："慢，背面有字！"

众人又清理掉背面的泥土，露出一行大字："清廷有个年羹尧。"

众人见了无不倒吸一口冷气。年羹尧滚鞍下马，对着石碑就是一通叩拜。诸葛亮真神人也，一千五百多年前就晓得我年羹尧要经过此地！于是吩咐随从，拿出皮囊里的饮用水，将石碑上的泥土刮洗干净，再仔细观查看看还有什么秘密。众人一番忙碌，又在石碑两棱上发现了两行小字："功满谤亦满""贼消命亦消"。年羹尧读罢碑文，已知事所难免，对着石碑再拜叩首，命人将碑就地深埋，默默下山而去。

翌年十二月，年羹尧被雍正帝削官夺爵，列大罪九十二条，赐自尽。

天宫院的传说

阆中市西南二十九公里有个天宫乡，天宫乡有个天宫院，遐迩闻名，现已经建成旅游景区，由天宫院古建筑群、袁天罡墓和李淳风墓、天宫古镇、西河古街、西河观光区、九曲太极水等景点构成。天宫古镇上的罗盘广场以古今堪舆工具——直径33米的大罗盘为主体，由天池、龙凤转天椅、罗盘十三层天地人信息及周边六十四卦卦象鼓组成，堪称"世界第一大罗盘"。

天宫院始建于唐，代有废兴，现存建筑为明英宗天顺三年（1459）复建，为省级文物保护单位，是为纪念唐代天文历算学家、道学风水宗师袁天罡、李淳风而建。相传此院为袁李二人"金针插铜钱"共择之佳地，曾为民间天文术数研究和朝圣之所，也曾用作民俗道场和佛院。天宫院建于一块形似龟背的"圣宝岗"石台之上，是风水中"九龙捧圣"格局的正穴吉地。

史载，唐火井县（今邛崃火井、平乐一带）令袁天罡、太史令李淳风奉唐王之命步龙脉，先后来阆中，定居天宫，并共建"天宫院"，逝后葬于天宫。袁、李二人是天文学术上的好朋友，死后两人的墓葬也相居为邻。李淳风墓在五里台山上，墓前有"唐太史令李淳风之墓"碑及淳风观。袁天罡墓在观稼山半腰，坐北朝南，前临天宫院，与李淳风墓遥遥相对。袁天罡墓所葬的观稼山，据说像一只麒麟，前面的圆形山岗即是太阳，地形叫作"麒麟奔太阳"。李淳风墓所在的地方是一个圆形山包，像一颗珍珠，两边山脉则似两条飞龙，这个地形叫作"二龙戏珠"。

相传，因为唐太宗接到报告，称西南千里之外有天子之气。袁天纲遂奉命测王气到了西南保宁府阆中县，但见在阆中古城郊外，有一奇异的山脉绕古城蜿蜒向南，其山形地貌如一条游龙，故名"蟠龙山"。大小蟠龙山如两条蛟龙盘绕其后，凤凰山高举凤头，左右张开两翅，若揽若抱，形成龙凤之势。于是袁天罡便命人将大小蟠龙山接合部砍断以破龙脉，以此确保保宁府"方圆百里之内不出天子"。至今在其"龙颈"处有明显被人工挖凿的痕迹，据当地老百姓说是被袁天纲"断龙脉"时"锯"断的，故当地人称"锯山垭"，随着城市的扩展，现有街道名曰"锯山垭街"。

李淳风见阆中山环水绕、风景秀丽，便流连忘返，在阆中择地观天、著书立说讲学著书。一天，李淳风乘船渡过嘉陵江，沿仙桂山余脉撵山步脉，一直走到距城区五六十里的地方，但见此地山势形胜，水路蜿蜒，又像是一顶王冠扣置，四周有九条山脉相向而行，宛如九条游龙拱伏朝拜。"真一个'九龙捧圣'的好地方！"李淳风不由赞叹。忽然，李淳风想到：这么好的地方是人生中可遇不可求的，不能辜负上天的恩赐，我何不在这里建几间茅屋以传道讲学，也可以颐养天年呢？主意既定，李淳风拿出罗盘测定方位，确立中心。测算良久，终于找到了最佳穴位，李淳风决定做个记号。可是找寻半天也没有找到合适的可以做标记的物件，最后只好把随时携带的金针插在穴位上，算好开工之日以便按位下石筑基。

做好这一切，李淳风颇为高兴，一路观山望景慢悠悠地回转驻地。一边聘请石木二匠，一边准备银钱粮草，等到开工那天，早早地带领一班人马向目的地出发。

行至半道，远远地看见另一帮人扛着木材拿着工具也正在路上急急忙忙地行走。拢来一看，原来是在阆中传道讲学的袁天罡。二人相互施礼打了问询，李淳风问袁天罡道："敢问仙兄这是要干什么？"

袁天罡答道："小仙前日堪得一方风水宝地，算得今日下石打基。敢问仙兄你又去干什么？"

"呵呵呵呵，小仙也是前几日堪得一方风水宝地，也是算得今日下石打基。"李淳风呵呵笑答。

两路人马合并一路，继续向前行进。袁天罡和李淳风二人越走越犯迷糊："怎么他堪的风水宝地和我的在同一个方向呢？"几十里的路程不知不觉就拢了，二人不约而同地问道："怎么，你堪的地也是这儿？"

袁天罡说："道兄，此地我已做了记号，应该是我的。"

李淳风说道："道兄，此地我也做了记号，应该是我的。"

"敢问道兄，你做了什么记号？"袁天罡问道。

"我插了一根金针在此。"李淳风答道，"道兄你的记号呢？"

"我布了一枚铜钱在此。"袁天罡答道。

"好。既然如此，我们就依各自的记号为准，各修各的。"李淳风道。

"好。"袁天罡宣一声道号。两人同时俯下身来，撇开泥土，不可思议的一幕出现了，只见地上一枚铜钱，钱孔里插着一根金针。众人看得目瞪口呆，李淳风和袁天罡二人见此，哈哈大笑。

李淳风拉着袁天罡的手："道兄，这正是你有愿、我有愿。"

袁天罡接道："搭伙修个天宫院。"

于是，二人力合一处，共同兴修天宫院。

这就是"金针插铜钱"的传说。

修建天宫院需要大量木材，于是两人分工，李淳风负责化缘采购，袁天罡负责运输。

李淳风朔嘉陵江而上，经白龙江来到秦岭大山中，只见原始森林遮天蔽日，巨大的松树、柏树、杉树等尽是建筑的好材料。通过探访，得知这面大山是一户大户人家的产业，便决定向其化缘。

这一天，李淳风化装成一个老僧，只见他手持念珠，身披袈裟，足蹬麻鞋，银髯飘飘，慈眉善目。来在一个偌大的庄园，见了主人，说是要修庙宇，特向施主化些树木，恳请应允。庄主倒也爽快，笑问道："我家山上树木众多，不知老禅师需要多少？"

李淳风道："贫僧不要太多，一袈裟足矣。"

庄主心想：一袈裟能装多少木材？就是他把袈裟撕成布条条又能捆得多少？于是欣然答应。

二人来在山坡，庄主指着满山的树木，笑着说道："老禅师请吧。"

李淳风合十称谢。只见他脱下袈裟，口中念念有词，说时迟那时快，顺手一抛，袈裟脱手而出，一阵微风起处，袈裟倏忽不见。就一眨眼的工夫，只见袈裟已经化成一缕缕的红布条，山上凡是粗大端直的树木尽被红布条系住。但见林间红絮飘飘，犹如满山红叶，煞是好看。

众人看得目瞪口呆，庄主一时回过神来，心疼不已。然而有言在先也无法反悔，于是心生一计："老禅师，我看你一个人，如何砍伐得了？又如何拿得走？"

李淳风笑笑："这个不劳施主挂心，贫僧自有办法。"

当日晚上，当地百姓发现，整面山上黑云滚滚，狂风大作，电闪雷鸣。影影绰绰中，见有人在挥舞斧钺砍伐树木。不到半夜，戴红绳的树木全部砍伐完毕，立时，云开月朗，雷住风停。原来，这是李淳风作法连夜请来五丁力士砍伐树木。

次日上山，众人再一次被李淳风的法力所折服。庄主说："老禅师真乃神人也。弟子知道老禅师一定有办法将这些木材运走，只要老禅师拿得动的，尽可以拿去。"

"多谢施主！"李淳风再次合十称谢。只见他不慌不忙，口中念念有词，手上的拂尘轻轻舞动，那一根根木材如同受到训练的蛇一般，排着整齐的队形一根接着一根"簌簌"地向山下爬去。不一会儿就来到白龙江边，一根根再次排好队形，沿着白龙江顺流而下。

距天宫院三四里远的西河古街有一口千年古井，名叫龙王井，井深数丈，水质甘凛，千年不枯，至今当地人仍在饮用。从井口观看，有一根水桶粗的木头斜插井底，如同龙头，因此人们叫它龙王井。那龙头看得见却摸不着，每当人们打水，井里水波晃动，那龙头摇晃伸缩，须发飘荡，鳞光闪耀，活灵活现。据说，当地胆子小的人特别是妇女一般都不敢独自去取水。

当年李淳风从秦岭山中化来木材，通过白龙江和地下暗河流到龙王井，袁天罡派人在井旁候着，来一根取一根，用之不尽、取之不竭。就这样过了数月。一天，袁天罡来井边查看，搬运工人随口问道："道长，这木头也搬了几个月了，想必该够了吧？"

袁天罡手捻银须，颔首答道："嗯，你说够了就够了吧。"

话音刚落，井里的木头再也取不起来，任由工人们如何拼尽全力，也无济于事。从此，那半截木头就杵在了井里，一直到现在仍然在那井里杵着。

建造天宫院这么大的工程需要很多劳力，工人们要吃饭，这就需要很多粮食、蔬菜和肉类。蔬菜和粮食好解决，有钱就能买，但是肉类却不好解决。因为当时农民很穷，很少有农户养猪，即使养了猪也舍不得吃肉，一般都是卖钱。于是袁天罡和李淳风就向上天祷告，因而感动了玉皇大帝，玉皇大帝决定送他们一群天猪以飨工匠。怎么把这群天猪赶回来呢？这天，袁天罡在南天门接了天猪，装扮成一个老猪倌，拿个细刷条子，赶着这群猪过石灵观、铺垭塘，沿着大路而行。袁天罡转念一想，这么一群猪走在路上太显眼了，说不定还会招来强盗的抢劫，于是，他把这群猪变成石头，一个人赶着群石头慢慢晃悠。

不一会儿来到隆山驿，见一个妇女在地里薅草，袁天罡一时心血来潮，想讨个"风声"，便上前问道："大嫂，敢问你看见前面一群猪过去了吗？"

农妇瞥他一眼："你这个老猪倌，放的啥子猪哦！哪儿有个猪？我只看见路边上一群石头在动。"

话音一落，只见大路边上的一个个石头纷纷停止不动了。袁天罡长叹一声，空手而回。

从此，隆山驿的大路两旁以及田坎地塄到处都是石头，有的大如房屋，有的小如水缸，形形色色，至今如此。

天宫院正如火如荼地修建中，正在仙界游玩的鲁班老爷闲不住了。他想：这么大的工程也不知请的是什么样的掌墨师？能不能修好？于是，他决定下界去走一遭。

这天，鲁班老爷装扮成一个老头，白发飘飘、仙风道骨，穿得却破破烂烂，走路一步三摇。来到工地，老头找到掌墨师请求在工地干活。掌墨师看看老头："你这个样子，老态龙钟，瘦吧郎筋的，风都吹得倒，能做啥子？背灯草？我们这儿不要。"

老头回答："诶诶诶，不要看我老头年老干筋，我年轻时可是做过木匠活路来的，锛、铲、刨、凿、钻，刻木雕花，竖柱上梁，我是样样皆会。"

掌墨师见他夸嘴，本来不想用他，却见他孤苦伶仃，就当做好事，于是就安排他在工地当个下手，打个补疤，做些杂事。

老头被留下来了，起初还可以，铲个树包，脱个树皮，扯下墨线，拉会儿锯子，架个木马，扫个刨花，随喊随到。可是后来，老头就慢慢懒惰了，成天这儿看看、那儿瞅瞅，到处指手画脚、品头论足。

一天，他看见有位老师傅正在雕刻大殿门柱上的两条龙，老头看了一会儿，摇摇头，说："你们雕得这龙，毫无生气，是真正的死龙。"雕刻师傅很生气，工具一扔："你雕得好，你来！"老头儿也不客气，捡起工具就雕刻。只见老头一手拿凿一手拿锤，锤子轻轻敲打，力道适度，凿子拿捏精准，不差分毫。一会儿又双手握刀，修边清底，不深不浅，不薄不厚。这样雕刻了好些日子，一条柱上蟠龙雕刻成功，画面圆润光滑，活灵活现，栩栩如生。

自此以后，工匠们对老头儿真是刮目相看，大家客客气气，无不以"老师傅"相称。可是好景不长，老头儿顽劣性情又表露出来，整天玩耍淘气，总喜欢评论别人的工作，还喜欢批评别人，害得工匠们都对他有了意见。

掌墨师没办法，于是对他说："老头儿，你一天不要这儿跑那儿跑的，说这个说那个，吃了饭也该做点正事嘛。"

老头儿听了也有点生气，赌气地说："你说我没做正事，那我就做点正事给你看看。"说着抱来一根上好的柏木，架在木马上，拿起墨斗，东一画西一画地画起来。就这样画了三天，木头上满是横七竖八的墨痕，众人不解其意，也懒得理他。还是掌墨师看不过，又对他说："老头儿，叫你做正事你就做这样的正事，像鬼画桃符一样——实在不想干你可以走哈。"

老头儿这回是真生气了："走就走！你们还真以为我干的不是正事。"说着，把木马架上的木头往地上一推，说也奇怪，一根好好的柏木瞬间摔得支离破碎，变成了一地大大小小的木楔子。众人见这般神奇，一下子围拢来看热闹。过了好一会儿才有人记起："老头儿呢？"大家四处寻找，老头儿早已不见踪影。

后来，木匠师傅们就用这些木楔塞缝紧榫，直到天宫院建成，一个不多一个不少，刚好用完。

天宫院建成三年，鲁班老爷雕刻的那条蟠龙吸收天地灵气、日月精华，居然修炼成功，要成正果。当年农历四月初八，天降大雨，直下了三天三夜，下得西河暴涨，两岸平河，淹过了天宫场，淹过了天宫院前面广场，淹过了天宫院大门，直淹到天宫院正殿的台基下。

这天晚上子时三刻就是龙归大海、腾云上天的时刻，炸雷一个接着一个，每炸一个雷，水势就上涨三分，只等洪水没过龙尾，蟠龙就可以顺势入海腾云驾雾而去。

天宫院本是道家圣地，因为名气很大，地形奇特，各路神仙都爱来此讲学著书，经常有游方和尚和化缘道士在此住脚。这期间，院内住着一个行脚僧人，此人懵懵懂懂、痴痴憨憨，而且天生一副傻胆，天不怕地不怕。这天晚上，庙里安排他守夜，子时二刻，傻僧来在大殿门口，但见洪水已经涨到脚趾，突然，天空一个炸雷"轰隆"一声，水势没过脚背。就在这时，借着闪电的白光，傻僧抬头一看，柱子上的蟠龙张牙舞爪、摇首摆尾，正在用力挣脱束缚扑向洪水。傻僧并不害怕，心想：想跑？没那么容易。想跳上去抓龙，可是够不着。于是转回身去，想找个东西敲打龙头。途经厨房，傻僧跑进去拿起一把切菜刀，再次跑向大殿。此时正是子时三刻，洪水已经淹到龙尾。又一个闪电袭来，一个轰雷炸响，蟠龙昂首舞爪扑向洪水。说时迟、那时快，傻僧一刀砍去，正中龙颈，蟠龙脖子一缩一退身体离开水面，傻僧又接连两刀，蟠龙鲜血直流，脑袋耷拉在柱子上。洪水瞬间退去，雷暗电息，雨过天晴，一切又恢复平静。

蟠龙没有修成正果，功亏一篑，天宫院却多了一桩传说。直到"文革"初期，大殿门柱上的刀痕依然历历在目，血迹隐隐可见。

鲁班修白塔

很久以前，阆中古城常遭受水害。嘉陵江水从苍溪流下，冲过沙溪场，由于南津关和马哮溪这一段河道弯曲呈"U"字形，水流不畅，引起江水上涨，冲坏城墙，淹没房屋、庄稼。当地百姓一商量，决定请鲁班师傅到江边建一座风水宝塔，用以降妖镇水，鲁班师傅很高兴地答应了。恰巧这时苍溪县的百姓也请鲁班师傅为他们建一座风水宝塔。于是鲁班带着徒弟赵巧一同到两地选择建塔地址。最终选定了苍溪塔建在县城以东嘉陵江以北的西武当山侧峰上，这里山势陡峭、林木茂盛，是建塔的理想之地。而阆中的塔选址在古城东方马啸溪左边的高山，这山依江耸立、岩高坡陡。整座山挡住了从西北方向滚滚而来的嘉陵江急流，迫使江水在山脚下转向东北方流去；山后的南岩有一虎溪常年清流不断，风景十分漂亮。在此山头建塔，近可看阆苑古城，远可望七里坝南池沃野平川，视野开阔，赏心悦目。

鲁班师傅答应人们在重阳节前将塔建好，便于百姓登高望远的请求，并精心设计好了建塔方案。徒弟赵巧自认为学艺多年，手艺长进不少，但与师傅相比究竟相差多少心中无数，便很想借修塔之机与师傅比试比试，看谁的手艺高。于是向师傅提出来："师傅，你看现在两座塔，都要求在重阳节前完成，师傅你一个人也做不了，不如我们一人修一个，你看可好？"

鲁班其实早就看出了赵巧的心思，于是满口答应："要得。"

赵巧又说："我们天黑架马，天明收工，一夜完成，行不？"

"行！"

赵巧不放心，对着师傅又加了一句："以鸡鸣为号，如何？"鲁班无可无不可地随徒弟去了。

当晚，鲁班、赵巧各自动工。徒弟就是徒弟，赵巧求胜心切，一心一意只图早点将塔修成，超过师傅。进度果然神速，二更天刚过，赵巧就建成了一座边宽3.3m、通高约25m、共九层、楼阁式六棱形的白塔。

赵巧一直挂念师傅的进展，便急忙来到阆中。才转过滕王阁，远远地望见师傅不慌不忙地垒砌须弥座塔盘、八边形锥体塔身。而修塔的材料竟是一队望不到边的猪儿，这些猪儿在师傅的法号下从离古城约30里外的下游河溪关水陆码头北岸渡江过来的！还有一队猪儿正在踩水过江呢！师傅将这些猪儿一弄，转眼就变成了一块块打磨好的青石条块，瞬间就垒砌成了一座八边形须弥座塔盘，高32米的八边形锥体塔身，外12层四面开窗，内6层有91级旋转石梯登顶的密檐式与楼阁式相结合的白塔。赵巧想给师傅难堪，忙使出邪法，口中念咒，用右手食指点向正在过江的猪儿，猪儿马上变成了一队原地不动的石头。从此以后，河溪关渡口北岸江中的那一行黑乎乎、光溜溜的石头，便被人们称为"猪儿"石。河道水旱时，它们就露出水面，十分可爱。

工地上的鲁班师傅突然发现猪儿没有来，只缺封顶的石料没到。

赵巧瞧着师傅正要动手修塔顶，心里有些复杂，磨蹭了一阵到最后还是把心一横，躲在一旁学鸡叫："咯咯哦……"

鲁班听了鸡叫，心想：这么快天就亮了啊？抬头望了望，再修塔顶已来不及了！怎么办？慌忙之中灵机一动，跑到附近农户家的灶台上拿来一口大铁锅，往塔顶一扣，完工！

相传，阆中白塔在相当长的一段时间里，都是以锅代顶的，很不美观，阆中人天天看着，总觉得这是个烂尾工程，别扭得很。但别的人也不敢再班门弄斧修缮塔顶，也没有人愿意去做这"旧活路"。时间就这样一天天流逝着……

一天，阆中城来了一个老木匠，衣着破烂，走街串巷叫喊着："做旧活路！""做旧活路！"一个糟老头子，谁看得起呢。没有人请，就这样走过大街走过小巷，日复一日地走着喊着。

这天，老木匠又在街上叫喊，拐角处一老翁实在听不下去了，拦住木匠，刁难他说："你一天到晚叫唤啥子，哪儿有旧活路做？你实在想做旧活路就去把塔子山上的塔顶修起来嘛。"

那木匠站下来，毕恭毕敬听着老翁说话，并不搭腔，听完就径自走了。谁知第二天一早，有人无意间抬头向东山一望，突然发现白塔有顶了。这下子，大家都议论纷纷，满城里消息像长了翅膀似的。等传到老翁耳朵里的时候，老翁回想之后终于明白了是怎么回事，便原原本本给大家说起老木匠之事。众人听了，才记起确实甚是惊奇，转过头要寻老木匠却再无踪影。

鲁班手艺高超，东海的龙王也知道了。龙王带信，要鲁班给他造个送灯台过去。龙王要灯台，鲁班不敢大意，连忙和徒弟商量，为龙王制作灯台。师徒俩连夜连晚，各自开始制作灯台。几天之后，两师徒把各自造出来的灯台一比。却是两个样子，鲁班用犀牛角雕的灯台，又黑、又粗糙；赵巧制作的灯台，是黄梨木雕的，特别精致，比起师傅犀牛角雕的灯台，好看极了。

灯台做好了，要给龙王送去。赵巧抢着要去，这可难坏了鲁班。因为鲁班做的灯台，是犀牛角做的，可以避水，拿到水里，水即让道两边。要到龙王那里去，回得来，那肯定得把犀牛角做的灯台一直放在身上才行。平时赵巧老不听师傅的话，你说东，他做西，老和师傅反着干。鲁班想了很久，要让赵巧把犀牛角灯台一直放在身边，只有正话反说。鲁班把徒弟喊在屋里，要他把两只灯台都带去，反复叮嘱赵巧，送龙王的时候，一定要送老师做的灯台。

这次出行，赵巧在路上想，平时我老和师傅唱反调，让师傅操心，这次一定要按师傅反复叮嘱，如果再不听师傅的话，那就再也对不起师傅了，一定要把师傅做的灯台送给龙王。

赵巧去了东海，这次偏偏听了老师的话，真的把犀牛角的灯台送给了龙王，而把自己的黄梨木的带在身上。一出龙宫，就被汹涌的波浪所吞没，再也没有返回人间。

这就是后来人们传说的"赵巧送灯台，一去永不来"的典故。

灵神殿的狐狸

　　田公乡（今已合并到裕华镇）有一座远近闻名的钟山，钟山脚下有一大片良田，土地肥沃，水旱从人，人称大田坝。很久以前，钟山山脚处建有一座灵官庙，当地人叫灵神殿，灵神殿里面供奉的是王灵官。道教神系中，灵官是护法监坛之神，司天上人间纠察之职，所有违法乱纪、不忠不孝者他都要加以制裁。就像佛教的韦驮菩萨一样，王灵官是道家地位最高的护法神。传说王灵官名叫王恶，是唐太宗时代的人，"有膂力，性刚暴质直"。曾因为民除害焚烧一江怪古庙，致怪风大作，幸值萨真人赶到，作法反风灭妖。玉帝欣赏其疾恶如仇、敢作敢当，便封他为豁洛元帅，赐金印掌监察之职，后被道家尊为护法神。

　　钟山灵神殿规模不大，但建筑精巧，雕梁画栋。二十几步石梯直通山门，两扇红漆大门厚重庄严，八十一颗铜钉闪闪发光。进院来，首先映入眼帘的是巍峨高大的重檐歇山式正殿，两边厢房洁净整齐。正殿内塑着王灵官站像一座，身高七尺，威武凶猛，红脸膛，额上还有一只眼，三目圆睁，锯齿獠牙，虬须怒张，披甲执鞭，好一派震妖降魔气魄。

　　大殿的重檐下"灵官殿"三个字金光闪闪，大门两边挂着一副楹联：三眼分明遍观大地；一鞭威武永护南天。颜体楷书，拙朴厚重，沉稳庄严。大门正中间的横额：圣恩普沛，赞美真武大帝的恩惠像阳光雨露一样，大公无私地照耀滋润天下，使普天之下获得旺盛的生机。

灵神殿平时香火并不旺盛，只在重要节庆比如"祭三事五"的节日，正月初九玉皇大帝的诞辰、正月十五张天师的诞辰、正月十九燕九节、二月初三文昌帝君的诞辰、二月十五太上老君的诞辰等节日什么的才开门迎接香客，地方上有重大活动特别是像处罚忤逆不孝、弟兄不睦、偷盗、淫乱等伤风败俗、破坏乡规民约的事件，大多在这里举行；以至于乡里、家族裁决诉讼、判理争端、赌咒发誓、祈求许愿等也要当着"灵神老爷"的面进行。每当这种时候，灵神殿内外人山人海、热闹非凡。看热闹的人从四面八方赶来，做生意的也急忙来赶行市——有卖甘蔗的、卖火烧馍的、卖锅盔的、炸散子的、卖凉面的、卖纸烟的、卖草鞋的，应有尽有，就连保宁府的老回回也来凑热闹，搭个簸箕盖儿卖卤牛肉，一分钱一片，四四方方，拇指厚，巴掌大，油亮鲜香，馋死个人。如果买得多了，老回回还会给你扯张毛边纸，三两下折个漏斗状，牛肉片装在纸盒里，拿在手上边吃边看，保准把殿内外大半的眼球吸引到身上来，吃的人更是昂首挺胸、趾高气扬，仿佛一刹那高大了百倍，脸上是满满的幸福。

这一天也是居士们最忙碌的一天，他们要早早地准备场所，打扫卫生，提供道具，还要烧几锅开水，泡上香龙草或者干酸菜，用皇桶装着，挂几个竹子做的"提子"当饮具，以供人们饮水。而居士们最愿意做的是在灵官老爷的脚前摆上功德箱，到晚上夜静人散，当到灵官老爷的面打开功德箱，一遍又一遍地数着善男信女们的布施，偶尔也能收得数十个零碎钱。

灵神殿没有当家道士，只有附近的几个居士负责照管。宋老汉是住得最近的居士，家就在灵神殿脚下的山湾里，不过一袋叶子烟的距离。宋老汉家境贫寒，祖上就没田没地，只有两间草房，一直靠帮人为生，将近四十了才娶得一房妻子，本指望夫唱妇随发家致富，不曾想那一年妻子突然染病，久治不愈，好在为宋家留下一个儿子，现在已经是十五六岁的半大小子了，名字叫莽娃。灵神殿有两三亩田地的庙产，由宋老汉典来耕种。就靠着这两三亩田地和宋老汉的精耕细作，每年收入的粮食除去租子，只要精打细算，也可供宋老汉爷儿俩将就温饱。宋老汉知恩图报，感念灵神殿赐予田地的恩德，对庙里的事情格外上心。净神像、上供品、添灯油，以及除草扫地搞卫生等等，总是任劳任怨。

这是一个夏天的夜晚，宋老汉刚刚吃过夜饭，正准备上床休息。突然，屋外狂风大作，吹得房梁上"呜呜"直响。一会儿，几道刺眼的闪电划破夜空，紧接着"轰隆隆"几个闷雷如同石碾子一般从空中轧过，黄豆大的雨点唰唰地泼洒下来。一会儿工夫，院坝里的积水已经快要漫到阶沿，屋后的山沟里也发出"轰轰"的水声。

"不好！"宋老汉忽然记起，前几天一场大风把主殿上的几片屋瓦给吹翻了，本说等这几天农活缓下来就去盖好，不想今天晚上下这么大的雨。这雨漏下来要把房梁浸坏，如果淋到灵神老爷的身上那更是罪过！宋老汉不敢往下想，赶紧扎起长衫，挽起裤管，穿上蓑衣，戴上篾帽子，打着赤脚，提起马灯向庙里冲去。

屋外依旧是电闪雷鸣、大雨滂沱。狂风吹得树木东倒西歪、起伏难定，山洪从石梯上唰唰地往下流淌。宋老汉顾不了许多，三步并作两步往前跑。突然，一阵"呜呜"的哀鸣声从风雨声中传来。宋老汉停下脚步，再听，什么也没有，只有风雨声。再走，又一阵"呜呜"声传来。"啥声音？"宋老汉再次停下脚步，站在风雨中细细寻找。听清了，声音是从庙门前面的水沟里发出的。原来，灵官庙前有一条三尺高、四五尺宽的水沟，一排山洪，二排屋水，沟上铺三根粗大的条石作桥，过了石桥就是山门。宋老汉跳下水沟，蹚着齐大腿深的洪水，摸索着来到石桥下。忽然，一对绿幽幽的光亮映入眼帘，"是山猫？是狐狸？"宋老汉心里念叨，壮着胆子走过去，举着马灯一照，原来是只狐狸，正蜷卧在桥下的石缝中，洪水已经淹湿了尾巴，马上就要淹没整个身体了。仔细一看，狐狸浑身湿透，前腿和后腿各有一只血肉模糊。"一定是受了枪伤了！造孽啊！"宋老汉起了恻隐之心，用口衔着马灯，凑到狐狸跟前，左手牵起衣襟，右手轻轻拢着狐狸，把狐狸抱在胸前，爬上水沟，一只手打开庙门，径直跑进庙子的厨房里，把狐狸放在灶前的柴火堆上，用稻草擦干净它身上的雨水。见狐狸受伤严重，宋老汉急急忙忙弄好大殿的屋瓦，又跑回家去，拿来自己舍不得喝的半瓶高粱酒和两片旧白布，帮助狐狸处理完伤口，已经是凌晨时分了。宋老汉用稻草把狐狸盖了个严严实实、暖暖和和，自己也感觉疲惫至极，和衣倒在草堆上也迷迷糊糊地睡着了。

一觉醒来，天色已亮，狐狸也还静静地卧在稻草丛中。雨已经停了，宋老汉仔细地把道观的里里外外、前前后后都查看一遍，没有发现漏雨或毁损的地方，方才放心地离去。

宋老汉回到屋里，儿子莽娃还没有起床，急忙烧火做饭。今天宋老汉特意多下了两把米，水烧开后小煮一会儿，将一只小碗碗口朝下放入锅内，再慢慢用文火煎煮，待稀饭稠熟，起出小碗，碗内盛的不是稀饭，而是一碗喷喷香的干饭。莽娃以为是大大犒劳他的，欢喜得很。不想宋老汉倒出干饭，捏成两个饭团，用南瓜叶包好。莽娃又急又跳，紧紧追问大大留饭团干啥，宋老汉闭口不言。

吃过早饭，宋老汉扛起锄头，带上饭团，又在菜地里摘了两根黄瓜。来在庙里，把饭团和黄瓜喂给狐狸。狐狸三下两下吃完，用舌头舔舐嘴唇，两眼望着宋老汉，发出"呜呜"的声音，眼角挂满感激的泪水。

接连几天，宋老汉都送来饭团、黄瓜、桃子，还从水沟里捉些小鱼小虾喂给狐狸，眼见狐狸的伤情渐渐好转，精神也越来越好，宋老汉也别提有多高兴了！

又是七八天过去了，宋老汉照旧送来吃的，却不见了狐狸。他知道狐狸完全康复了，走了，去过它自己的自由日子去了，宋老汉欢喜之余却有点空落落的。

农民的日子无非是寒来暑往、秋收冬藏，日复一日年复一年地过着，没有多大的新鲜。搭救狐狸的事情宋老汉一直没有对外人讲，几年后自己也逐渐淡忘了。

人有旦夕祸福。不曾想这宋老汉刚满甲子却积劳成疾，不久一命呜呼撒手而去。这一下，家里就剩下莽娃一个人。只因宋老汉老来得子，从小把莽娃当成了心尖上的肉，百般疼爱呵护，娇生惯养，养成了好吃懒做的性格。先前有老汉罩着，衣来伸手，饭来张口，现在老汉死了，成了个吊人，更是无人管束，成天游湖浪荡，抓拿骗吃。典的庙里的田地也无心打理，正应了山歌里唱的：庄稼嫂来庄稼哥，庄稼莫得野草多。立起打起脚背子，睡到打起耳朵坡！大春、小春一收割，连租厘都交不够。无奈，田地也被庙里收回。两间草房因年久失修也大洞小眼、东倒西歪，宋莽娃干脆抱起铺盖卷搬进灵神殿，在厢房里打个地铺。整日里东游西荡、偷鸡摸狗，成了个人见人恨的二流子。

眼见的宋莽娃二十多岁了还是个"屌人"，他也曾想成家立业，却总也改不了游手好闲、好吃懒做的毛病；他也曾经求人，给撮合张家的姑娘、李家的寡妇，可是人家看见他那二流子形象，不是嘲笑就是婉拒。这一下，宋莽娃看不到一点希望，干脆破罐子破摔，坑蒙拐骗偷，吃喝嫖赌抽，十毒俱全。

这天天刚麻麻亮，宋莽娃赌了一夜的钱，输了个裸连精光，灰头土脸地往庙里走来，想趁着早晨凉快补半天瞌睡。走到山门，却见一位姑娘穿着白衣白裙，倚傍着山门，正呼呼大睡。莽娃如同见血的绿苍蝇顿时来了精神，眯起眼睛把姑娘看了个仔细。只见这姑娘十七八岁年纪，一头黑发又长又密，小脸蛋儿白里透红，五官端正，身材匀称，尖尖的小脚穿一双红花布鞋，虽然沾满泥土，但也看得出手工精致。莽娃左看右看、上看下看，心里像十五个吊桶打水——七上八下的。"嗨嗯"，莽娃干咳一声。

姑娘从梦中惊醒，连忙起身，深施一礼："大哥！"

莽娃抱拳还礼，顺手打开山门："妹子请到屋里坐。"

来在庙里，莽娃手忙脚乱地烧来热水让姑娘擦汗洗脸，又东拼西凑地煮了两碗稀饭。姑娘洗去尘土，吃了热饭，顿时干净清爽，有了精神，越发显得妩媚俊秀。据姑娘讲，她本是华阴人士，娘家姓胡，家业殷富，姊妹弟兄多人，父母还请来私塾先生教他们读书识字。可是一天晚上，月黑风高，突然闯进一伙"棒老二"，打伤了父母，抢走了银钱，还把她捆绑起来，说是要拉去做压寨夫人。姑娘又急又怕，在路上瞅了个空子，跑下山来。也不晓得跑了几天几夜，反正是夜行晓宿，不知不觉跑到保宁府的地界上来了。今天是跑得实在累了，本来是准备在庙门上打个盹儿就继续赶路，不想恰好遇见莽娃回来。

"多谢大哥的茶饭，小女子还要赶路，就此别过。"姑娘急着要走。

"慢着慢着！"莽娃急忙拦着去路，"保宁府离华阴县好几百里路程，'棒老二'早就管不到你了！况且，离你们家也这么远，就是想回去也不是一天两天的路程。不如暂且在这儿住几天，再做长远打算。"

姑娘思趁良久，勉强答应下来。

从此，莽娃一改往日的德行，每天陪在胡姑娘身边，不多久，二人就住到了一起。从此之后，莽娃起早贪黑、勤勤恳恳，除主动担负起庙子里的杂务，一有空闲就在山坡上开垦荒地。

宋莽娃捡了个媳妇的消息像风一样传遍了四面八方，远近的乡亲也有来看热闹的，也有送一些油盐柴米瓜果小菜的，也有一些不怀好意别有用心的赖皮二流子上门嬉哈打闹的。新媳妇倒也泼辣大方，从容应对，有礼有节。人们都说是宋老汉经管灵神殿积了阴德，宋莽娃才能娶了这么贤惠体面的老婆。

一天早晨，莽娃还在迷迷糊糊地赖床，新媳妇急急忙忙把他推醒，显得兴奋地告诉他："莽娃，快起来。我昨晚做了个梦，梦见你老汉儿跟我说，你们原先的草屋里灶孔底下有一坛银子，是老祖宗留给我们的，叫我们快去挖出来。"

"哈哈哈哈"莽娃不觉大笑起来："我说你是想发财想疯了吧？做个梦你也当真？"

"不，那梦真真切切、明明白白，就像在眼前一样。"新媳妇急忙解释。

"哎，我说媳妇嘞，就算是真真切切、明明白白，我们家祖祖辈辈上无片瓦下无立锥之地，找块打狗的土坷垃都要向别人讨，穷得连裤儿都穿不起，哪儿还有银子哟！"莽娃赖在床上就是不起来。

"不嘛，你快起来去试一下嘛。"新媳妇又推又搡，还撒起娇来，"你去不去？再不去我就回娘屋。"

"好嘛好嘛，去就去。"莽娃赶紧起床，披上衣服，扛上锄头就出门而去，背后传来新媳妇的叮嘱声："好好地挖，就在你们原先的灶孔底下，保准有。"

不一会儿，只见莽娃欢天喜地地跑回来，怀里抱着一个陶瓷坛子，封口的油皮纸已经被莽娃撕开，里面是满满一坛元宝。宋莽娃大喜过望，对着坛子双膝一跪倒头就拜："大大呀大大，原来你有这么多的宝贝，为啥子不早点拿出来？害得你有病没钱医，害得我受了这些年的苦！多谢祖宗！多谢大大！"

夫妻俩用这些元宝买田置地，又在祖屋地基上盖起来一套四合院的大瓦房，耕牛四五条，长工短工六七个，日子过得红红火火，成了远近闻名的土财主。

宋莽娃日子红火，全靠老婆宋胡氏持家有道，不仅如此，这胡氏的肚子也颇争气，接二连三生下二男二女，一个个长得乖巧可爱。孩子长到六七岁，胡氏请来先生办起塾馆，不仅自己家孩子学习，还招呼附近周围的孩子们也来学习。

自从和胡氏结合成家立业，宋莽娃像换了个人似的大变样了，不赌不偷，不懒不抽，原先的狐朋狗友也渐渐疏远，整天里起早贪黑勤恳劳作。家业越来越大，日子越过越滋润，夫妻恩爱家庭和谐，莽娃心里美滋滋的，也越来越飘然起来。

一天，莽娃来到保宁街上办事，事情忙完，便来到老井茶馆，沏一开盖碗茶，来一碟卤牛肉，一把馓子，两个火烧馍，再来半斤压酒，这不，午饭也有了。茶馆里人们交头接耳，摆谈着天南地北的新闻旧讯和那乡村野地的异事墙角。这些年莽娃已很少出入茶馆酒馆，老茶客们多半不认识。简易的小舞台上，艺人正在表演传统金钱板《小菜打仗》，手法身段惟妙惟肖：

  ……打得芋头行土遁，

  打得韭菜断了根根，

  茄子吓得去吊颈，

  怕的是乌纱帽儿戴不成，

  只有汉菜死得惨，

  周身杀得血淋淋……

  莽娃正在一边聚精会神地看表演，一边津津有味地享受美食，突然"老庚！""宋财东！"两声招呼窜入他的耳朵。抬头一看，原来是多年不见的王老庚和田旺。二人是他年轻时的好朋友，也是穿连裆裤的赌友。多年不见分外亲热。莽娃给二人添了茶酒，又买来些茶点，三人叙旧聊天，好不快活。

  这时，只见王老庚不住地瘪嘴摆头，对莽娃说道："老庚，你现在是家有田地百亩，长工伙计几十个，住的是大瓦房，赶场上街有滑竿轿子坐，你这样远近闻名的大财东哪个还是这么简朴喔？两个火烧馍儿就将就了？嗯，还不如当年落魄时候操得展呢！"

  "是呀，你哥子也太清苦自己了！"田旺也在一旁火上浇油。

  "多年不见，走，今天我请你老庚，咱们找个好蹓蹓儿，好好地整几杯。"王老庚说着拉起莽娃就走。

  三人来在"醉苑春"酒楼，这可是保宁府数一数二的酒楼，来这里的客人多是官宦老爷、商贾大亨、袍哥大爷、水陆会首等非富即贵，里面除了吃饭，还可以喝茶、打牌、听川剧座唱等。

  三人找了个雅间坐下，点了十几道菜肴，什么东坡肘子、宫保鸡丁、水煮牛肉、麻婆豆腐、蒜苗回锅肉、酸菜鱼、甜烧白、咸烧白、龙眼肉、尖椒牛柳，再配几样下酒的小菜：油酥花生米、大刀耳片、夫妻肺片、拍黄瓜等，外搭一碗羊杂面。三人舀来五斤保宁压酒，斟满三碗，先喝个"鲤鱼三扳江"，一会儿工夫就喝了个精光。嫌不过瘾，又舀来二斤"纯阳醉"，这可是保宁府最好的白酒，四十几度。三人喝得兴起，猜拳行令，直喝到太阳落山。三人都喝得醺醺大醉，特别是莽娃几乎失去知觉。王老庚从莽娃的褡裢子里掏出银钱付了账，收拾完毕已是华灯初上，二人扶起莽娃，跌跌撞撞就进了"兰香院"。

莽娃一阵口干舌燥，迷迷糊糊地醒来，口里直叫"水，水"。只觉一只茶盅递到嘴边，咕噜咕噜喝了一盅子，正要倒头睡去，怎么？这不是自己家？端茶的也不是胡氏？莽娃眨巴眨巴眼睛，只见一位妙龄少女来在床前："相公醒啦？"说着整个身子凑上来，双手抱着莽娃的脖颈，哎哟，那个香啊，直把莽娃的骨头都酥化了！莽娃哪受得了这种阵势？管他三七二十一，借着酒劲，二人行云布雨，好一阵快活。

天亮起床，宋莽娃心里五味杂陈。想起昨夜的所作所为，感到一千个一万个对不起胡氏，不觉羞愧满面。可是细细体味那女子温柔缱绻，骨酥肉嫩，对自己百般温存，那感觉真是神仙日子。人生在世，该享受的就要享受，何必瞻前顾后？何况现在自己家大业大，也该过过上等人的日子。这样想来，又觉得一切都是那么理所当然。

这时，王老庚和田旺已经在天井内等他，三人吃了一大碗牛肉臊子面，一刻也不耽搁，跟着就找了个赌馆打牌九。

宋莽娃重操旧业，如同放出笼子的老虎、解开缰绳的牛犊、冲破闸门的洪水，压抑十多年的玩心终于被释放出来，一发不可收拾。吃喝嫖赌抽，玩了个天昏地暗，莽娃也像年轻了十岁，精神抖擞。直到三天后，胡氏打发家里的长工进城来找，才勉强悻悻地回去。

莽娃在城里的事情，下人和邻里也有些风言风语。也不晓得村里的孩子们在哪儿学的童谣，天天晚上在屋檐院坝竹林不停地唱："地板凳，祝英台，娶个媳妇有人才，又抽烟又打牌，半夜半夜不回来。鸡一叫，狗一咬，胴宝胴宝回来了！"

胡氏心里气愤，面上却假装不知。只是没有外人在场时，胡氏才在他面前比前比后地唠叨几句，莽娃脸一红，假装不懂，这事也就过去了。

一天赶场，莽娃又碰见王老庚，被他一阵撺掇，二人约起田旺，一溜烟跑进城里，又耍了三天三夜。这一下，胡氏不干了！撒泼打横，又哭又闹，荤的素的闹了个鸡飞狗跳。莽娃自知理短，忍气吞声，私下无人，赶紧作揖磕头，好话说尽，又赌咒发誓，再不乱来，胡氏这才饶恕。

日子恢复平静。又过了几个月，莽娃又遇见王老庚。狗总是改不了吃屎，王老庚又约他去潇洒。

"算球了。上一回我婆娘把我医治惨了，我是再也不去了。"莽娃推辞道。

"哼，你还怕婆娘？你还不晓得，你那婆娘是啥子来路？"王老庚鼻子一哼。

"嗯？王老庚，你要跟老子说清楚，我婆娘是啥子来路？"莽娃顿时就生了气。

王老庚皮笑肉不笑："嘿嘿，老庚，你还蒙在鼓里，外面都朝得乌烟煊煊的！你想嘛，当初你那么穷，长得孬不哇几的，你婆娘那么体面，咋个会看上你嘛？何况，唯独你莽娃能捡个婆娘，我们这些老光棍才莫得哪个捡个婆娘？"

莽娃一听觉得是这道理："那，那，那你狗日的说我婆娘是啥来路？"

王老庚颇为神秘地转起脑壳看了看四周，凑在莽娃耳朵上："他们都说你婆娘是毛狗精变的！"然后又连连摆手，"不是我说的哈，是他们说的。"

"放你妈的屁哟，你妈才是毛狗精哟！"莽娃暴跳如雷。

王老庚拍拍莽娃的肩膀："老庚莫急嘛！他们说有个办法可以试出来——用硫磺加桃叶柳叶熏——我也不相信，你老庚试一试不就晓得了？"

莽娃脑袋像糨糊一样，腿也像灌了铅，恍恍惚惚地回到家里，胡乱扒拉几口饭，一点胃口也莫得。想起当年在山门相遇，想起十几年来的夫妻生活，打死他也不相信王老庚的话。然而，无风不起浪。想起好几次胡氏未卜先知，精于计算，又觉得王老庚的话不无道理。接连几天，莽娃看着胡氏的身影，一会儿像狐狸一会儿像娇妻，眼睛总是一花一花的。胡氏见莽娃这几天心神不定，以为他是睡眠不足、劳累过度，又是熬银耳汤又是煮红糖鸡蛋，照顾得无微不至。

这天夜里，莽娃翻来覆去睡不着。见胡氏睡梦中挂满甜蜜的微笑，婀娜的睡姿，微微的鼾息，莽娃又一次想起王老庚的话，顿时眼睛一亮：不妨试他一试。

宋莽娃轻轻起床，端来一个火盆，折来些桃枝柳枝，上面撒上硫磺、石灰，用火石点着。一霎时，屋子里浓烟滚滚。

胡氏被刺鼻的浓烟呛醒，惊叫起来："娃他大你在做啥子！"

"屋子太潮，我熏下霉气。"莽娃掩饰道。

"哎呀，我受不了了！"胡氏翻身而起，一道白光夺门而出。

几天后的夜晚，莽娃正在屋子里独对孤灯，却见胡氏斜靠在床头。莽娃又惊又喜，满心愧疚，赶紧拉着胡氏的手，扑簌簌地滚下两行热泪："娃他妈……"

胡氏气喘吁吁，面色蜡黄，拉着莽娃的手颤抖不停："娃他大，你不是在找我的来路吗？现在我就告诉你。他们说得对，我就是狐狸精变的！想当年我被猎人打伤，是你大大救了我。伤好后，我专心修道。好在上天感念，几年后我修炼成功。当时恩人已经过世，而你却不务正业、游湖浪荡，眼见你宋家就要彻底垮杆。为了报答你大大的救命之恩，让你宋家兴旺发达、香火有续，我便化作人形嫁你为妻。本指望夫妻恩爱、白头偕老，没想到你听信谗言，用些手段加害于我！十几年的夫妻情分就此恩断义绝。也是上天注定，我的阳寿该绝。我死之后，希望你把我的衣冠埋进祖坟，好叫儿女们早晚祭拜。我们的几个儿女将来俱有出息，你的后半生也衣食无忧。我去也！"一道白光划过，胡氏已无影无踪。

宋莽娃泪如泉涌，号啕大哭，悔恨、痛心百般滋味齐上心头，一切都在呼天抢地之中。

后来，宋莽娃的两个儿子相继高中进士和举人，都在省城做官，俱有政绩；宋莽娃作为官属也搬到省城居住，再未续娶；两个女儿知书识礼，婚配大户人家，夫唱妇随，白头到老。

宋家的庄子一直在大田坝，民国初年，还有人来收租粮，然后兑换成银子解回省城。民国以后，社会动荡，土地频繁易主，就再也没有见过宋家来收租了，庄子也慢慢成了别人的住房。

钟山灵神殿在风雨中经历了数十百年，不知何时倒塌。"文革"前其石基石磉犹在，现在已看不见踪迹了。

寄蜉蝣于天地，渺沧海之一粟

南瓜迷案

　　南瓜，中国老百姓最普通的食物之一。它的叶、花、果、籽皆可食用，可用于煮、蒸、炒、煎各种烹饪手法；它适合各种土壤，产量大，储存期长。生活困难的年代，南瓜红苕半年粮，不知救了多少农村老百姓的命！

　　人民公社时期，为提高社员的生活水平，有些生产队会专门偷偷地留几块好一点的土地，用以种植蔬菜分给社员食用。如果蔬菜员是行家（当年唯成分论，不一定用内行人干内行事），又有责任心，那蔬菜就长得好，分给社员的就多，有瓜果小菜垫补，社员的生活也就相对有所改善。

　　距我们不远的一个生产队每年的蔬菜都种得好，社员的日子也过得让人羡慕。但他们也有烦心事，那就是经常有人偷蔬菜。生产队不得不每天派人轮流值班守护，一遇到偷瓜菜的，人们就照着手电筒或者马灯，举着棍棒吆喝驱逐。开始还能起到作用，后来贼娃子的胆子越来越大了，加之生活所迫，那种恐吓已经起不了多大作用了。特别是农忙季节，看菜人白天劳累一天，晚上往瓜棚一倒，呼噜呼噜就睡着了，往往是一觉醒来，地里的瓜菜就被偷了一大片——偷菜贼不仅偷菜，在慌乱的采摘中往往会损伤很多的株苗，严重影响后来的收成。这种情况，守菜人是要负责任的，生产队会根据蔬菜损失的多少扣守菜人的工分。因此，社员们对偷菜贼恨之入骨。只要被抓住，就是一顿拳打脚踢，往往皮开肉绽、筋伤骨裂，然后送到公社革委会，游街示众。

那一年七八月间，又是一个收获的季节，人们忙着打谷子、养蚕子、摘棉花，忙得骨头都散了架，但心里美滋滋的。而这个季节又正是瓜果蔬菜大量成熟的时节，南瓜、茄子、丝瓜、辣椒、冬瓜、热萝卜、热白菜打了堆地成熟。人们白天收庄稼，晚上守蔬菜，又累又窝火。于是，生产队怕大家麻痹大意，特地在农忙期间每班增加了二人。这天晚上，刚入夜不久，有个守菜人就被窸窸窣窣的偷菜声惊醒，一声吆喝，见一个黑影一溜烟似的跑了。四个人一商量，估计那人没有怎么偷到菜，今天晚上定会"翻二码"。反正瓜棚也睡不下，于是他们分成两组，一组在瓜棚，一组在菜地的另一端隐藏起来。

大约三更天，夜色朦胧，地上已然东一块西一坨地起了雾，气温开始下降。埋伏的两个人感觉身上渐冷，正想撤退，这时，见一个人影鬼鬼祟祟地出现在菜地边上，一阵东张西望之后，来人冲进菜地，麻利地摘了四五个大南瓜，装进背篼，见背篼已满，又胡乱地摘了一抱茄子塞在南瓜的空隙处，然后蹲下身子，想背起背篼逃走。试了两试，没有背起来。怎么这么重？偷菜贼暗自吃惊。再一试，还是没有挣起来。偷菜贼松开背系，想起身探个究竟。

"妈耶！"偷菜贼不看不知道，一看胆吓掉。

原来，两个小伙子在后面压着他的背篼口，他如何背得动？偷菜贼一声"妈耶"刚出口，两记闷棒已经打在他的头上。两个人一边打一边喊另外两人，四个围着又是一顿打，打累了再回去叫其他人。生产队的人陆续来到菜地，男的女的老的少的，来一批打一批，打不动的也用拐棍杵两杵骂两声。

就这样折腾了一个时辰，也不知道是谁发现偷菜贼在地上已经没有了气息。这时，众人才傻了眼。出人命了，怎么办呢？

正应了"人多鬼点子多"！菜地的山边有一道石岩，有半间房子那么大，是平常社员们躲雨躲日头的地方。这时，人们把偷菜贼的尸体抬进石岩里，头上、脚上各垫一个南瓜，肚子上再抱一个南瓜。然后，发动全队男女老少，拔掉菜地里面的所有蔬菜瓜果，架起十几头牛，把菜地三耕三耙，然后撒上萝卜籽。一切收拾停当，各自回家。这时，正好天明，洗漱已毕，照样出工，该干啥干啥，整个生产队像没事一样。

第二天早上，有人远远地向菜地方向张望，下午，又有人在菜地周围寻找，不大一会儿，山岩里响起了哭声。晚上，县公安局来人了。前前后后都拍了照，又挨家挨户地询问做笔录。社员们一口咬定：人是偷菜时被打死的，生产队每一个人都参加了，不知道谁打的第一下，也不知道什么时候死的，生产队干部没有指使，都是社员自发的……

那个时候的人与现在不同，传统思想浓厚，有羞耻感，绝不会出现小偷挨了打索要医药费、自己跌倒了讹诈搀扶人的事情。家属深知做贼是一件极不光彩的事情，也觉得脸上无光，本身就矮了半截，绝不好意思去催公安机关破案。公安人员调查了好几个月，没有查出结果。

一件闹得乌煊煊的人命案最后不了了之。

疑　心

英国哲学家培根说："心思中的猜疑有如鸟中的蝙蝠，它们永远是在黄昏里飞的。"人一旦有了猜疑，就可能轻易地击碎信任，进而迷乱心智，打败理智和平和，使人狂悖。

二十世纪七十年代，我们邻村出了一件惊天动地的大事情：花狗子杀人啦！

其实，花狗子不秃也不花，花狗子只是他的绰号。此人自幼聪明伶俐，读了几天书，能识文断字，心灵手巧。只可惜心术不正，聪明才智没有用到正道。其人好逸恶劳，总是想一些天上掉馅饼的事；干活也投机取巧，拈轻怕重。由于名声不是太好，媒人也懒得上门，所以，花狗子年过三十了还未结婚。

二十世纪六七十年代的中国，各种票证流行，买粮要粮票，买肉要肉票，买布要布票，什么糖票、蛋票、酒票、烟票等等，买什么都要票。出行呢？也不方便。办事要证明，住宿要证明，到人民食堂吃完面条除了要粮票或大米交换外也要证明。有时生产队、大队的证明就管用，有时要公社革委会的证明，当然，公社革委会的证明最管用。

于是，花狗子就动起了歪脑筋打起了歪主意：用萝卜、红苕雕刻公章，开些假证明，今天跑到粮站去领五十斤大米，明天跑到食品站去拿十五斤猪

171

肉，后天又跑到供销社去搬一桶煤油……然后，将这些骗得的东西倒卖，换成现金。不久，花狗子就戴起了手表，穿起了皮鞋、尼龙袜；屁股上挂一串钥匙，套几个红红绿绿的塑料编织的饰花，走起路来"叮当叮当"地响；随时有纸烟抽，随时下个馆子吃得嘴角流油，经常赶转转场，成了个"跑滩匠"，社员们既羡慕又怀疑，都在背后议论不休。我们小孩子见了花狗子，远远地就唱起了童谣："割草的，过来割，我给你找个老人婆。又不歪，又不恶，小伙子在外头干工作。手一捞，金手表；脚一抬，牛皮鞋；腿一抹，尼龙袜……"又艳羡又调侃，花狗子总是趾高气扬，一只嘴角上翘着，半笑不笑地匆匆走过。花狗子整天赶场上街，很少上工劳动，有钱还挣啥工分？一有时间就侍弄他不知在哪儿弄来的几只鸽子。孩子们经常在他家门口唱顺口溜："勤喂鸡，懒喂鹅，二流子娃儿喂朴鸽。"

花狗子失去了往日的自由，也没有往日抓拿骗吃的日子过得舒坦，每天劳动不说还受人白眼，偶尔还要开会接受批判教育，又苦又累又急又恨，整天愁眉苦脸。他时常想：我做得那么机密，公安局是啷个晓得了的呢？一定是有人告密。谁呢？花狗子左想右想，想到了邻居平。

平和花狗子二人是发小，又是隔壁邻居，虽然平成分不好，但二人关系还可以，平有时也在他那儿买些高价烟什么的。花狗子越想越觉得自己判断正确，几次遇见平，他左看右看、横看竖看、明看暗看都觉得平就是告密者，那样儿就像嘛：走路的姿势、说话的声音、看人的眼神，特别是他对待花狗子的态度等等，无论从哪个方面看，绝对是他告的密。

有一天，花狗子借故走进平的家里，东瞅瞅西瞧瞧，终于发现站在平屋里的某一个角度可以从篾栅子墙缝里看见花狗子家的桌子。这下，花狗子更加相信了自己的判断：分明是平从墙缝里发现了自己刻萝卜章和开假证明的事情。

花狗子越想越气，越气越恨，一个恶毒的计划在他脑子里形成。

这天早上，平有点感冒，脑壳痛，叫家人跟生产队队长请了假，便继续睡觉。

花狗子出工还没有走拢地头，听说平独自在家，认为机会来了。于是返回家里，拿出他早已准备好的篾刀，来到平的床前："我的事情是不是你去说的？"

平从梦中惊醒，迷迷糊糊地问道："啥事？"

"哼，啥事，你说啥事？"花狗子越说越气，一张脸已经完全扭曲，手中的篾刀恶狠狠地向平的头上砍去，一下，二下，三下……花狗子砍累了，这才丢下篾刀，长出一口气，转身出门而去。

花狗子一路向山上走去，遇到一个社员："花狗子，你身上哪儿来的那么多血？"

"我把平杀了！"花狗子头也不回地答道，然后一路大喊大叫，"我把平杀了！""平是我杀的！"

整个村子像炸开了锅，基干民兵都背起了枪，普通民兵也都拿起了棍棒漫山遍野地围堵。花狗子见走投无路，从后山的悬崖上跳了下去，当场摔死。

平被社员用滑竿抬到阆中县人民医院，捡回了一条命。

带血的红毛衣

　　我爷爷的堂姐嫁到阆中街上，婆家姓陈，有作坊、铺面，家境殷实，与共产党渊源颇深。二十世纪四十年代，陈家光琼、光玉兄弟多次往来我家——或开会，或躲藏，或路过，其间，曾竭力劝说我爷爷（他们叫么舅）和他们一起闹革命，我爷爷老实憨厚，笑笑"我又不识黑（不识字），干不了你们那些事"。"没关系，你可以给我们跑交通、提糨糊、做饭。"我爷爷仍然笑笑。解放后两兄弟分别担任四川两个县的主要领导。这是后话。

　　光琼、光玉的大姐光珺秀丽端庄、聪慧玲珑，深得父母喜爱，从中学到大学一直用功不辍。二十世纪三十年代加入中国共产党，有着狂热的信仰，一直以教书为名从事地下工作。先后在重庆、南充等地活动。在革命活动中认识了姐夫并结了婚，有了一个女儿。

　　1932年12月，鄂豫皖红军进入通南巴地区，开始建立川陕苏区。姐夫被党组织派往苏区工作，大姐当时正怀着女儿，也想同去，却因工作需要一直没有走开，后来又被调到南部工作。1935年初，大姐被获准到红军总部工作。终于可以见到分别两年的丈夫了，大姐特别高兴，收拾了行李，抱起一岁多的女儿就往巴中赶。

　　刚到巴中，就听说红军已经撤离。于是，大姐又随着红军的后续人员向西追赶部队。大姐本是娇小姐出生，三寸金莲，身体羸弱，从来没有走过这么长的路、吃过这种苦，背上背着女儿，手上还提个大皮箱，整天扑爬跟斗地跑路，又累又饿，骨头都要散了。一路走来，和部队的距离越拉越远。

一天晚上，一群人在一间破草棚里休息，也许是实在太累了，大姐抱着孩子倒下去就睡着了。等她一觉醒来，天已大亮，其他人早已无踪无影了。

大姐又急又怕，一个人在崎岖的山路上走了一天。这时，夕阳西下，微微的晚风吹动着草木，山坡上的茅草泛出一片片新绿，黄荆、马桑等荆棘的枝丫已长出来长长的嫩条，空气里散发着腻人的叶绿香。突然，从树丛中窜出几个拿枪的人，他们把母女俩押进山坳里的草棚，进行审讯。

大姐以为遇见了土匪或是国民党的地方民团，心想：这下完了！当走进他们的审讯室时，大姐的眼睛一下发亮了：只见他们的墙上挂着镰刀斧头旗子和马克思、列宁的画像，原来是红军游击队。大姐顿感释然，委屈的泪水如断线的珍珠，不待人家问话，便一五一十地把自己的遭遇告诉对方。游击队开始还很客气，给她们拿来吃的，说是要调查一下。

一会儿，游击队搜查了大姐的皮箱。当发现皮箱里有一件漂亮的红色毛线衣时，众游击队员无不惊奇，大家一口认定大姐在说谎。他们从大姐的长相和拥有这么贵重的毛衣来判断，认为大姐一定是国民党的官太太。

原来大姐在阆中女子初级中学毕业后，就考入成都深造，后来参加共产党，很少回家。及至和姐夫结婚，家里人都不知道。结婚后才写信告诉父母。当时父母很生气，吵闹着要断绝父女关系，发誓不认这个女儿。可是后来经人劝解，转念一想，毕竟是自己的亲闺女，气也就消了。作为大户人家，如果嫁女没有陪奁的话会被人耻笑。所以后来父母就给了大姐一大笔钱作为陪奁。姐夫心疼大姐，虽然把这笔钱的绝大部分作为党的活动经费，但还是从中拿了点在重庆买了二斤红色的羊毛线，由大姐亲自缝制，织了一件毛衣，算作大姐的嫁妆。这件包含亲情的红色毛衣大姐一直舍不得穿，所以几年了还依然如新。要知道，在当时，能穿得起毛衣的肯定不是一般人，那一定是非富即贵。

　　游击队又对大姐进行了几次审讯，甚至对她动刑，他们决不相信作为一名共产党员、一名红军干部的妻子会有如此贵重奢华的物品，他们一致认定她不是国民党官太太就是国民党女特务，反正是坏人，绝不可能是自己人。他们没有电报核实，也不可能派人去总部询问。就这样，大姐被杀害了！

　　女儿被当地人抚养，下落不明。

　　解放后，姐夫已经在外省做了厅级的干部，或是通过组织，或是拜托当年的同志，几次查找大姐的下落，都没有结果。

　　二十世纪八十年代，社会逐渐稳定，姐夫也从岗位上退了下来，于是专门回到阆中，查找大姐的下落。他先从大姐工作的学校查起，然后一步一步地寻着红军西征的路线查找，最后，找到一位健在的游击队员，讲述了这么一个现在听起来匪夷所思的故事。

　　面对莽莽大山，姐夫老泪纵横！

兄　弟

润是我们当地有名的地主。一套撮箕口的大瓦房，家里有上百亩田地，十几个长工，农忙时还要请些短工。不仅如此，家里还开办一个小型缫丝厂，每天有十几个工人在缫丝。润脑瓜子聪明，但为人忠厚，不善言辞，不问政治，整天就知道忙着经营家业，挣得的钱除了穿衣吃饭就是用于弟弟的学业。

润幼年丧父，只有一个弟弟相依为命。弟弟泽聪明伶俐，能说会道。润一来因为兄弟情深，二来因为自己是个闷葫芦，不识字，不会说话，当初没少受人欺负，所以就一心要把弟弟培养成才。好在泽不仅聪明而且刻苦用功，武圣宫高小毕业后，考入阆中省立中学，然后又以优异的成绩考入成都某某大学学习，在大学里也是活跃分子，秘密加入了共产党的外围组织。

1950 年下半年，川北地区开始了土地改革运动。

现在人们大多不知道啥子叫土改。所谓土地改革，是指政府对土地使用和制度等方面进行的大调整，包括土地税收、产权、土地使用制度的改革等等。我们现在所说的土改，一般指从 1947 年到 1953 年间在中国共产党的领导下以《中国土地法大纲》和《中华人民共和国土地改革法》为法律依据，在解放区（除西藏等少数地区外）实行的平分土地的群众运动。

土地改革的总路线和总政策是：依靠贫农、雇农，团结中农，中立富农，有步骤地有分别地消灭封建剥削制度，发展农业生产。

土地改革的基本内容，是没收地主的土地分给无地少地的农民，把封建剥削的土地所有制改变为农民的土地所有制；同时，采取保护民族工商业的政策。

土改的基本方法和步骤是：中央和各地政府派出土改工作团、工作组深入农村，发动农民群众，建立农会、农民自卫团或民兵队，组织农民向封建地主阶级开展斗争。第一部，召开农民大会，宣传土改的目的和重要意义，号召全村贫雇农行动起来积极投身土改运动。第二步，就是通过"扎根（住到贫雇农家）"、"串连（贫农带动贫雇农）"等手段摸清情况，激发热情。第三步，召开诉苦会，让贫雇农诉出自己的苦与恨，弄清阶级观念，提高思想觉悟。第四步，就是划分阶级成分，列出标准，对照条件去评议村里每一户的阶级状况。是地主的，村农会主席团派武装队去封锁财产，叫作"封家"，贴上封条，严禁动用。第五步，开展斗争地主。分为主动交代和群众揭发等等。第六步，没收地主家的财产，包括土地、房屋、家具、耕牛、农具、粮食、衣物等。有的地方会留给地主家基本的生活资料，有的地方则全部没收。当然，如果地主家有个人成分是贫下中农的，如地主的儿媳妇是贫下中农出生，则其财产不没收。第七步，是分配果实，也叫"分浮财"，把没收地主的东西分给贫下中农。最后，进行土改复查，纠正偏差。

在土改中，对于地主分子，党的政策是：除个别罪大恶极、民愤极大的予以镇压外，都分给一定数量的土地，让其在劳动中改造成为新人。

解放初期的土地改革，使全国大约有3亿无地和少地的农民分得了大约7亿亩土地和其他一些生产资料，彻底消灭了封建土地所有制，解放了农业生产力，进一步巩固了国家政权。

当然，政策再好也是人在执行，在执行过程中，很多地方都出现了偏差。

我们锦隆乡的土改工作队的队长姓张，邻县人，有文化，是位立过战功的伤残军人．他嫉恶如仇，性格倔强，脾气火爆。

初来锦隆，张队长带领乡土改工作队走村串户踏踏实实地了解民情，划成份分浮财，有条不紊地开展工作，政策执行坚决，很得老百姓的拥护，有个姓赵的农户，家里有几亩田地，按照政策最多应划为小土地出租.然而，该农民心里害怕，怕被划成富农。思来想去，以为共产党仍然搞国民党那一套，决定去拉拉关系。这天晚上，他带上家里的一刀坐墩（腊肉）和自己种的最好最皮实的一大把烟叶，用一布口袋装好，偷偷摸摸来到张队长寝室，支支吾吾寒暄几句，丢下东西就走。张队长在后面连声呼喊，要把东西退回去，赵老头头也不回早已三步并作两步跑的无踪无影。张队长怒不可遏，马上派武装民兵连夜连晚抓了赵老头，写了一封信，把东西和人一并交到县土改工作队。县委、县政府把这一事件作为土改期间的拉拢腐蚀工作队员的典型案件，掀起广泛的讨论和学习。最后，张队长受到表扬，赵老头被判了一年有期徒刑。

一次在县里开会，张队长遇见一个熟人，正是锦隆乡出去的土改工作干部姜队长。姜队长和张队长原是中学同学，后来张队长偷偷参加了游击队，姜队长则秘密参加了地下党。解放后，张队长因伤转业到地方工作，姜队长也由地下转向公开，被分配在了邻县的地方政府工作。这次因回阆中出差，不意遇见了多年未见的老同学。老同学相见分外亲热，张队长专门在县委食堂加了个客餐，又在食品店里买了一斤高粱酒，两个人在食堂的餐桌上又吃又喝又说，直摆了两三个小时。

说来也是凑巧，这姜队长担任土改工作队队长的地方正是张队长老家所在的乡。言谈之间，二人一边就土改工作交流心得体会，一边也相互介绍各自家乡的阶级结构风俗习惯等情况。张队长发现，姜队长心里有话，好几次欲言又止。其中，几次提到其姜家祠堂，又提到张财三的走马转角楼。张队长以为酒话，没有在意。不久，家里传来书信，说是感谢毛主席共产党的恩情，家里不仅分了地分了牛，还分得了张财主家走马转角楼楼上楼下通三间的大瓦房。张队长终于想明白了，原来姜队长把走马转角楼分给自己家，其实是想自己把姜家祠堂分给他家，人称"换手抠背"。第二天，张队长专门去了姜队长家做了调查。姜队长家属于下中农，是土改依靠的对象。姜家贫穷，田少地薄，四五口人住在三间茅草房和一间偏厦子里。姜家祠堂就挨着姜家的茅草屋，清清静静一个小四合院，屋宇古朴，环境优美。张队长又征求其他同志的意见，大家认为：姜家不算最贫穷，应该分得田地农具等，但按人均居住面积不应该分得房屋。最后，工作队将祠堂分给了两家赤贫的迁移户。接着，张队长专门写信给家人和其所在县土改工作队，认为给自己家分楼房违反了政策，应予退回。后来，县委通过复查，收回了分给张家的走马转角楼，另行分配了两间普通瓦房。姜队长弄巧成拙，心里很不是滋味。

张队长就是这样一位正直清廉的汉子，但他性格过拧，有时听不得不同意见，特别是天生有一种对富人打心底里的仇恨，所以执行政策有时也略显过左。

按照工作队的意见，润家被划为地主成分，润本人被定为地主分子。紧接着乡土改工作队决定"镇压"一批民愤极大的地主分子，其中就有润。

当润得知自己要被镇压的消息后——当时对地主的镇压并不是很保密，有的提早就晓得消息了，比如说我爷爷的干亲家、时任凤鸣乡乡长的芳荣公就提前晓得其父子二人要被枪毙，还亲自到我爷爷家来讨了几块好木料，回去做好了棺材——赶紧写信告诉了弟弟泽。泽心急如火，连忙搜集了一些党关于土改的政策文件，连夜赶回家里。

泽宽慰哥哥，按照共产党的政策他还不够镇压的条件，叫他大放宽心。

第二天泽就到乡上，找到土改工作队的队长，询问对哥哥的处置情况。队长告诉他，润的田地数量已超过了地主标准，又开作坊又雇长工，属于恶霸地主，而且民愤极大，土改工作队研究决定要对其实施镇压。

泽拿出政策资料，据理力争，说润有田地不假，开作坊也不假，最多算个地主加手工业者，是共产党保护的对象。他本分老实，从不欺压相邻，名声极好，绝不能算作恶霸，是共产党改造的对象，要努力使其成为新人。再者，润既没有担任伪职也不是国民党员或三青团员，既没有从事过反革命活动，也没有杀害过共产党人和革命群众；既不是土匪，也不是特务；既不是袍哥大爷，也不是道首坛主，按照党的政策，哪一条也不够镇压的条件。

二人唇枪舌剑，你来我往，工作队队长争论不过，恼羞成怒，桌子一拍："格老子，我看你是'茅坑边上打火把——找屎（死）'。你有文件，老子有枪！你有政策，老子有权！"随即，叫来武装队把泽捆绑起来。

次日，全乡召开批斗大会，润和泽一起跪在台子上接受群众批斗，随后又一起被押上刑场，几声枪响，兄弟俩双双殒命。

新　郎

　　秀本是大家闺秀，妍丽娇美，娴熟雅典。父兄都是地方豪强，家财万贯，所以解放后成分很高。秀和我父母是同学，成绩优异，高小毕业考上重点中学。但是，由于其家庭成分显赫，乡、村政府政审不通过，被迫回家务农。

　　秀回乡时已经是个十五六岁的大姑娘了，逐渐到了谈婚论嫁的年龄。那时候婚姻也唯成分论，讲究"门当户对"："地富反坏"家庭的子女即使长得再漂亮，贫下中农也不会嫁娶；同样，贫下中农家的子女即使再丑，也不会嫁给地富家庭。几年后，秀嫁给一个也是地主家庭出身的青年为妻。

　　结婚三天，生产队队长请新郎官晚上去帮忙。

　　县官不如现管，那时候生产队队长统领一个生产队，二三十户人家，官不大，权力不小。一二百人的生杀予夺掌握在手里，派工、分口粮、定工分、孩子上学、走亲戚开证明、赶场上街请假等哪一样都要队长点头，社员们哪一个也不敢得罪队长。巴结还来不及嘞——冬腊月间杀年猪、正二月间请春酒，或者完男嫁女、修房立屋，抑或有个人来客去、央工打夫，都要请队长光临，还要坐上把位。所以队长有请，新郎官忙不迭地答应，也不好问具体活路，晚上收工后就去了队长家。

　　同去的有五六个人，都是生产队的精壮小伙子。等一行人出了村庄，摸黑上了山路，队长才告诉大家：因为想修一间猪圈棚棚，苦于没有材料，听说白龙上头老林里树木多，于是请大家帮帮忙去弄几根木材回来。

当年，我们那个地方经过公共食堂后，山上的树木都被砍光烧尽了，到处红山秃岭，不要说树木，就是作柴火的荆棘都没有。老百姓想修房建屋根本就没有办法，于是，有人就跑到苍溪、剑阁等县白龙江上游地区去偷。

几个人肚子里都觉得偷树是件不光彩的事情，但都不敢得罪队长，所以没有谁提出反对意见，甚至连脚步都没有停一下，说说笑笑地走了。

三天后的晚上，一行人惶惶恐恐地回来了。新郎官、秀的男人是被人裹在席子里抬回来的——浑身上下用旧衣服捆绑得严严实实。人放在坟地里，说是得了急性霍乱症死了，会传染，任何人都不许靠近。队长家做了一口薄薄的棺材，秀把男人的唯一一件新衣服拿出来，队长叫了个地主成分的老太婆给他盖上，让偷树的原班人马草草掩埋了事。

"穿"寿衣的老太婆很是怀疑，偷偷地告诉秀家，她摸见捆尸的衣物全是湿的，有点粘手，像是血，那血腥味臭人得很。

秀的公公含着旱烟袋闷坐在墙角里"吧嗒吧嗒"地思索了好几天，终于鼓足勇气去问了队长，队长一口咬定是得了霍乱。第二天，那老太婆就被生产队以造谣生事的罪名批斗了大半夜。

从此，再也没人怀疑秀男人的死因了。直到改革开放以后，当年一同偷树的人们才东一句西一句地漏出来：他们去偷树的当夜，遇到护林队的埋伏，秀的男人被护林队一阵棍棒给打死了。队长怕承担责任，想了个"急性霍乱"的死因，然后给了礼封封，统一了思想。

真相出来了，但一切都成了过去，秀也重新组建了家庭，已经儿孙满堂。

逃 兵

　　我祖母的娘家在天宫乡将军庙师家山，那几年，田司令和喻司令在那一带交火，每天枪炮声不绝，院子里经常驻扎军队，大路上来来往往的不是上火线的粮子就是往回送的伤兵。老百姓起先很是害怕，一过粮子就"跑反"，后来时间长了，不跑了，只是关门闭户不见面，再后来就习以为常了，你打你的仗，我种我的地，两不干涉。

　　祖母家背后的山梁上就布下火线，战壕挖得有一人深，经常有一搭没一搭地放枪打炮。山上的兵们有时也下来借东西，锄头、镰刀、筲箕、撮箕之类，大都有借有还。其中有一个士兵，高高的个子，瘦筋瘦筋的，说话笑嘻嘻的，很年轻的一个小伙子。有一次到祖母家还水桶，顺便借点针线缝补军装。外曾祖母见他使针不在行，就顺手帮他缝补。小伙子很感激，见外曾祖母家单边寡妇（我外曾祖父早逝），就挑起水桶给挑了一缸井水。从此后，小伙子来得更勤了，每次来都要挑一缸井水，有一次居然带来一小包食盐，食盐在当时可是金贵的东西了。

　　一个漆黑的夜晚，风雨交加，电闪雷鸣，整个山村笼罩在雷雨之中。外曾祖母一家人早早地就睡了，突然响起了敲门声："大妈，快开门！"

　　一家人吓得挤在床角，外曾祖母拿根擀面杖，怯怯地问："你，你，你是哪一个？"

"我，我是给你们挑水的那个。快开门，大妈！"

外曾祖母小心翼翼地划亮火石，点起桐油灯盏，然后打开房门。高个子士兵一闪身躲了进来，一下子跪在地上，磕头作揖："大妈，救命啊！"

外曾祖母也吓得不知所措，赶紧问："小伙子啊，哪个的？啥意思啊？"

高个子士兵仍然磕头作揖："我实在不想当炮灰了，求大妈给我找件烂衣褂裳，让我换下，我要回家。如果他们来问，你们就说不晓得。千万求你们救我一命！"

外曾祖母赶紧抖里发颤地找来一身破烂的男装，士兵穿起来像马戏团的小丑，手臂和脚杆半截在外面。士兵千恩万谢之后，消失在雨夜之中。外曾祖母连夜把士兵换下的军装拆卸成了无数布片巾巾。

无独有偶，同样的一幕也发生在我石家祖父家。那是1949年初，春寒料峭，一家人都在忙着春耕春种的准备工作。石灵观的大路上正在过粮子，川流不息，看不见头、望不见尾。突然，周家垭豁响起了"乒乒乒乒"的枪声，紧接着周家湾山坡上又响起两声手榴弹的爆炸，腾起两股浓烟。不大一会儿，十几个士兵凶神恶煞地冲进院子，挨家挨户地搜查，说是抓逃兵，当然，最后悻悻而归。

晚上，当一家人正在桐油灯盏下一边吃着晚饭一边谈论着白天抓逃兵的事情的时候，一个兵像鬼魅一样一下子出现在一家人面前，又是磕头又是作揖，浑身像筛糠一样发抖。还是祖父见过世面，胆子大，给他舀了饭吃，问了来龙去脉。原来也是一个逃兵，趁行军的时侯冲出队伍，翻过周家垭豁，跳下山坡，冲进树林竹垄。见后面有人追来，不敢进村，灵机一动一纵身就跳进祖父家后门口的红苕窖坑里面隐藏起来，居然躲过了搜查。祖父给他换了老百姓服装，还装了几个高粱面馍馍，打发他连夜逃走。

有人命好，有人运舛。有人逃过生死劫，有人难过鬼门关。

二十世纪世纪三十年代一个春天，川北地区嘉陵江两岸战火纷飞、炮声隆隆，两支军队在阆中、苍溪、南部、梓潼、江油等地摆下战场，杀得天昏地暗。盐贩子路上每天行军的队伍络绎不绝，先是向东，后是向西。

向西的队伍一队队、一群群，他们从南部大桥那边过来，翻过辖马口、天门垭向思依、升钟方向开去。

这天下午，队伍正在前进，突然，天空传来隆隆的轰鸣声，紧接着，几架飞机飞临上空。

"卧倒！"指挥员一声令下，行进的队伍立即停下，一个个战士就地卧倒，悄无声息。

飞机盘旋一圈，开始俯冲投弹和扫射。周围的山头和大路上响起一阵阵爆炸声，无数的烟柱冲天而起，一排排子弹倾泻而下，人群中有人受伤，不断传出来痛苦的惨叫。

就在这时，一名士兵从俯卧的人群中一跃而起，在炮火中穿过硝烟，迅速脱离队伍，冲出庄稼地，向钟山方向跑去。

几乎同时，几名持枪的战士紧追过去。这时，飞机已经飞走，队伍又继续向前疾驰。一些人在有条不紊地包扎伤员，清理现场。不大一会儿，几名战士把逃兵押了过来。来在石灵观的山岩下，没有任何审讯的过程，几个人扒光逃兵的衣服，一枪打死在坡前。

一天后，队伍已经过完，地方贤达招呼了几个人用一领篾席将尸体掩埋在义冢地。

据我奶奶讲，当年跑反，男人们各顾各地呼啦一下都跑了。她们几个妇女没处躲藏，就约起到另一个妇女的娘家沙溪场任家山去躲避。任家是发财人，家里人也都跑光了，整个村子就剩几条狗不知害怕地在到处溜达。她们没有找到粮食，就在菜地里弄了些青菜煮熟吃了。住了一晚上，第二天又赶路回来。去时是天黑，又只顾赶路，什么也没看见，回来时才把她们吓惨了——一路上见到好几次死人，田坎、地塂、路边、水沟，特别是长岗岭上，草丛树陇中不时看见呈现各种姿势的尸体。也有草草掩埋的，但埋得很浅，有的手脚都还露在外面。——从那以后，奶奶再也不走那条路了。

水库遗恨

　　二十世纪六七十年代大搞农田水利建设，刮起了一股修塘堰的大风。到处修水库、山湾塘。说实在话，当时那些建设，有的起了作用，保障了二十世纪七八十年代农业用水的需要，有的至今仍然在起作用；而有的却是规划、设计、施工都不科学，是当时的文盲干部拍脑袋拍出来的，不是渗漏就是没有水源或者质量不好，劳民伤财。但当时，声势浩大，纪律严明。每一年的冬季，小麦播种完毕，就要集中力量修塘堰。社员不论男女，按照军事化组织编制；干部包村驻点：县委干部驻乡，乡干部驻村。每天天不亮起床，天黑定了收工。每天定量生产，不完成任务不收工。哪怕打霜下雪，照样上工。记得有一年特别冷，天天下冻霜，农村叫"黑泠"，柏树、桉树都冻死了很多，但建设没有停止，人人手足皲裂，脚趾、手指、耳朵都长了冻疮。但农田水利建设照样进行。记得我上学的时候曾经到三个水库工地干过，休息时，为大家表演节目，好像是打快板。

　　福和芬是一对恩爱夫妻，为人忠厚勤劳；一儿一女两个孩子也聪明可爱。美中不足的是成分偏高——富农，在农村属于只能干活不能说话的类型。好在二人也别无奢求，都是老实本分的农民，老老实实干活，不出风头，不爱说话，在群众中人缘较好。

　　这年冬天，又到了大搞农田水利建设的时候，成立了战斗指挥部，县委易委员亲自担任总指挥。福被分配在抬工组，每天抬石头砌塥埂，芬被分配在土工组，每天背土筑埂。大家起早摸黑地干，可是十几天过去，一直完不成计划指标。指挥部很着急，开会研究对策，出台了几条措施：一是加强学习毛泽东思想，提高社员的积极性；二是抓典型，树典型，学习先进，批判落后；三是每天中午统一加餐，免得社员回家吃饭耽搁时间。

顷刻间，工地上更加热闹起来，红旗如海，人声如潮，口号震天，激情似火。什么党员先锋队、青年突击队、铁姑娘突击队的旗帜迎风招展，大喇叭唱着革命歌曲，时不时在播送好人好事。早晚休息时要组织学习毛主席著作，宣传先进经验。说真的，社员们最拥护的还是解决了一顿中午饭，虽然饭不好，多半是蒸红苕加酸菜汤，偶尔吃一顿白米干饭那就像过年一样，但总比在家里吃好——有些贫穷的家庭冬天是不吃午饭的。

这天，福正在劳动，五岁的儿子跑来找他，说妹妹肚子疼，吐了。福与芬一商量，认为孩子可能是生病了，就向组长请了假，把孩子抱到赤脚医生那儿诊治，说是吃了生冷的东西，打了一针，吃了药，孩子好些了，福又来工地上工。不想被正在巡视的易委员碰见，问他为什么不请假离开工地？为什么磨洋工？福本不善言辞，嗫嗫嚅嚅、磕磕巴巴地解释半天也没有说清楚，易委员也不想听福的解释，劈头盖脸一顿批评。福有口难辩，只好默默地承受。

当天晚上，水库工地打夜战。福因为白天受了冤枉，心里不爽快，加之女儿还迷迷糊糊的，就不想去加班。跑去跟队长请了假，两口子守着孩子，忙着烧水熬药。恰在这时，挨家挨户巡查的易委员走进了家门，见他两口子都没有去打夜战，非常生气，狠狠地批评了他们。夫妻二人忙不迭地跟易委员赔小心，易委员哪里肯听？反而说他们是"牛角上擦油——又尖又滑"，是"秃子打伞——无发（法）无天"。临走，狠狠地撂下一句话："老子看你们是'寿星老汉儿上吊——活得不耐烦了'。老子明天再跟你们说！"

两口子又气又急，无数次地揣摩"明天再跟你们说"这句话的含义和分量，芬悲悲切切、抽抽泣泣，一边埋怨着福，直到后半夜才勉强睡下。

第二天，福两口子起了个大早，给女儿喂了药、喂了饭，紧赶慢赶跑去上工。要拢工地，见大伙儿还没有开工，福赶紧跑到地沟里去拉了泡屎，刚提着裤子跑出来，远远地就看见易委员在工地上巡视，这时，人们已经陆陆续续干起来了。

易委员见福又迟到了，气不打一处来，一番立正稍息之后，立刻召开工地现场会，批判福无组织、无纪律、自由散漫的非无产阶级思想，说福是"茅坑里的石头——又臭又硬"，是"一头撞到南墙上——死不悔改"，并当众宣布扣掉福的中午饭！休息的时候，福又成了斗争的对象，站在会场的石头堆上作检讨，接受社员群众的口诛笔伐；大喇叭里每隔一段时间就要播送批判福的文章。

福成了反面典型，整天只能埋着脑袋干活，原来和他有说有笑的组员也像躲避瘟神一般离得远远的，生怕有牵连，甚至有时都没人愿意和他搭杠子抬石头。

福的委屈没人理解，泪水往肚子里咽。他只能使出全身力气拼命干活，一来可以麻痹思想，二来他也想努力改变人们的看法——他早上上工最早，晚上下工最迟，别人休息他不休息，抬石头他主动抬大个的，而且主动让对方一拃杠子（让对方一拃杠子相当于自己多承重一二十斤）……福的这些表现大家看在眼里、记在心里，组长已经跟队长反映了情况，正当他们准备去跟易委员汇报时，福又犯事了！

快到午饭时候了，大家想把一块石匠正在催的龙眼石抬了就收工，可是这家伙被几块乱石头卡着，人多了没处下手，人少了又搬不动，试了几个人都没有办法。福挽起袖子，轻声说："我来吧。"众人晓得福有把子力气，都闪在一旁。福先是用手推，石头没动。福左看看、右看看，然后拿起一根柏木杠子，把一端插在石缝中，一端抱在胸前，准备利用杠杆原理把石头撬出来。福先是轻轻试了两下，然后一二三，猛一用力……突然，"啪"的一声，杠子断了！福一个四仰八叉绊倒在地，半截杠头从手中飞出，端端打在一位社员的头上，顿时血流如注——偏偏这位社员成分又好，是贫下中农。福晓得闯了大祸，顿时吓得六神无主，浑身打战。易委员一声令下，几个民兵把福绳捆索绑，送到指挥部。

当天，劳动间隙，指挥部召开了对福的批斗大会，几个毛儿冲民兵还强迫福跪独板凳。晚上，福被单独关押在指挥部的"禁闭室"里，屋外，有武装民兵持枪看守。

禁闭室里，既无棉被也无床单，只有薄薄的一层稻草，门窗被木条钉得死死的，寒风从缝隙中猛往里灌，发出"呜呜"的声音。没有煤油灯，屋里屋外一样黢黑，黑暗中，听得见老鼠窸窸窣窣的跑窜声和叽叽喳喳的嬉闹声。福蜷缩在稻草上，翻来覆去无法入睡，又冷又怕，满面羞愧，满腔怒火。

天亮了，准备上工了。民兵打开禁闭室，发现福已经吊死在窗棂上！

指挥部以"畏罪自杀"的名义通知芬来领回了尸体。芬搂着一双儿女守着棺木哭干了眼泪。

第二天，水库里浮起一具女尸，打捞上来一看，是芬！

电雷管

　　二十世纪六十年代末期的一天，石棉县的雀儿岩开进来一支队伍，他们身穿蓝卡其布夹克衫，脚蹬解放鞋，头戴藤条帽。听口音他们来自五湖四海，有男有女。他们建竹屋、搭帐篷，睡地铺，铺稻谷草。他们吃玉米窝头、高粱饼、泡咸菜。他们的工具是钢钎、大锤、铁锹、镢头和架架车。他们是四川省交通厅公路局下属的筑路工人，他们是为修建川云西线而来的。

　　川云西线是 108 国道的一段，在四川境内经过雅安、石棉、冕宁等地，山高流急，地质条件复杂。而雀儿岩地段更是险中之险，用现在的话来说叫作"控制性工程"。雀儿岩长一千余米，高一二百米，下面是波涛汹涌的大渡河，白浪滔天，吼声如雷。雀儿岩山势陡峭，如刀砍斧劈一般，连牦牛、山羊都难以攀援，只有麻雀能够飞到岩石下面筑巢，所以当地人叫它雀儿岩。这些筑路工人就是要在这悬崖绝壁之间开凿出一条公路来。

　　雀儿岩的石头又硬又乱，钢钎撬不开，大锤砸不破。工程队把人员分成几个班，轮番作业。首先是掘进班腰缠麻绳，从山顶上下到山腰，悬空凿出炮眼。再由爆破班装填炸药，炸出一个个小平台，再从小平台开始往里开凿出十几二十米的深洞，再在洞里装填几百斤甚至上千斤的炸药，一炮就能炸开半边山。然后是土工班车推肩抬把炸开的岩石推下山崖。最后是排危班也像爆破班悬空打炮眼一样，从山顶吊下，用扒钩把高处的危石排除……

　　这里面最具有技术性的工种就是爆破工，对人员素质要求最高的也是爆破班。爆破工作看似轻巧，但却是最危险、最讲纪律的工作。当年讲政治，爆破班的人员大多是共产党员，最起码的政治身份也是共青团员或者退伍军人，有一定文化基础，是从几百名职工中，通过自愿申请、政治审查、短期培训等一步一步选拔训练出来的。

　　每天中午十二点和傍晚六点，掘进班打好炮眼，撤出现场，工区两边的哨兵开始断绝通道，阻止行人、牲畜靠近，爆破班开始进场作业。他们把一箱一箱的炸药背到爆破点，然后装填炸药、安放雷管、连接引线。各爆破点和总指挥之间用哨声联络，待一切准备就绪，只听总指挥两短一长的哨声一响，各点火手开始点燃引线，然后飞也似的跑出爆炸覆盖范围。只等"轰隆"一声巨响，土工班又开进现场。

　　当时工程施工普遍使用火雷管，但火雷管有众多缺陷，最主要的一是点火危险。人工点火很不安全，导火索要留够长度，否则点火手就要挨炸。二是容易出现哑炮，如果导火索质量出现问题，或者是导火索接头切削不正确都会引不爆雷管，出现哑炮。一旦出现哑炮，那可淘神了。至少要停工一天，还要想办法把水引进炸点，让水浸湿炸药和雷管，再等上一天，才能派人去排炮。而排炮的工作是谁人都不愿意去做的，万一中途又炸了那就一切都完了。所以当时排炮的都是共产党员，而且提前写好了遗书。

　　不久，上级调来了电雷管！再也不用人工点火了，只需将引爆器轻轻一按，山岩就开了花。通过短时间的培训，爆破班又上工了。引爆器被派人专门看管，点火手安装完毕亲自操作，外人不许靠近。

　　这天傍晚，和往常一样，又到了爆破时间。工人们开始陆续撤出，爆破班的同志们已经进场作业。1号爆破点今天要放一个大炮，三名爆破手背了一百多斤炸药进去。看守引爆器的是老共产党员李师傅。李师傅闲不惯，他把引爆器放在一块平整的大石头上，用一只簸箕筐罩着，自己就蹲在一旁修筐。工地上挑土抬石，筐损坏很快。这些都属于低值易耗品，用坏了照实报销。李师傅人好心好，他把这些用坏的筐捡来，一边守着引爆器，一边用篾条、废铁丝等进行绑扎修理。还别说，这些箩筐一经他的手，又可以用上两三天。

这时，一个小伙子匆匆忙忙走了过来，笑嘻嘻地打招呼："李师傅，又在修箩筐？"

"是啊。你娃儿啷个这么晚才走？"李师傅不解地问道。

"哦，收拾了一下工具——他们把风镐、大锤丢得到处都是。"小伙子连忙解释。

"哦。快些走吧，马上要放炮了。"李师傅催促道。

小伙子走到石头旁边，看见上面扣了只箩筐，随口问道："李师傅，这里面藏的啥稀奇？"

李师傅"倏"地站起来，一把按住箩筐，严肃地说道："这里面是引爆器，你娃儿不要乱动！"

听说是引爆器，立刻激起了小伙子的好奇心："哦，藏的引爆器呀？李师傅，让我看一看行不？"

"不行！你快走吧。"李师傅态度坚决。

"我只看一眼。"

"一眼也不行！"

"这样，我站着不动，你把箩筐拿开一点，我看看就走。"小伙子软泡硬磨。

李师傅见说不动，远处已经有哨声响起，有些爆破点已经发出了安装完毕的信号："唉，你娃儿也真是的！你看嘛！"李师傅把箩筐翘起一条缝。

小伙子偏着头看见箩筐底下一个四四方方的铁盒子插着一根带把的铁棍棍："就这个？这就叫引爆器？它就能把雷管引爆？"小伙子满心疑惑。

"你娃儿还不信？就是它！快走吧！"李师傅手一松，箩筐又罩得严严实实。一边催促小伙子离开，一边心里满满的骄傲。

小伙子悻悻地离开，一边走一边嘀咕："我以为引爆器是啥子玩意儿呢，神秘得了不得，原来就是那个样子。"又转念一想，"那么简单的一个铁盒盒插根铁棍棍就能把雷管引爆？我不信，打死老子也不信！"

小伙子越想越疑惑，越想越迷糊，也不晓得是哪根神经短了路，只见他忽然转身，蹑手蹑脚地走到石头旁边，轻轻地掀开箩筐，拿出引爆器，翻来覆去地把玩着，心里一直在想着："就这个东西能把岩石炸开？打死老子也不相信！"突然，他有了一种冲动，一种可怕的冲动："老子要不试一试？"说时迟、那时快，念头一起，他左手把引爆器抱在胸前，右手握住手柄，一下子就按了下去……

一瞬间地动山摇，山岩上一团红烟喷出，耳边传来一声闷响，紧接着土石俱下，山岩被削去小半边……

李师傅被这突然的震动掀翻在地："哪里炸了？"他一骨碌爬起来，也顾不得躲避飞石，伸长脖子往岩上看。这一看让他惊得浑身热汗喷涌："是1号！"李师傅一声惊叫，连忙掉头一看，可不得了啊！明明放在石头上罩在箩筐底下的引爆器胡乱地丢在地上，箩筐滚落在一边；远处，一个人影飞也似的跑了。李师傅一屁股坐在地上，脑袋一片空白。

三个年轻的生命瞬间消逝，人们只在大渡河的对岸搜寻到很小一部分衣服、鞋子的残片。

李师傅被保卫科抓了起来，县公安局派来的侦察员也连夜赶到队部。保卫科和公安局成立联合调查组，首先对李师傅进行询问，李师傅已经被事故完全吓傻了，翻来覆去就说一句话："我有罪！没有看好引爆器！"正当调查组开展外围调查时，黎明时分，李师傅在拘留室里悬梁自尽了！叫他写的材料上还是那句话："我有罪！没有看好引爆器！"

是谁按了引爆器，到现在仍然是个谜，听说有些老工人心里有谱，只是不说。

雀儿岩上垒起了四座新坟，三大一小，三座大坟的墓碑上写着"×××烈士之墓"，李师傅的墓碑上少了"烈士"两字。

心非木石岂无感？吞声踯躅不敢言

老 孟

一个初春的黎明，随着"哇"的一声啼哭，一个男孩降临人世间。这是一个衣食无忧的家庭，孩子又是长房长孙，一家人欢喜不尽。天色微明，老祖母就拄着拐杖，颠着小脚，一拐一拐地跑到王瞎子家测"八字"算休咎。

王瞎子测算了"八字"，沉吟半晌，告诉祖母："孩子八字硬朗，无灾无难，寿延绵长，要活八十多岁。只是命中福禄浅薄，怕是多有穷困。"

祖母还要细问，王瞎子口里翻来覆去嘀咕一句话："少儿八字难算尽，衣禄财帛到老行！"

祖母没办法，给了王瞎子十个铜钱，王瞎子摸索着收了一枚，其余的推给祖母。祖母很诧异，问道："王先生，你一直的规矩是测八字五文、算命五文，我给你十文是对的嘛，为啥子只收一文钱呢？"

王瞎子仍然是一副笑眯眯的面孔："这孩子太穷了，我收他一文钱都有点不忍心哩。"

祖母是真有点生气了，脸色一沉，一把收起桌上剩余的九枚铜钱，转身离开。一路上祖母想：这王瞎子绝对是老糊涂了，算命也不准了！想我家田多地广，这上沟下坝哪个比得上？就是这乡里乡外也是数一数二的大户，我还能让我孙子受穷？真是狗臭屁！

回到家里，众人问起孩子的"八字"，老太太笑呵呵地告诉众人：孩子

"八字"好得很，福禄寿喜样样不缺，寿延八十多！众人无不欢天喜地。

孩子日渐长大，性格温顺，听使听教，很得父母长辈喜爱。七岁刚满，送入私塾读书，因为是家里老大，先生给他取名"孟"字。

孟学习刻苦，家里也希望他能考个什么秀才举人之类，光耀门庭。先生摇摇头：这娃儿虽然读书用功，有悬梁刺股的精神，但智用短浅，聪而不惠，只能鹦鹉学舌，不能举一反三，难成大器。果然，读了七八年，连个廪生都没有考取。

这一年，父亲突然患病，请医吃药，不见好转，一拖数月，撒手而逝。

孟时年十四五岁，作为家中长子，只有辍学回家，挑起家庭重担。握笔的手开始耕犁挈耙，在母亲的指导下，领着几个还是娃娃的兄弟劳动生产。从此，家道渐落。

一十六岁，月老牵线、媒人搭桥，订了一房婚姻。女方也是庄户人家，虽不及他们家田多地广，却也有田有地，衣食不愁。请人测算，男女"八字"相配，双方满心欢喜，杀猪宰羊，摆起十大碗的席桌，招待亲戚六眷。吹吹打打，一乘花轿抬进新娘，拜堂成亲。新娘子虽然没有文化，却知晓礼仪，温柔贤淑，孝敬婆婆，体贴丈夫，和睦邻里。

随后几年，在母亲和孟的操持下，几个兄弟陆续成家。人多了心渐杂，家中矛盾四起，口角渐生。不得已，请来舅公和族长主持分家。一个大家分成了几个小家，原先船满囤满的粮食分到各家手上就不多了，原先数十亩田地分下来也就人均一二亩，原先赫赫有名的大家就这样四分五裂了。

孟是老大，自然要在兄弟们面前作榜样，不占期头，所以分的田地、家具都是小股。加之孟从小读书，书生气浓，刻板教条，为人老实忠厚，从不行奸起诈，又不会经营，妻子也生性懦弱，只会女红，不会农活，农业生产自然不如别人，庄稼一季不如一季，收成一年少过一年。不仅庄稼不成，这牲畜也饲弄不好，养的牛像竹马。要种地了，才去割青苗拌草木灰造肥料；大年三十，别人家都已经吃年夜饭了，他家的孩子们还在竹林里剥笋壳做柴火；菜摆在案板上，才到处去借菜刀……真是提起裤脚当衣领，吃了上顿没下顿。

就是这样潦倒困顿的日子孟也过得不抻展，三十多岁，妻子得了一场大病死了。从此，留下一窝小孩儿，又当爹又当妈，又种地又纺棉，吃尽了人间苦流干了眼中泪。

过去人重男轻女，孟结婚后夫妻二人连生三四个女儿，好不容易生了个男孩，两口子奉若珍宝，于是取名"宝儿"。

宝儿聪明活泼，身体壮实。七八岁去学堂读书，高小毕业，和当时的大多数青年一样，回乡务农。十三四岁的小伙子，舍得干，吃得苦。正因为表现积极，乡里内定为培养对象，很快入了团，又抽调参加"四清运动"，十七八岁，就在村上当干部。孟看见儿子有了出息，也喜在心里，人前人后也很有面子。

经过几年的历练，宝儿更加成熟。写得一笔好字，一副口才也很了得，开群众大会说一两个小时不用打稿子。为人正派，处事也公道，关键是种庄稼也是一把好手，年轻人有力气，背、挑、抬样样不在话下。所以在生产小队、生产大队都担任职务。

宝儿刚到二十，说媒的人就踏破门槛。孟不着急，他想：自己家娃儿多、负担重，又莫得内当家，家庭条件不好，但是宝儿却是个有前程的小伙，不晓得有多少姑娘在惦记他哩。因此一定要选一个各方面都不错的女孩。一要撑起这个家，二要支持宝儿的工作。如此这般，终于选定一个姑娘，双方知根知底，满心喜欢。择下吉日，拜堂成亲。

眼见得儿女们长大成人，一家人不愁温饱，小家庭渐有起色。孟几次走到妻子的坟前，默默地站一会儿，心里念道："宝儿他娘啊，你放心去吧，我们宝儿有出息了，媳妇也能干孝顺。现在家里有吃有穿了，日子越来越好了！只是可惜你不能一起享福啊！"

那一年，斗山的后山沟里发现了石油（当地人叫"螃蟹尿"），沟里的土可以燃烧，四方八面的老乡都跑去挖掘。当时家家贫穷，吃的穿的少，就连烧的也困难——坡上的树公共食堂时就砍光了，秸秆稻草要养牛不许烧，人们只好挖刺头、拔草根、捡竹叶。一听说发现了"螃蟹尿"，人们像疯了一样跑去抢挖。不怕危险，更不怕辛苦。用水桶挑，用背篼铺上薄膜背，想尽一切办法。弄回来后，和上锯末、谷壳、秸秆末等，团成拳头大小的泥巴团，放进灶膛，风箱一拉，看着那红中带绿的火苗直扑锅底，那心里头美滋滋的。

阳春三月，草长莺飞，生机盎然。淅淅沥沥下了一夜的雨，天明时分才停歇。宝儿和往常一样，起了个大早，披着衣服到处看了一圈，见屋檐水还在东一点西一滴地下，院子里的石板上起了薄薄的青苔，人走在上面，不小心就是一个四仰八叉；泥土里已经彻底吸饱了水分，外表看不出来，脚一踩在上面，马上就陷进稀泥里。"今天是不能下地干活了。"宝儿一边走一边想，所以既没有像往日那样敲钟，也没有大声吆喝，他想让社员们多睡一会儿——社员们平时太辛苦了，难得放个雨假。

宝儿扯过长板凳，坐在阶沿上卷了袋叶子烟抽起来。这时人们东一家西一家地开了门，几个年轻人凑拢在一起，一边"吧嗒吧嗒"地抽烟一边商量今天干点啥。有人提议打纸牌，有人提议赶保宁府看川戏。宝儿思考一会儿："担'螃蟹尿'！趁着今天有空，我们到后山去'螃蟹尿'——再等几天，恐怕要让人家担完了。"大家齐声赞同。各自带上趁手的工具，一行人说说笑笑地出发了。

春雨后的早晨格外美丽，地上起了一层雾，又薄又轻，起起伏伏；树梢挂一朵，屋檐吊一团，山腰缠几缕，菜地浮几片，远远望去，小山村就像仙境一般。春雨唤醒了万物，酣睡了一冬的麦苗舒展了自己的身体，英姿焕发地呼吸着春天的气息，吮吸着这来之不易的甘霖；一片片的油菜田特别耀眼，金黄的油菜花经过春雨的淋洗，更显得饱满丰润；经过春耕后的水田已经蓄满了春水，像镜面一样平整，田埂打整得干干净净、整整齐齐，马上就要开垄育秧了。空中不时传来燕子的欢叫，它们斜身穿过晨雾，寻找旧时主人。此时你闭着眼做一个深呼吸，好惬意，好清新，空气中似乎有各种花香，有青草的香味，其中还夹杂着春雨浸润泥土的欢悦。

宝儿一行无心欣赏这见惯不惊的美景，这些年轻人的心早已飞到后山沟中，早已暗暗地选好了各自的地盘，早已被满载而归的憧憬撩拨得浑身痒痒了。

后山沟已经被人挖得不成样子了，带油的泥浆被人们挖了一层又一层。今天的运气真的不错，特别是宝儿，一走拢就选了一个很好的位置，看起来不显眼，扯开一窝野草，下面就浸出了红黄色的原油珠珠。宝儿顺着油路用铁锹轻轻淘铲，一会儿就收了一担。这时，大家都收集得差不多了，邀约一起返回。一个老石匠杵着拐扒，来在宝儿拾捣的地方，抬头一看，不觉大惊失色——原来经过一夜雨水的侵蚀，上方的山石已经裂开了拳头大的缝隙："宝儿，快走，岩子有问题！"石匠急得大声吼。宝儿还以为是在开玩笑，只是顺口答应"好，马上来了"，人却没有移动。人们发现危情，四散躲避。就在这时，只听得"轰隆"一声，一片山石滚落下来，激起一柱黄烟。

上沟下坝的人都惊动了，纷纷跑来救援。等人们刨开土石，宝儿早已没了生命。

二十天后，宝儿的遗腹子出生，是个男孩。

孟抚摸着怀中的孙儿，望着远处山坳里的新坟，一阵阵喜来一阵阵悲，酸咸苦辣涌上心头，泪水在布满皱纹的粗糙的脸颊上恣意冲刷。人这一生，总是在希望和失望中挣扎前行。这希望就像春天的阳光，让光秃秃的树枝冒出新芽，挂满绿色；而这失望却又像秋冬的霜雪，无情地摧残这绿树芳枝，使叶落枝枯。有时，希望如同坚强的竹笋，破土穿石，以坚忍不拔的毅力一寸一寸地生长；而失望却总是挥舞着鬼头大刀，凶残地、一寸一寸地砍剁出土的竹节，哪怕是一丁点儿的蘖枝。老孟这一生，感觉老天总是变着法子折磨他，每次把他逼上绝路的同时总不忘轻轻地带他一把，让他不至于跌入万劫不复的深渊；总是残忍地掐灭他一个希望，却又悄悄地送来下一个希望！"我不能倒下！我一定要把我的孙儿养大成人！"老孟暗暗地下定决心。于是，他给孙儿取名"盼"，悉心抚养。

盼在老孟的悉心养育下慢慢成长，读了小学读中学。高中毕业，没有考上大学，正赶上声势浩大的打工潮，盼收拾行装，离开家乡，到广东打工。八十几岁的孟手杵龙头拐棍，拖着颤巍巍的双腿送了一程又一程，直到同伴们再三催促，祖孙俩才洒泪而别。

盼打工第一个月工资三百多元，除了自己的生活开支，全部寄给了爷爷。孟从邮局领到孙儿寄来的三百元，笑得眉花眼花，用一块手巾包着，放在贴身的衣兜里，一晚上打开又包好，包好又打开，数了又数，摸了又摸。从此，盼每个月都寄回来钱，孟一分也舍不得用，全都存起来，他要用这些钱给孙儿娶媳妇。

两年后，盼果然带回一个如花似玉的媳妇。孟倾其所有，给孙儿办了一场热热闹闹、风风光光的婚礼。婚后，小夫妻又去广东打工去了。第二年，传来喜讯：孟得了重孙儿了！

孟年近九十，却身体硬朗，能干些力所能及的农活，种点蔬菜，养几只鸡。盼基本上每年都要回来看他一次，孟坚持自理，不要孙儿操心，叫他们在外好好工作，不要分心。

这一年的冬天格外寒冷，孟到了油尽灯枯的时候了，卧庆一月有余，女儿、女婿、外孙们日夜伺候，几次走到奈河桥又转来，总也断不了那口气，人们知道，他在等盼。几天后，孙儿媳妇带着重孙来到他的床边，告诉他：盼因为工作忙，走不开。孟摇摇头，闭上眼。一醒来，又东张西望地寻找，找一阵昏睡一阵。家人一商量，决定不再瞒他，让他明明白白地走。当他再一次醒来找寻时，孙媳妇哭着递给他一个红布包裹的盒子："爷爷，这就是盼啊！"——原来，一个多月前，盼在工地上因为安全事故死了。

孟颤抖的手摸索着盒子，泪水顺着眼角直流："我，我这一辈子啊，少年丧父，中年丧妻，老年丧子，临到入土，又丧了我的孙孙！老天爷总是一盏接一盏地掐灭我生的油灯，这下不用它掐了……"凄然而逝。

老　煌

　　煌的父亲是当地著名的中医，医术高明，有一些田地，又当过几天甲长，属于管制对象。煌是家里的长子，后面有几个兄弟。老中医走南闯北见过世面，知道读书的重要，所以就尽其所有供煌读书。解放时，正读初中，十七八岁的青年哪儿还能坐得住？于是，投身到轰轰烈烈的土改运动中，后来就留在乡上当了文书。

　　儿子当了乡干部，家里人都觉得脸上有光。煌的母亲本身就是一个个性极强的女人，依仗自己有吃有穿万事不求人，总觉得自己高人一等。解放前丈夫有手艺、有面子、有职权，周围团转的人们都看自己的脸色行事；现在儿子又在乡政府工作，更感到自己风光无限，走起路来脚都没有在地上而是在半天云里。左邻右舍谁的鸡啄了她家的谷、谁的猪拱了她家的地她都会不依不饶，不骂你三天也要骂你两天半；如果哪一个胆大的妇女见了面没有眉开眼笑、点头哈腰地招呼她，她也会马上发作："老子儿子当乡干部，老子都这么'晓义'，你有啥资格在我面前大甩甩的？你三张纸画个人头——好大的脸面！"如此一来，人们见了她就躲避，走路让路、坐席让席。简直就是"裹脚布做衣领——臭了一个转转"。

　　要说这天外有天、人外有人，有属螃蟹的就有横起走的，有不怕死的就有不要命的，不然为啥有人感叹"既生瑜何生亮"！左邻右舍都怕煌母，只有一人例外，她就是迭婆婆。这迭婆婆家本身与煌家相隔较远，井水河水无关。但是，不是冤家不聚头，家里唯一的一块地与煌家相邻，唯一的一丛竹子与煌家相连。就为一些庄稼长过沟、竹笋长过界的事情两家闹起了矛盾。这迭婆婆家穷志不短，也是个天不怕地不怕、吃软不吃硬、脾气火暴、得理不饶人的主儿。每次与煌母吵架，不纠缠个三天五天决不罢休。

这天，两个老太婆又为鸡毛蒜皮的事情闹开了，你骂我的娘，我骂你的女，就连那祖宗八代只要是女性的都被刨出来骂了个遍，互不相让。你说你有理，我说我有理。村上的干部晓得二人的厉害，早就懒得调解她们的事了。煌母觉得自己儿子在乡上，首先量试迭婆婆："你个横婆娘敢不敢'见乡上'？"

"老娘就不信乡政府就是你家开的，你儿子能一手遮天！"迭婆婆抬脚就走。

两个老太婆找到乡长，乡长早就听闻有关她们的传言，心里有气。把她们带到政府办公室，对煌说："你来处理这件事。"甩手走了。

煌感到很头疼，一边是自己的母亲，一边也不能过分拉偏架，思量半晌，各打五十大板，双方一顿批评劝慰，打发她们回去。

两个老太婆回到家，都是越想越气。煌母认为：你是我儿子，不帮我说话，杀杀对方的威风，还来批评我，真是养了个白眼狼。迭婆婆认为：明明我有理，你狗日的拉偏架，欺负人。就这样，双方都不服气，憋了一肚子火。

不久，二人又一次发生口角，这次，迭婆婆首先提出"见乡上"，去到乡政府，不找别人，指名道姓要找煌解决。煌左右为难，只好溜之大吉。

煌也为此事专门劝诫母亲，叫她不要那么刚强，不要影响自己工作。可煌母哪儿是听得进这些话、想得到这些道理的人？反骂煌胳膊肘往外拐，家里养了个白眼狼。加之俩老太婆实在积怨太深，经常口角纷争不断，一有纷争就大闹乡政府。乡政府不胜其扰。终于有一天，领导找煌谈话：鉴于其母亲的影响问题，乡政府决定让他回家待岗，等处理好家事再来上班。就这样，煌从一名正儿八经的乡干部一下子变成了农民。

不久，邻村办一所民办小学（当时叫跟读班），县文教局知道煌有文化，是被冤枉回家的干部，就调他去当老师教书。煌很高兴，也很敬业，每次会考班上的成绩都在前列。那时煌结婚不久，老婆对因为煌教书自己挨饿一事也很是不满，在一家人的催促中跑到邻村，硬是把煌给叫了回来。可怜的煌，为一碗饭，又丢掉了从事一年多的教师职务。

有一次开大会，乡政府派民兵来押解煌父去接受批判，恰逢煌父生病卧床，实在不能走动。一家人商量，觉得由煌代替其父去开会最为合适。因为煌当年在乡上工作过，也许领导会看其面子，至少不会受皮肉之苦。煌是个极孝顺的人，也没有觉得有啥不妥，于是，煌就替父亲开了第一次批斗会。殊不知，这一次顶替，后来就说不清了。

二十世纪七十年代末，"文革"结束，开始"落实政策"，地方上好些地、富、反、坏、右分子都纷纷摘掉帽子，恢复工作。有的当年被开除、下放的教师、干部等公职人员也纷纷写申请打报告，要求恢复名誉、恢复工作。煌思前想后，觉得自己也应该在落实之列。于是，偷偷跑到公社，找来上级文件，开始认真学习。每天晚上夜饭后，煌就点起煤油灯，戴上老花镜，在饭桌前逐字逐句学习文件制度，逐条逐款比对自己的条件。那段时间，他每天都往队长家跑，每次都给队长奉上一支他专门买的自己都舍不得抽的重庆牌纸烟，不为别的，就为借一份《人民日报》看。有时，他把报纸带回家，在灯下仔细翻阅，与他的"冤情"相同相近的他就抄下来。

时间长了，老婆不干了，经常抱怨："家里穷得连吃盐的钱都莫得，还要多点一盏灯！看报纸是人家干部的事情，不要以为识几个字就了不起，当起斯文人了。要看早点看，也不会从乡上、从学校撵回来，落得这个下场！"

煌只好耐着性子给老婆解释：现在新的政策出台了，像他这样的人是被冤枉的，有可能官复原职。他正在想方设法找政策，好申诉。

老婆哪儿相信他这些，又是一阵挖苦嘲笑："抱鸡母想吃天鹅肉！看你有那个命莫得。好政策还轮得到你？"

煌还要继续解释, 老婆早已不耐烦了, "噗"地吹灭了灯: "反正莫得煤油!" 然后倒头睡去。

煌长叹一声, 在黑暗中呆坐一会儿, 默默地钻进被窝。过几天, 煌扯个谎跑到县"落实政策办公室", 找到接待人员, 口头进行了申诉。接待人员答复: 他这种情况不是很复杂, 但是时间太长, 经过"文化大革命"动乱, 现在不一定还能找得到当年的档案资料。要煌先自己书写申请, 真实地阐述事情的来龙去脉, 尽可能地提供人证物证, 然后递交上来, 由组织部门复核确定。

从县城回来, 煌满心欢喜, 仿佛久阴的天空露出了霞光, 饥渴之人看到了泉水, 一下子来了精神头, 干活也有气力了, 吃饭也有胃口了。有时, 一觉醒来, 靠在床头, 他就在盘算: 自己还不到五十岁, 按国家退休政策, 还可以干十年。即使国家嫌我自己年岁大了, 也可以像其他人那样安排一个儿子顶替, 那样儿子娶媳妇就容易了! 想着想着, 心里不由得美滋滋的。这时, 总会听到老婆的责骂: "老不死的, 捡了金元宝吗? 喝了喜宝儿的尿吗?"

煌这一段时间态度特别好, 任由老婆抱怨他也懒得理睬。因为他心里有伟大的计划, 他要把材料写好, 要给老婆一个惊喜, 给儿子一个出路, 给自己的后半生一个体面。因此, 他要忍, 他不能跟没文化的老婆一般见识。

煌每天晚上挑灯夜战, 尽量把灯焰子掐得短短的, 免得老婆说费煤油。手冻了就哈口热气搓一搓, 脚冻了就在屋里踱几步, 只要老婆一声: "差不多了哈!" 他马上收拾纸笔上床睡觉。就这样, 在老婆的冷嘲热讽和挖苦责骂声中, 终于完成了申诉材料。

时间到了年末, 材料交上去已经几个月了, 却一直不见音讯。煌又跑去县里打听, 人家告诉他, 组织上正在调查, 他自己也还有一些材料需要补充。煌赶紧动手, 按要求补充材料。

入夜, 煌在豆粒般大的煤油灯下伏案疾书, 实在太冷了就紧一紧身上的破棉袄, 时不时蹦出艰难的咳嗽。老婆再次被煌的咳嗽声吵醒, 一骨碌翻身下床，不由分说又是"噗"地一口吹灭了油灯："咳咳咳，这一晚上了，还写那些莫用的东西！"煌心如刀割，泪水直往肚子里流淌，默默地坐一会儿，长叹一口气，摸索着收拾好材料。

接连两三天煌不再写了。这天吃饭时，煌跟老婆商量："娃儿他妈，我的事情组织上已经开始调查了，喊我再补一些材料就可以了。你看，现在就像蒸馍一样就差最后一把火了。你就让我弄完吧——我这也是为了这个家啊！"

老婆狠狠地瞪他一眼："弄弄弄，弄个锤子！你整了这一年了，煤油都燃了好几斤了，整出个啥结果？你一没人缘，二没臂膀，就靠你那几张纸？哼，给老娘节省点儿煤油吧。"

希望的力量是巨大的，煌还是开始坚持偷偷摸摸地写材料，半夜的咳嗽声又一次把熟睡中的老婆吵醒，老婆这次再也懒得抱怨了，径直上前"噗"地一口！

煌彻底崩溃了！他孩子般地失声痛哭，几把扯碎自己亲手写成的材料，甩掉老花镜，砸烂钢笔，泼掉墨水……

煌倒下了，倒在春节前的日子里。

当阳光开始暖和、青草开始冒芽的时候，煌死掉了。

煌死后第三天，县里"落实办"来人调查情况，人们说："人已经死了。"

来人说："死了就算了！"

烟　杆

　　甲长家张灯结彩、宾客盈门。原来是甲长给幺儿办周岁酒，来的都是些地方上的头面人物，有乡长、保长、警士队长、袍哥大爷等等。

　　甲长的家在山脚下的山坳之中，一套撮箕口的瓦房掩映在绿树环抱中。甲长家境富裕，有田地好几十亩，美中不足的两口子连生九个女儿，没有生到儿子。害得老太太整天吃斋念佛，还跑到庙里拜观音菩萨，叩头许愿，终于，这甲长都快到五十了，老来得子。一家人特别高兴，孩子满月就办了满月酒，今天又接着办周岁酒，大宴宾客。酒足饭饱，知客师安排在院子里摆开八仙桌，铺上红布被面，上面放上书、笔、印、算盘、尺子、墨斗、刀、箭、称等稀奇古怪的玩意儿。甲长的老婆抱出孩子，正准备往桌子上放，甲长顺手把叶子烟杆放在八仙桌边上，接过孩子，笑眯眯地放在桌子中央。这孩子从来没有见过这么多的玩具，在桌子上爬了几爬，一伸手，将甲长放在桌边忘记收回的烟锅杆一把抓起，东一扫西一戳，把满桌子的书、箭、尺子等物件划拉得满地都是。还握着烟杆打得桌子"嘣嘣"响，自己嘿嘿地笑着。甲长见状想去把烟杆拿掉，嘴里一边尴尬地嘀咕："这个不算！这个不算！"

　　袍哥二大爷忙道："算了算了，也算看出来了，这娃儿将来前途不错！"

　　甲长连忙卷好一袋烟叶，恭恭敬敬地给二大爷点上，想请他点拨点拨，众人也都静静地看着二大爷，想听他的高论。

二大爷深吸一口烟，又清清嗓子，然后故作玄虚地说道："这娃儿今天抓周，啥子都不抓，唯独抓了他老子无意放置的烟锅子。这说明啥？说明三重意思。第一重：一个无意放一个有意拿，说明他们父子前世今生是有缘分的。第二重：烟锅子是男人的衣禄，代表阳刚与力量，也是权柄的象征，说明这娃儿匪是匪点，但长大不俗，定能光宗耀祖。第三重：这烟杆（煙桿）二字，从火从木，字里含土。就五行角度来讲，木生火，火生土，土又通过金、水生木，环环相生，说明这娃儿今后定会顺风顺水，运势通达。好，好，好啊。"

二大爷说完，一众人等莫不信服，甲长赶紧笑眯眯地将一个二百钱的礼行奉上，一边叫知客师安排大家喝茶打牌。

孩子一天天长大，就因为抓周抓了烟杆，大家给他取了个外号叫他"烟杆"。烟杆是家里的掌上明珠，在家里说一不二，就是要天上的星星，甲长也立马去架梯子。七八岁时，送到族里的私塾去读书，没多少时间，就被先生送了回来。原因是他把所有的同学都打了，同学们都不敢去读书。不仅如此，他还想方设法搞些恶作剧：在先生的椅子上放倒钩刺，锥得先生屁股流血；给先生的戒尺上涂墨水，弄了先生一手黑……不念书了，烟杆更像脱缰的野马无拘无束。今天去偷了左邻的桃子，明天去摘了右舍的黄瓜。稍大一点，便成了当地的孩子王，几个不成器的野孩子跟在他屁股后面，天天惹是生非，今天抓了张家的房瓦，明天烧了李家的草垛，后天又放了王家的秧水，再后天跑到人家水井里去拉泡屎。为所欲为，俨然成了地方上的"小霸王"。甲长先还护着，生怕哪个说儿子一个"不"字，后来见儿子实在不争气，也着实教育了几回，可是迟了，打瘪了的皇桶箍不圆！

烟杆长到十四五岁，吃喝嫖赌、抽烟、斗殴样样都学会。结交了几个兄弟伙，到处惹是生非。几爷子天天赶转转场，凤鸣、天宫院、柏垭子、牲口河、枣碧庙、皂角、神皇垭，场场都惹事，抓拿骗吃，是出了名的"五瘟六赖一搭皮"。烟杆脑子聪明，十六七岁，就搞起了"副业"，做啥子？帮助政府催粮催款、抓丁拿人。起初，他见他甲长老子因为收皇粮、派捐税的事情愁眉苦脸，就主动跑去帮忙。李老汉家因为粮食歉收，交不起皇粮。烟杆约几个兄弟伙二话不说，破门而入，把李家的粮食抢了个精光。因为他甲长老子去抓黄二娃的丁，和黄老大发生口角。晚上，烟杆带人冲进黄家，把黄老大的老婆抢到家中任意蹂躏，逼得黄老大亲自把兄弟送来当兵。后来，各地的乡保长一有事情，就把烟杆请去，事情摆平，送他酬劳。周围团转一听烟杆来了，莫不关门闭户，就连小孩听到他的名字也不敢哭啼。

为了能让儿子务正业，甲长两口子托人说媒，意在拴住儿子的心，不再在外面乱来。一乘"花花轿"抬得新媳妇过门，烟杆也确实规矩了几天。没多久，又开始在外面花天酒地、打捶角逆。新媳妇开始规劝，唠叨几句，听得他火冒三丈，一顿脚尖锭子，打得新媳妇头破血流。新媳妇的娘家也是有点势力的，邀约一些族人兴师问罪：先是在茶馆里"吃讲茶"，不能解决问题，干脆打上门来。烟杆哪怕你这些？找了一群亡命之徒，提起扁担棒子，连打带吓，把那些老老少少赶了回去。然后一纸休书将媳妇连人带陪奁送了回去。

这一下烟杆更安逸了，真像是抹了笼头的牛犊，天不管地不管，要净的了。

一天，烟杆给他甲长老子讲："你年纪也大了，当球个甲长就像恼火得很。从今以后，这甲长你就不要当了，交给我当算球了。"

然后跑到乡上找到乡长，说："我老子不想当甲长了，我看你们也找不到合适的人，干脆交给我当算球了——嘿嘿，不过话又说回来，有我在，其他人也当不下来！嘿嘿。"

乡长先是一愣，心里想："你这样的烂人焉能当甲长？岂不有污我堂堂中华民国官绅的形象！"但转念又想，"不正想找个厉害的角色来推动工作吗？有他在，这个甲长哪个敢去当？他随便使点烂药哪个又当得下来？"于是，乡长笑眯眯地拍拍烟杆的肩膀："小伙子，你是我们党国考察培养多年的对象，相信你完全有能力把你们甲的工作办好。你就放心大胆地干吧，党国的希望在你们身上。"

烟杆得到乡长的当面夸奖和鼓励，满心欢喜，从此开始走马上任，此时，他刚满十八岁。

烟杆一改他老子的工作作风，万事雷厉风行，万事唯我独尊。他经常教育老百姓：不要在我面前提啥子乡里乡亲的话，按要求完粮纳税支持我的工作，就是乡里乡亲，否则，老子眼睛一闭，就认不得卵的乡里乡亲了。不论是谁，不按照他的话去做，他就要罚你的款、派你的工；谁家不按照要求完粮纳税，他就破门而入，牵你的猪、抬你的床。

那个时候，苛捐杂税多如牛毛，诸如革命费、清乡费、田赋、田赋附加、卫生费、抗日捐、兴学捐、山货捐等，养鸡要交鸡捐，做架板板车要交车捐，凿口水井要交井捐，挑大粪要交粪捐。什么都不做的该不得交啥子捐？不对，什么都不做的也要交捐，名曰"懒捐"！成都人刘师亮写了副对联加以讽刺："自古未闻屎有税，而今只剩屁无捐。"特别是各地驻军，随意征税，有的甚至"预征田赋"预征到1980年代的。所以当时民谣云："川滇黔，兵匪连。不要脸，只要钱。劣绅哈哈笑，穷人喊皇天。"而这些苛捐杂税通过县、乡、保、甲层层加码，分摊到农民身上不知翻了多少倍。所以，经常有为交苛捐杂税逼得人妻离子散、家破人亡的。

乡民长富，名字有富实则不富。老实巴交，两口子和老父亲相依为命。因交不起捐税，烟杆带人扬言要抓长富去坐班房，吓得长富跑到山上躲起来。烟杆见只有翁媳二人在家，便将老人暴打一顿，又见色起意，当众将长富媳妇侮辱。老人又羞又气，一夜暴毙。媳妇投井自杀，幸亏被邻居救起，才保住一条命。长富闻听噩耗，连夜掩埋了父亲，带着妻子远走高飞，再无消息。

为了捞钱，烟杆还和上面役政人员勾结，干起了卖壮丁的勾当。民国时期兵役，实行的是"抓丁"制，规定"三丁抽一、五丁抽二、独子免征"。很多人不愿意当兵，认为"好铁不打钉，好男不当兵"，因此有些人为了不当兵，故意弄瞎右眼，或者弄断右手食指；有些人钻山洞、睡草堆，见了抓丁的就跑。官宦人家或者有钱有势的人家想方设法逃避兵役，他们和役政人员、地方保甲上下勾连，花钱买丁，然后冒名顶替。只要有了买主，烟杆就带几个兄弟伙，背起梆梆枪，或者明抓或者暗捆，搞得四邻八乡家家提心吊胆、鸡犬不宁。

李家有兄弟三人，一直在躲避壮丁。这天半夜，房门"砰砰"乱响，老大媳妇怯怯地问："是，是，哪个？"

"找李老大的。"烟杆故意捏着鼻子回答，"快开门。"

"他，他不在家，出门一直没有回来。"女人结结巴巴地答道。

这时，后窗被轻轻地打开，李老大悄悄地从被窝里蹿起，从后窗跳出，刚一落地，人还没有站起来，就被几双大手按住，嘴里塞上破布，一条麻绳捆绑双手，连拖带拽地弄走了。

烟杆听得屋后阴沟里传来一声口哨，知道事情搞定，便又捏着鼻子说："既然没有在屋里，那就算了。"转身离去。

李老大的媳妇感觉事情不对，赶紧喊起家里人，见阴沟旦有挣扎的痕迹，知道李老大被抓了。第二天一早赶到乡役政所，李老大已经被当作壮丁给关起来了。

秋日的一天，已经擦黑了。石老幺耕完地收工回家，一手牵着耕牛，肩膀上扛着犁头。刚走下山坡，就在山湾处，被烟杆几杆枪逼住，麻绳一套，卖了壮丁。临走，顺手把他的牛也牵去卖了。

随着解放战争的隆隆炮响，烟杆也开始为自己的命运和前程盘算，论家庭成分、论个人职务都属新政权所不容，更何况几年来自己作恶多端，绝难逃新政权的惩罚。但他表面不露声色，镇定自若，该干啥还是干啥，该咋干还得咋干。

1949 年 12 月阆中解放，1950 年 1 月成立人民政府，乡、保、甲等旧职人员照常使用，烟杆等人吃了定心丸，对新政府的工作也格外卖力。时隔不久，基层政府改组，选举出新的乡、村和农民协会，烟杆被拒于新政府门外。

战战兢兢的日子过了不久，一天晚上，过去的兄弟伙寿来找他，烟杆害怕有诈，不敢露面。寿告诉老甲长，他有天大的好事也是万分的急事要找烟杆，烟杆不露面他就不走了。烟杆见寿在家中眯了两天都没有事情，第三天晚上，烟杆终于和寿见了面。寿迫不及待地告诉他：现在，共产党正在招收志愿军，准备到朝鲜打仗去。像他们这种人，要想躲过这一劫，只有一条路可走，那就是参加志愿军，抗美援朝去。烟杆听得热血沸腾，立马换了件干净衣服，和寿一起连夜赶到阆中，报名参加了志愿军。一周之后，一群人吹吹打打，给老甲长家送来一块红色木牌牌钉在堂屋门框的正中，上面写着："光荣军属"四个大字。

与此同时，乡土改工作队的张队长从挎包里拿出红色的笔记本，在拟决人犯的名单中无奈地轻轻地划掉烟杆和寿的名字。

经过短暂训练，烟杆随队入朝，参加了抗美援朝战争。在战场上，烟杆脑瓜灵活，机智勇敢，几场战斗下来，被提拔为副班长。五次战役后，部队逐渐转入坑道作战。

一天晚上，正在坑道里抱着枪打盹的烟杆忽然感觉到肚子里面一阵难受，一阵翻滚绞痛之后伴随着要拉的感觉。这也难怪，自从五天前部队换防进入坑道以后，烟杆就没有解过大便。头几天战斗激烈，白天敌人要进攻七八次，晚上还要偷袭四五次，战斗一紧张，屎尿都没有了。从昨天晚上起敌人就再没有动静了，只是零星地东一炮西一炮地放，刷存在感。上级通报说敌人地面部队已经撤退了好几千米，有脱离接触的可能，但叫大家仍然要时刻保持警惕。战斗一松弛，这疲劳就上来了，烟杆胡乱吃了几把炒面，喝了几口水，抱着枪就迷迷糊糊地睡着了。这一睡就是一天，这会儿肚子绞痛，烟杆赶紧向排长报告，排长也正在迷糊中，听完报告，极不耐烦地挥挥手："爬爬爬，拉远点，拉远点。"

烟杆出得坑道，本能地向右一转，顺着交通壕弓着身子前行。走到拐弯处，见哨兵蜷缩在防炮洞里已经睡着了。烟杆踢醒了哨兵，本想就地解决，又怕熏着了哨兵——自从烟杆参军以后，像变了个人一样，这要搁以前，他是怎样恶心\怎样损人他就会怎样做。烟杆又向前走了十多米，这里距坑道口有五六十米，再往前是悬崖，交通壕也在这里中断。烟杆观察一下四周，爬出交通壕，找了个稍微平展的地方，赶紧蹲下，一阵"砰砰嘭嘭"过后，感觉到肚子里无比的舒坦。烟杆自己都觉得拉得太难闻了，顺手撮两把被炮弹炸的苏松的泥土将拉出的东西掩盖，索性再挪一挪地方，他要再享受一下这难得的幸福。

天黑黢黢的，只看得见一两米远的距离，偶尔吹一阵小风，阵地上已经没有了草木，听不见树叶的响声，阵地上的一切都被炮弹炸成了细沙，随风能闻得到腐败呛鼻的味道。隔几分钟，美国人的大炮东一颗西一颗、远一颗近一颗地炸响，一炸一团火。烟杆蹲在松散的炮灰中，静静地享受五脏六腑被慢慢捋顺的幸福，感到浑身通畅，比神仙还舒服。

忽然，烟杆鼻子里闻到一大股腐败呛人的味道，低头看看，自己蹲着没动，这味道是从前面坡下随风传来的。烟杆心里打了个激灵，赶紧提起裤子，跳进交通壕，爬在壕沿仔细地听。紧接着，又是几股霉灰味吹来，烟杆耳朵里传来"扑哧扑哧"踩着松软沙灰走路的脚步声。脚步声越走越近，是从悬崖下面坡上逐渐传来的。"敌人来偷袭了！"烟杆赤手空拳，怎么办？他赶紧往回跑，跑到哨位，见哨兵又睡着了。烟杆又是两脚踢醒了哨兵，取下他的枪和手榴弹，叫他赶紧回去报告排长。

烟杆又向前返回七八米，选择了一个便于据守又便于撤退的地方，耳朵贴着壕沿，全神贯注地听。心里默默地盘算着：脚步声还有三十米、二十五米、二十米，说时迟、那时快，烟杆将四颗手榴弹连续扔出，随着四声爆炸的火光，敌人被炸得鬼哭狼嚎，烟杆也看清了敌群的情况，他操起冲锋枪，"嗒嗒嗒"向敌人猛扫过去。这时排长也带领战士们冲出坑道，轻重武器一齐向敌人开火。两三分钟，战斗结束。天明后派人一清点，四十多具敌人的尸体摆在交通壕前面的斜坡上。

战后，志愿军给予烟杆记大功一次，又是一番锣鼓喧天，老甲长家的堂屋里又多了一块县政府送的大匾，上面有县长亲书的四个鎏金大字——"杀敌立功"。

不久，烟杆升任排长。几年后，随大部队回国，退伍转业。这时，命运又一次促使烟杆作出了正确的选择——他没有回故乡，而是直接参加了新疆生产建设兵团，并在那里结婚生子。后来，有人举报烟杆。地方革委会派了三位艺高胆大的人员，带上介绍信，到新疆把烟杆给解了回来。这时，他已经是兵团某团部正连职保卫干事了。

广大群众听说当年的烟杆被抓回来了，顿时奔走相告，像过年一样喜庆。自发地连夜搭台子、布置会场、扎高帽，有仇有冤的挑灯赶写批判稿，有的在准备趁手的打人的家伙什。很多群众跑到公社革委会，见看不到烟杆，就在外面呼口号，然后跑到革委会主任办公室，纷纷要求这次一定要枪毙烟杆。

烟杆被关在乡武装部的三楼的禁闭室里。这里原来是武装部存放武器的武器库，现在武器都被红卫兵抢光了，于是就做了禁闭室。砖木结构的房屋，周围用厚厚的木板加固，地板上还铺了一层铁皮。房间铁门上锁，只有一个小窗用于通风。门口和走廊里都有民兵持枪站岗。

烟杆戴着手铐，蜷缩在屋角。听着外面群众的口号声，自知罪孽深重，民愤极大，绝难逃过这一劫。"一定要想办法逃出去，否则明天就是个死。"烟杆想着，开始动起脑筋。突然，他的眼睛盯在墙上的小窗上：小窗虽然用铁丝绑扎，但铁丝只和窗框连着，并没有和护墙的木板整体相连。烟杆试着扭开窗棂上的铁丝，然后翻来覆去拨弄扭动，一两个小时后，终于扭下拃长的一截。他在屋角的空保险柜上把铁丝磨尖，三下五除二就打开了手铐。这下一切都不在话下了！他慢慢地拆开绑扎的铁丝，几个木窗棂他用手一攘就折断了。烟杆把头伸出窗口一看，一道难题又摆在眼前——原来禁闭室在三楼，窗口距离地面起码有两三丈高，这么高的距离怎么跳呢？烟杆就是烟杆，眉头一皱计上心来。他脱下衣服和长裤，撕成布条，连接起来，就成了一根一丈多长的绳子。他把绳子一头绑在窗框上，一头攥在手里，拂晓时分，他钻出窗口，顺墙而下。离地面还有一丈高的时候，没绳子了，烟杆手一松，轻轻落地。然后在街上顺手偷了一套人家晾晒的衣服，落荒而逃。正是：一朝脱却金钩去，摇头摆尾再不回。

烟杆不敢直接回新疆，而是改变方向，先下成都，再到重庆，出武汉，上北京，然后再回新疆。反正当时吃饭、住宿、赶车都不要钱，即使要钱，他也有办法。

烟杆到了团场附近，却不敢回家。他不晓得四川这边是否已经又派人等着了？他不晓得回去如何跟领导汇报回家乡接受贫下中农批判的经历。中午，他来到离团部只有两三公里的地方徘徊，实在太热了，他爬上水渠边的柳树，一边乘凉一边闭目养神。突然，他听见远处水渠边有孩子们在大声哭叫，接着顺着水渠奔跑。

"出事了！"烟杆心里想着，一步跳下树丫，迎着孩子们就冲了过去。

"叔叔，快救人！"

"有人落渠了！"

烟杆随着孩子们的呼救声眼睛往渠道里寻找，果然，一个穿民族服装的孩子在水里不停地扑腾。烟杆毫不犹豫地跳下渠道，一把抓起小孩，举过头顶，在齐脖颈的水中跌跌撞撞地走了一两百米才遇见一个取水码头，急忙上岸，对孩子采取人工呼吸等救治措施，终于捡回了孩子的命。

烟杆又立功了！他救的是自治区一位民族领导人的儿子，他成了救人英雄、民族团结的榜样！

一个月以后，地方革委会几个人又带着介绍信还有县公安局的两名干警来到新疆。兵团的领导说："烟杆是罗盛教似的英雄，是维汉民族团结的榜样，你们要清算他、批判他，就是反对毛主席的民族路线。你们看着办！"当然，谁也不敢反对毛主席。去的人是"抱着香炉打喷嚏——呛了一鼻子灰"，只好垂头丧气地回来了。

二十世纪八十年代后期，烟杆退休，没有回阆中，而是选择在四川某县城安家。那一年的秋收时节，烟杆回了趟老家，一个人，没有带夫人和孩子，看了看老甲长夫妇的坟墓，又连夜离开了故乡，从此再也没有回来过。

听说烟杆在某县的退休生活过得优哉游哉，退休工资丰厚，老伴贤惠，子女出息，孙儿绕膝，其乐融融。二〇〇几年，无疾而终，寿延八十余。

成　叔

　　成叔是个受人尊敬的人。

　　小时候，喜欢听他摆龙门阵。仿佛他什么都懂，哪儿都去过，啥子世面都晓得。他嗓门大，中气十足，摆起来海阔天空、头头是道，简直叫我们佩服得五体投地。

　　成叔处事公道，分寸捏拿得很准，调解纠纷、解决矛盾分析透彻，处理得当，不偏不倚，让人信服。

　　成叔家世代务农，无房无地，属于正儿八经的贫下中农，解放后才到学校读书。他禀赋极高，记忆力强，理解问题深刻，学习成绩每年都是 5 分。

　　这一天，柏垭区各乡镇的小学生齐聚虎溪寺小学，统一进行小升初考试。上午考语文，成叔考得很好，很高兴。下午考数学，成叔更不放在心上，他原本数学成绩就非常好。铃声一响，拿到试卷一看，乐了，做起来感觉像吃醋汤面一样，不到一半的时间就做好了。检查两遍，一点问题没有，于是提前交卷。跨出考室门槛，忽然想起忘记写单位了——所有涉及名数的考题都忘记了填写单位。考试结果，数学没有及格。几周后放榜，成叔名落孙山！

　　回到农村，虽然只有十六七岁，但他长得膀大腰圆，又舍得卖力气，很快成了远近闻名的种田能手。当时，像他这样的高小毕业生在农村是比较稀少的，领导见他是个好苗子就着力培养，先在公共食堂当保管员，后担任大队共青团支部书记。

恰在这时，当地发生一起涉匪的案子。当时公共食堂刚下户，老百姓生活困难，南部、阆中有一伙子人铤而走险，他们忽聚忽散，打花脸、戴面具，抢劫粮库、供销社等。他们白天种地生产，晚上出动抢劫。他们手持猎枪、大刀、长矛、棍棒等武器，多次打伤国家干部和工作人员，闹得阆南二县一些地方鸡犬不宁。南充地区成立侦破领导小组，开展秘密侦破工作。

晚上，党支部书记和两个陌生人悄悄来到成叔家里，原来是县公安局派了两名干警来侦查案情，大队指派成叔负责接洽联系工作。他们白天在家里分析案件，晚上走访群众、设点守候或跟踪侦查。搞了十多天，没有搞出眉目。两位干警很着急，一时拿不出有效的破案方法。这时，成叔提出了一个锁定嫌疑人的办法——查饭、开会。每天晚饭时候（当时人们吃好的一般都在晚上），成叔就和人到重点户家中，如果正在吃饭则一目了然；如果正在煮饭，则以查户口为名，把一家人集中起来，再悄悄派人溜到厨房，看锅里煮的东西。只要这家人吃的煮的是大米、白面或者油肉丰富，起码就有嫌疑。再一个就是每天半夜，由大队党支部出面召集生产队社员紧急开会，当场清点人数，当然主要是清点男人，凡是男人不在家的要说出原因，事后进行调查。每天晚上查几个生产队，隔一段时间查一次。就这样，大队的几个嫌疑人就基本锁定了。

一天晚上，成叔得到线报，说是老财头的家里来了两位陌生人。成叔带领两位干警赶紧出发，又不敢打火把、提马灯，三人摸黑赶路，走田坎，钻水沟，爬坡上坎，跌了好几跤，身上都整出几个青包。

老财头的家在半山坡上，两三家人住个撮箕口，隐蔽又宁静。老财头解放前当过警士，后来在伪乡政府煮过饭，解放后被解雇回乡，一直心有不满，加上这几年生活困难，经常口出怨言。于是被土匪盯上，有意拉拢。成叔三人悄悄溜进邻居家，隔着墙缝观察老财头家的动静。

老财头正在桌子上陪看起来一个四十多岁和一个二十多岁的两个男人喝酒，腊肉、香肠切了两大碗，还开了一听肉罐头，这些都不是当时普通农家有的东西。三人边喝边聊，只听老财头对年纪较大的人说："司令如不嫌弃，我老汉愿意追随你鞍前马后。我虽然年纪大了，冲锋陷阵的事情做起来吃力，但我还可以给弟兄们烧菜煮饭。"

被称作"司令"的给年轻人使了个眼色，年轻人从口袋里给老财头拿了几包纸烟。老财头连连摆手："我吸不惯这个，我吸不惯这个。再说，吸这个东西也扎眼。"

司令微微一笑："还是老兄想得周到。"又对年轻人一点头，年轻人从口袋里拿出一大把烟叶、一大包饼干和一双胶鞋给老财头，老财头笑眯眯地收下，亲自去给二人铲了两碗白米干饭。一会儿，三人酒足饭饱，一起在一张大床上睡下。睡觉前，老财头还特意交代儿子媳妇，要他们留意屋前屋后的动静。

两位干警准备立即逮捕三人，成叔建议说："虽然我们有三个人，对付他们三个人应该没问题。但是老财头还有儿子媳妇，我们现在还不晓得他儿子媳妇是不是也是土匪，如果那样，我们就没有全胜的把握。不如我们在外面路口埋伏起来，我料定那两个家伙天不亮必走，到那时我们三个对两个，稳稳当当。"

两位干警不住点头，三人悄悄来到老财头家不远处的路口，钻进芦苇丛。深秋的夜晚格外寒冷，后半夜下起了淅淅沥沥的小雨。三人蜷缩在芦苇丛里，衣服都湿透了，又冷又饿，但眼也不敢眨一下，生怕一不留神让土匪溜走了。

鸡叫二遍，正是黎明时分，老财头家的狗叫了几声，几个人立即精神抖擞，紧盯着小路。不大一会儿，一前一后走来两个人，正是昨晚在老财头家的两个土匪。来在丁字路口，司令稍一停步，朝四周望一望，抬脚上了大路。

说时迟、那时快，随着干警低声命令："上"，成叔第一个冲出芦苇，冲上土坎，从后面一把抱住"司令"的腰杆，使劲一摔，将"司令"摔翻在泥地上。随即一步跨骑在"司令"身上，一把抓住他的两只手，想把他反扣起来。突然，"司令"的手上握着一把明晃晃的匕首，反手就是一刀，刺向成叔的大腿。成叔毕竟没有受过专业训练，一时手忙脚乱，只是死死地摁住对方握匕首的手腕。这时，另一位干警上来，一把打掉"司令"的匕首，三下五除二铐上手铐。

两个土匪就擒，送往县公安局。成叔的伤不算严重，在卫生院简单包扎后就回家去了。

这期间，成叔跟随两位干警学习了射击、投弹、擒拿、捕俘等军事技能，他对射击特别感兴趣，时间不长，长枪、短枪都打得有板有眼，连两位干警都说，要是在战争年代，成叔定能成为一个优秀的狙击手。

案件侦破后，成叔在破案中的表现受到县公安局和地方领导的表扬。县公安局局长亲自找他谈话，觉得他是个极有办案天赋的人才，要调他到县公安局工作，好好培养他。

成叔满心喜欢，然而，政审时，有人提出成叔的干爹有历史问题，不能通过。

原来，成叔小的时候家里穷，有一年闹饥荒，青黄不接的时候家里揭不开锅，成叔和母亲去乞讨，风餐露宿，母亲受了风寒，病倒在人家的墙角里。这家人心地善良，把母子俩迎进屋里，吃了几顿饱饭，又请来大夫给母亲治病。了解到相距不远，又托人带信给成叔的父亲。住了几天，这家人见成叔聪明伶俐、讨人喜欢，临走时便要收他做拜干儿。自从这件事情发生后，干爹怕影响成叔的前程，就叫成叔断了这层关系，不要再来往了。可偏偏成叔是个认死理的人，他觉得干爹从小就对他好，为人处世也没得道义方面的问题，他不愿意别人戳脊梁骨，仍然要认这个干爹。就为这，给他后半生带来不小的麻烦。

县公安局没有去成，成叔心里郁闷得很，好在不久公社提拔他当了大队民兵连连长。这时正好毛主席发布最高指示，要"大办民兵师"，成叔带领全大队的基干民兵日夜训练、演习。大队有几个复原军人，其中还有从朝鲜战场下来的志愿军老兵，军事素质过硬，成叔让他们当排头兵，开展既能实战又能受阅的练习。在大队部的古柏树上建一座高台，号兵二十四小时值守，只要"哒哒，哆哆哆哆，嗒嗒嗒嗒嗒嗒……"的号声一响，不论白天还是晚上全大队的基干民兵在十五分钟内保准集合完毕。凭借过硬的军事素质，成叔的民兵连在全县的民兵大比武中一举夺冠，被推荐到地区和省参加民兵比武，均取得好成绩。

1960 年，成叔作为优秀民兵代表出席省民兵英模大会，受到朱德委员长的亲切接见。就是在那次会上，朱老总亲切地对他说："小成哪，听你声音洪亮，起头唱支歌吧。"于是，成叔站在主席台上双臂一挥，吐出他那雄浑高亢的男高音："五星红旗迎风飘扬——"

台下近千名参会者跟着唱：

"五星红旗迎风飘扬，

胜利歌声多么响亮，

歌唱我们亲爱的祖国，

从今走向繁荣富强……"

从那以后，不论是在南充还是在成都，会议之前，总有领导在问："阆中的小成来了没有？起头唱歌！"几乎成了会议惯例。那几年，成叔风光无限。

那次会议后不久，省委一纸文件下到县委，拟调成叔到省人武部工作，要求县委调查汇报成叔的情况。县委讨论研究，认为人才不能外流，于是就以成叔还不是中共党员为由向省委作了汇报。同时，县委责成公社党委积极吸收成叔加入中国共产党。经过申请、介绍、谈话、考察等一系列程序，又到了政审阶段，卡壳了——还是因为他干爹的事情！一年、二年、三年，年年如此！

不久，又一个机会来了——县委为了加强粮食生产，调成叔去县粮食局工作。调令到了公社，党委书记一看：这怎么能行？小成是我们公社的后备干部，绝不能调走。于是以公社党委的名义给县委和县政府打了报告，找来一大堆理由，又一次堵住了成叔进步的去路。

"文化大革命"中，成叔担任大队长。在他的带领下，所在大队掀起"农业学大寨"高潮，也搞了些应景作品：修水库、造梯田、成立宣传队、成立农技队等。但也干了很多实事、好事：修建了机耕道、开垦了荒地、修建了小学等。特别有几件事情值得称道：一是大搞植树造林，通过十年不懈努力，硬是把公共食堂时期砍光烧尽的红山红岭变得绿树成荫，现在，那山坡上两尺以上的大柏树都是那个年代栽植的。二是成立了副业组，那个时候搞副业是走资本主义道路，要顶住多大的压力！成叔的副业组有做手工的——石匠、木匠、砖瓦匠、裁缝、榨油等，还有养鸡养鸭的，不仅增加了集体经济，也使社员的生活得到了一定的改善。三是搞技术攻关，组织专业的技术小组，土法试练，硬是提高了小麦、玉米、棉花等作物的单产，提高了社员的实际生活水平。使大队粮棉油生产以及政治理论学习、群众运动都取得优异成绩，成为县里的先进典型。那些年，天天来参观取经的人流络绎不绝，大队的文艺宣传队还参加县、地区组织的文艺调演，成叔也经常出席各种先进模范会议，大队党支部书记甚至被选为县委委员，整个大队意气风发欣欣向荣。

成叔力气大，精神头足，吃得苦、受得累。每年四、八两季，都要组织大队干部到劳动力弱的生产队去支援，打谷子、割麦子、挑粪下种，样样都是好手，舍得下力气，他做一天要抵别人两天。又喜欢助人为乐，哪家有困难他都要帮忙，因此人缘很好。

这时，县委再次调成叔到县政府工作。这次，公社党委书记和革委会主任代表革命群众亲自到县委去汇报请示：请求县委留下小成同志，该大队两千革命群众离不开他！该大队是全县的一面红旗，离开了小成同志这面红旗是否能够保住？县委县府经过开会研究讨论，最终同意了公社的意见。

二十世纪八十年代，改革开放，成叔终于成为他二十多年来年年申请、年年被拒绝的中国共产党党员。不久，成叔担任村支部书记，虽然已近"知天命"的年龄，但成叔仍然精神抖擞、信心满满，准备撸起袖子大干一番。然而，一切形势已经发生了变化，用人制度也不同于以往了。

二十世纪九十年代，又一次换届选举开始了。本来成叔在群众中的呼声很高，他自己也准备再干一二届。可是上级有上级的安排。这天，乡党委管组织的副书记来成叔家谈话，意思很明确，要成叔不要参加选举了，早点退下来，让位给年轻人。成叔了解党的干部政策，也理解上级组织的意思，更愿意支持、培养年轻人工作，但他还不满六十，他还有抱负没有实现，他还想带领乡亲们为自己的家乡做点实实在在的事情！

接下来的日子里，乡党委书记、乡长等领导相继来做成叔的工作，直到成叔默默地点头。

成叔扛一把宽叶子大锄头，一遍又一遍地走过村里的山山卯卯、沟沟坎坎，一遍又一遍地抚摸着那些挺拔的柏树、茂密的桑园和成片的果林，一遍又一遍地蹚试那些碧波荡漾的水库、塘堰和滋养田园的灌渠……成叔病倒了！开始是不思茶饭，恹恹欲睡，继而水米不进，还大口咯血。

那一天，我去看望成叔。成叔斜倚在床头，有些精神恍惚，嘴里不停地嘀嘀咕咕："我赶上了好的时代，一个让我能够奋发有为的好时代。但是，时代总是一次次地嫌弃我，把我当臭狗屎一样地嫌弃……我就是一头拉犁的牛，不管怎样努力、怎样拼命、怎样听话，犁把儿却永远是捏在别人手里的……我这个人哪就是个螺丝子（蜗牛）的命，再苦再累我都不怕，压力越大我劲头越大，负担越重我活得越欢，重担是我前行的动力。而我最害怕的、最不能忍受的恰恰就是轻松，就是无所事事……造化弄人哪，这时代要抛弃你，往往连招呼都不打一声！"

成叔去世了，这天正是我们村"两委"选举的日子。

成叔走的时候，眼睛睁得大大的，老一辈人讲：那是他心有不甘啊！

晓看天色暮看云，行也思君，坐也思君

记　忆

　　听说记忆这个东西是从三至五岁分界的，三五岁之前的事情基本上是记不得的。上了年纪，记忆力骤退，少年时期的很多往事都已模糊，如同断了线的古书，散乱得不成篇幅。唯独二十世纪七八十年代发生在身边的一些小故事还隐隐约约，有时叫人回味。

　　因为父亲在桥工队工作，我有别的孩子不曾有的优势，那就是隔三岔五地到父亲单位上玩耍，提前见到了很多大人一辈子甚至几辈人都没有去过的像成都、南充这样的大中城市，听闻了很多大人小孩没有听过的奇闻逸事，每次从外地回来，小朋友们总是围着我，听我摆那些懵懵懂懂、真真假假、断断续续的龙门阵。

　　大约是二十世纪六十年代末尾的夏天，我父亲所在的单位正在修建遂宁大桥，我当时正好随父亲在工地上玩耍。一个漆黑的夜晚，一艘小渔船驶离岸边，船中间放着被褥、衣服等物件，我们五六个小孩或站或蹲在船的四周，一位艄公拿着根竹竿在划船。记不得怎样上的船、父亲们是否都来送过，只记得船小人多，古人说"寂历秋江渔火稀"，当夜整个江面却没有一盏渔灯船火，我一只手抓着捆东西的绳索，一只手还在河水里划动，也不觉得害怕，小朋友们叽叽喳喳地小声说着话。第二天，我们才发现我们住在一个农家大院里，四周长满竹林，竹子很粗壮高大，长长的石梯，还有干净、凉爽的小巷子，有四五个地方老乡的孩子和我们一起玩耍。我们唱歌、做游戏、"逮舅舅猫"，不亦乐乎，完全不思念家人。在玩耍的过程中，东一句西一句地听老乡们讲，说是有造反派组织要围攻"桥工队"，要打大仗，怕伤了小孩，所以才把我们这些孩子寄养在老乡家里。几天后，我们又被接回了父亲的工地，只觉得原来熟悉的地方好像变样了：工棚大洞小眼、东倒西歪，大门和木板制作的围墙被破坏得一塌糊涂，还有被火烧的痕迹，地上鹅卵石、柴草、垃圾到处都是。也是闲谈中，听大人们讲，才了解原委。

一天晚上，我和父亲正在睡觉，忽然，强叔叔来在床边，父亲向来性情稳重，加之因为成分问题，所以行事更加小心谨慎，既不参加派性也不参加武斗，对这些事情就更不积极，当然也劝强叔叔不要去，但他还是去了。半夜，强叔叔回来了，兴高采烈地拿了一只手枪盒给父亲看，说是刚才抢的，准备再去，一定要抢一支手枪回来。不大一会儿，却见强叔叔满脸血污地跑来："不得了了！翻车了！死了一大片！"父亲赶紧起来，只听得整个遂宁城都沸腾了。原来，满载去军区抢枪的"红卫兵"的几辆车在漆黑的夜幕中向军区疾驶，不想在一个转角街口，第一辆车撞上街沿石，侧翻下去，引发后面几车连续追尾翻车。强叔叔就在第一辆车上，人在街石板上撞了个头破血流，好在他伤势不重，仗着一把力气，硬是拱开众人，从街沿石与车厢的缝隙间爬了出来。

桥工队的造反组织属于皇派。当时我父亲正好回家探亲，六队通知家家户户背粮草到杨家祠，原来杨家祠驻扎一批各地来攻打思依山的红派队伍。我父亲也帮家里送粮草，被红派人员翻来覆去审问，以为是皇派的探子，后来经过地方上的领导解释方才作罢。就在这时，桥工队的尧等三个阆中籍的造反人员准备支援阆中皇派，武装保卫思依山。他们把轻机枪拆卸开来，把冬瓜掏空，把零部件装入掏空的冬瓜里面，装扮成贩运冬瓜的，用板车载了一二十个大冬瓜，几天的风餐露宿，刚运到阆中，就被红派侦查到，逮了个正着，吊在阆中看守所里面，受尽折磨。我父亲闻听此事，都是一个单位的同事，又是老乡，生怕有生命危险，于是找到时任阆中红派联络员的他儿时的青沟子朋友和阆中红派政委的老乡，二人卖了个人情，才将那三人放了。

也有扯大旗作虎皮装英雄的。桥工队有个造反派，有一天跟着众人上山执行任务。傍晚时分，在回程途中，见路边躺着一具尸体，此人手痒痒，举起枪向尸体开了几枪，回来逢人便吹嘘：他打死了一个敌人。大家都把他当成英雄，还得了奖。不曾想，"文革"结束，清理"三种人"，有人把这事给捅了出来，这时他就百口莫辩了，最后判了10年劳改。

我们小屁孩，就是图稀奇玩热闹，每天跟在大哥哥大姐姐屁股后面，听他们搞宣传，背毛主席语录，搞大辩论，开斗争会，戴高帽子。没事的时候，听他们讲新鲜事，特别是对于他们搞串联、搞武斗羡慕得很，把他们当英雄崇拜。听说我们村一个女青年串联到了北京，大家都跑去看她，向她学习，最迫切的是问她见到毛主席没有。

当年有两样东西最抢手，一是毛主席像章，一是《毛主席语录》（红宝书）。如果你胸前能戴上一枚大的毛主席像章，手里拿本红宝书，身上再穿一身绿军装，那形象简直不摆了，绝对的"大腕"，绝对的粉丝一大串。不论什么人，都以戴毛主席像章为荣，都以能背诵毛主席语录为耀，都以身穿绿军装为傲。县川剧团有一个副团长，业务水平极高，不知哪里弄到一枚碗口大的毛主席像章，爱不释手，随时戴在胸前。就是在演反角的时候也不摘下，被人告发。副团长被关了两个月，写了几大摞检讨书，最后撤销副团长职务，降为普通演员。这还算是最轻的处理。

小孩子们也有调皮捣蛋被上纲上线的，也有说话做事不注意吃了亏的。我们学校有个小孩，在写作文时写错了字，他本来想写"将来，我们要实现共产主义，吃得好穿得好"，却写成了："蒋来，我们要实现共产主义，吃得好穿得好"。

前面说的那个被降职的县川剧团副团长主角演不成了，就叫他演配角。一次演《红灯记》，安排他演传话的日本兵——从幕后出来向鸠山报告"李玉和的不招"，非常简单。不晓得他是故意的还是真的糊涂了，把台词给说反了："报告鸠山队长，李玉和的招了。"演鸠山的演员大吃一惊，好在反应敏捷，马上说道："嗯？李玉和的是真正的共产党员，他的是不会招的。"可是这家伙却少个心眼，听不进去，继续报告："李玉和的真的招了。"这下，"鸠山"真的生气了，开口大骂道："八格牙鲁，李玉和的招的也是假的，待我亲自审问去！"说罢转身下场，才把戏给救活了。但台词记错了而且产生了极坏的影响，所以这个副团长蹲了一段时间的学习班后再也不允许演戏了。

下雨天把老百姓集中在一起唱歌，教唱《国际歌》。记得歌词里面有一句"英特纳雄耐尔就一定要实现"，那个"英特纳雄耐尔"就是没有人唱抻展，教歌的解释了半天，那些老太婆、小媳妇就是弄不懂，嘻嘻哈哈的，最后也不了了之。

学校经常请老贫农讲家史，有一次，请了一位曾当过长工的老大爷，上台就讲旧社会如何苦、新社会如何甜，特别是说到地主如何剥削穷人、如何心眼坏，更是激动不已。他说："那些年成，我在地主家当长年，狗日的地主就是坏。到农忙时节，地主给我们长工打牙祭，狗日的，那尕尕一拃厚的膘，切成巴掌厚的片子，咬在嘴里，满嘴流油，狗日的，那滋味……整得我们吃几片就吃不下了，剩下的下一顿就不端出来了……狗日的，平常和我们长工短工一起吃干饭，却叫他的儿子媳妇吃酸菜红苕；逢年过节和我们长工短工一起吃肉喝酒，狗日的，那酒，各家（自家）烤的，高粱酒，又甜又醇，更是不叫他儿子媳妇尝一口，只叫他的儿子媳妇吃'大锅炖'（指萝卜、豆腐、猪肉等一起炖）、喝稀饭；狗日的，大冬天的他和我们在一堆儿烤火，却硬要儿子媳妇去挖竹疙瘩；三伏天里，他和我们都在乘凉，却估到儿子媳妇薅地除草；狗日的……"同学们越听越觉得不对劲，继而窃笑起来，有老师赶紧把他请了下去。

村上有一位老农到供销社去买锄头，售货员说："'为人民服务'，你买啥子？"老农说：'愚公移山'，我买把锄头。"说着他就在案台上挑选起来。售货员见他挑来拣去，很不耐烦，就在一边说："'要斗私批修'，不能选。"老农头也不抬，继续挑着，口里念叨着："'万万不可粗心大意'，要选。"

就连我们小朋友出门砍柴也要用毛主席语录激励自己："下定决心去砍柴，不怕牺牲爬陡岩，排除万难要捡满，争取胜利背回来！"

还记得当时有两个五类分子很有趣，一个叫淦，水澄村人，成都国立高级中学（今成都七中）高中肄业后参加青年军出国远征，后就读长春大学政史系，"文革"期间属于管制分子。个性温和、老实，红卫兵或贫下中农说他是啥就是啥，从不争辩，不犟嘴，因此挨打的时候也少。1976年松潘发生地震，当时正在开生产队会议，他仰观天象，忽然对大家说："不好了，不好了，川西北要发生大地震了！"大家认为他造谣，马上改为斗争会斗争他。晚上10点过，他又说"你们不要斗争我了，已经地震了"。大家谁肯信？继续斗他，直到天亮。第二天又报告到大队和公社，又斗了整整一天，准备第三天押送到县上去斗，这时，报纸来了，登载了地震的事实，才证明他不是造谣。但公社革委会还是把他喊去问了几天话：问他是如何晓得的，是不是台湾或美国特务在松潘搞的破坏提前给他通风报信，等等。1977年恢复高考，一些学生偷偷地把他请到家里做家教，好酒好菜招待，晚上走时还要装一粪撮箕牛屎，以便回去向生产队交差。当年他辅导的学生居然有考上大学的，顿时名声大振。1978年就比较公开了，每天请的不落地。当年，越南掀起了反华浪潮，驱赶华侨。淦给学生们出了道作文题：给归国华侨的一封信，并肯定地判断当年的高考作文与归国华侨有关，要学生们加强练习。果然，当年的全国高考语文作文题是：给归国难侨的一封信，与他的命题只一字之差。1980年，我在武圣宫（凤鸣一校）读初中，淦已经被聘请到学校教授英语了，放学后很爱听他谈古论今，可惜没有听过他的课。

还有一个管制分子叫元，大碑村人。经历和淦差不多。但他个性较强，不服输，爱讲道理，爱争辩。因此，每逢运动他必挨斗，每逢斗争他必挨打。他也很聪明，每次开会，他都穿一件又脏又破又厚实的棉袄，哪怕是三伏天。他自己解嘲说这件棉袄是他的护身铠甲，有三大好处：一是可以减轻力度，打上不疼；二是不禁抓扯，红卫兵怕扯烂了要赔；三是油头垢甲，红卫兵怕脏手，总之，能保护自己少挨打。一个当场天，公社办公室主任在凤鸣场上逮到元，喜出望外的主任，以为这下终于抓住了他的把柄，可以狠狠地奚落一番。

"元！"主任大叫一声。

"有！"元一个立正。

"把《六要六不准》给我背一遍。"主任命令道。

"是！"元开始背诵，"……不准赶场上街，不准走亲访友……"

"你赶场上街没有？"

"没有！"

"他妈的，老子明明逮到你正在赶场买盐，还不承认？"

"报告主任，我买盐不假，但没有赶场。"

"胡说！你明明就站在场街上，还要狡辩？"

"报告主任，我真的没有狡辩，我确实没有赶场。因为我一直走在一大队（大碑村即原一大队）的土地上，从来就没有跨过九大队的地界，所以不算赶场。我是遵守纪律的模范！"

原来凤鸣场建在一大队和九大队（龙潭村）之间，以街心为界。听了李天元的解释，赶场的老百姓哄堂大笑，主任也只有无趣地走开了。

后来落实政策，元也回原单位工作了。

当年有个"微服私访"的故事，在民间传得沸沸扬扬。

改革开放前，当时阆中还没有像样的宾馆，更没有私人旅店，只有一家政府招待所，还有一家丝绸厂招待所，都是公家办的。南来北往的客人都要凭地方政府的介绍信才能入住，价格好像是一块钱左右，很便宜。但一般的政府官员、单位工作人员出差办事的，大多住政府招待所。小时候和父亲好像住过一次，几排老式的砖木结构的房屋，白石灰烫墙，有花草树木，清净优雅，环境不错，房间虽小，陈设也简单，但还干净。服务员是"吃公家饭"的，态度很一般。

有一天，招待所来了一老一小两个旅客，穿着很平常。小伙子蹦蹦跳跳到窗口办入住手续："同志，我们住宿。"

当班的是个美女服务员，正和其他几个人摆龙门阵哩，抬头一望："拿来。"

"啥子拿来？"小伙子有点迷茫。

"衩子？领口。《介绍信》拿来！"服务员有点起火，声音大了许多。

"哦，给。"小伙子赶紧掏出《介绍信》，从拳头大小的营业窗口递进去。服务员翻来覆去仔细验证了《介绍信》，又是一句："拿来。"

"啥子拿来？"小伙子又问。

"衩子？领口。钱，钱拿来。"服务员显出鄙夷的神色。

"哦，给。"小伙子赶紧从窗口递进一张钞票。

服务员一看，是一张十元的钞票。当时，住一晚上旅店是八角到一元二角，老百姓使用十元面额的纸币都很少。服务员将钞票推出窗口："大了。"

"哦，要小的哇？有。"小伙子抠抠索索在黄挂包里摸索一阵，抓出一大把硬币，"哗啦"一声，丢在营业台上，"数吧。"

"啥意思？你欺负人萨？"服务员顿时火起，指着小伙子吵起来。

小伙子也很委屈，争辩道："啥子欺负人嘛？这大的你嫌大，小的你嫌小，你究竟要啥样子的才合适嘛？"

"你个小阿飞，耍流氓！"服务员这下不干了，又哭又闹，一些人围住小伙子，一些人马上给县委和县公安局打电话。

一听有人在政府招待所闹事，这还了的？不一会儿，县委书记亲自带了警察赶来。书记上前一把抓住小伙子的衣领："小兔崽子，敢在老子的地盘上撒野，活腻歪了不是？给老子逮走。"

小伙子面不改色，顺手抓住书记的手腕，用力一拧，反剪过去。书记"哎呀"一声，站立不住，歪着半边身子，疼得直冒汗。

　　几个警察见状，立即拔出枪来，长长短短的几支枪一齐顶住了小伙子。

　　"哼哼，黑捡宝儿，你个小兔崽子翅膀硬了？"这时，一直坐在板凳上不声不响的老者突然说话了。

　　书记听见有人在喊他小名，扭头一看，没看实在。

　　"怎么，认不得我啦？"老人慢慢地站起来。

　　"首长好！"书记"啪"地一个立正敬礼，赶紧把老人和小伙子接到了县革委会，好酒好菜招待。

　　原来，来人正是书记当年的老首长和他的警卫员。

　　那时上学讲成分，不兴考试，小升初、初升高都由贫农协会推荐。成分好的学生成绩再差也可以升学，成分高的学生成绩再好一般是不能升学的。绝大部分的家长也没有指望自己的子女能从读书的路子上走出去，绝大部分的学生也没有想到要好好学习考上中专、大学"脱农壳"。学生们心中的榜样是黄帅、张铁生。

　　有一个雨天，几个人在我们家讨论推荐小升初的学生的事情。我那时调皮得很，又是唱又是跳的，搞得满屋狼藉。我婆婆和我母亲急得不行，把我关在猪圈里，一顿扫帚疙瘩打得我一佛出世、二佛升天。然后罚我跪在猪食板上，两位长辈轮番上阵，又是教育，又是责骂，唠唠叨叨一两个小时，我仿佛明白却又仿佛糊涂。好在我家庭成分好，成绩也在经常受表扬之列，所以小学毕业后，以前五的名次顺利升到初中。

　　我们读小学、初中的时候，基本上是半读半玩。那时，除了正常的寒暑假和国家规定的假期外，农村插秧、打谷、栽红苕、收麦子等期间要放农忙假，县、区、乡乃至大队开重要大会也要停课参会，有时还要停课组织看电影、搞游行等等。就是上课，也有大部分的学生没有认真听讲。敢管的老师学生怕，相对好些，成绩也能上得去——那时候有的老师喜欢打人，而且下手重，用教鞭打、脚踢、扇耳光、扯眼皮、拧耳朵等等，调皮的学生经常是鼻青脸肿。那时候的家长讲理，不像现在护短，我祖母最爱给老师说的一句话就是："不听话就把他'踩拐'（脚踝）打断！"现在想起来都害怕。有时，见你被老师打了还要骂你，还要打你二遍。不敢管或者个性温和的老师上课基本上没有学生听，特别是那些成分不好的老师，学生更不怕他。我们学校有一位老师是地主成分，他上课时学生们有睡觉的、打毛线的、谈笑风生的、折纸飞机的、玩"剪刀石头布"的，就是没有听课的。记得当时有一篇课文叫《美丽的公鸡》，老师正在讲台上读原文，不知是哪个鞠起鼻子"咯咯喔"学了一声鸡叫，紧接着，教室里你一声、我一声都学起来，整个教室一遍鸡鸣——"咯咯喔""咯咯喔"乱成了一锅粥。这样的班级肯定考不出好成绩，学校领导批评他，开校会时还给他单独搭把椅子坐在台子上。他管不住学生，时常教育一句话："娃儿们哪，你们现在不好好学习，等将来实现了机械化，人家都开着拖拉机生产，你们就只有骑在房梁上捉虱子的份了！"

学生们哪儿听得进去老师的教导？照样逃学，照样玩耍，照样跟着大人们搞游行，遍河坝跑，还呼口号。凤鸣场演戏，挤到戏台脚下面，仔仔细细地听，有时也听不明白，在远处又看不见，干脆就满场地跑，月亮坝里"逮舅舅猫"，硬是要等到演戏或电影结束才摸黑回家。

那时候学校"以学为主，兼学百样"，也要配合搞革命运动。老师要去写宣传标语、画宣传画、办专栏，要抽去搞社会教育，要抽去搞宣传，教唱歌，教跳舞等。曾参加过团结水库、瓦店水库、斜河水库的建设，休息时就给劳动人们表演节目。那时候我记忆力强，口齿清楚，身段灵活，表情丰富，也很有激情，能收到很多掌声和笑声。但也有闹笑话的时候。我们的道具都是自己手工制作的，不禁整。那次在斜河水库工地，我正在眉飞色舞地起劲表演，突然，"啪"的一声，一只快板破成了两瓣，打出来的声音成了"噗噗"的"破响壳"，也不能翻飞自如。下面看戏的老乡们都哈哈大笑起来。我略一尴尬，想起老师教我们的"救场"技巧，一下子心里有了主意。我把破快板朝台后一扔，上前一个鞠躬："快板被打烂，我来道个歉，大家不要笑，好戏在后面！"然后，我就手舞足蹈，表演起没有快板的《快板》，直到结束。全场给予我热烈的掌声。事后，老师和村民都不住地夸奖我，说我机灵，救场的本事比大人都强。可惜，我一生就那次"机灵"了一下，成年以后再也没有"机灵"过了！

二十七十年代以后，县里的电影队偶尔也下乡放电影，记得最初放映的是《伟大的公民》《列宁在1917》等，都是在乡场上放映。后来公社也成立了放映队，经常下乡巡演。放《地道战》《地雷战》，后来放《小兵张嘎》《柳堡的故事》等，也放外国片如《瓦尔特保卫萨拉热窝》等。放映之前，都要放一段长长的新闻纪录片。我们当时编了个顺口溜：越南电影，机枪大炮；朝鲜电影，有哭有笑；中国电影，新闻简报；阿尔巴尼亚电影，搂搂抱抱。

二十世纪七十年代，"上山下乡"运动蓬蓬勃勃，大批的城市知识青年响应伟大领袖"农村是个广阔的田地，到那里是大有作为的"的号召，纷纷下放到农村，叫作"下乡知青"，以有别于农村本地的知识青年——"回乡知青"。他们中有高中生也有初中生，有男有女，有高有矮，有胖有瘦。有的家庭几姊妹连大带小一起下乡，有的生产队分一个，有的生产队分多个。我们生产队就分了两个，两个男青年。一个身体壮实，耕犁挈耙背挑抬扛四门活路不怯战；另一位身材瘦小，做不得重活，但手脚灵敏，会画画，又懂点医药常识，置办了一个保健箱，配点红汞、碘酒、安乃静、四怀素、土霉素之类，社员们有个头疼脑热、跌打损伤，都会找他医治。两个青年都表现不错，跟生产队的社员们也相处融洽。他们宿舍的晚上，经常歌声不绝、笑声不断，生产队的回乡青年们常常聚集在他们宿舍，讲故事、冲壳子，通宵不累。我们小一些的也喜欢凑热闹，坐在门槛上或者趴在柜子上听他们海阔天空地吹，傻傻地笑。如果能挤到桌子边，坐上个板凳头头，俨然自己长大了不少，双手撑着下巴，聚精会神地听到散场为止。

那时候农村仍然缺粮，但再缺也不会亏了下乡知青的，没吃的就去称储备粮，没柴烧就拿起篾刀斧头到坡上去砍。但城里娃娃嘴刁，几天不吃荤腥就心慌，所以常常见他们打牙祭。冬天，经常听见有人在骂贼娃子，不是骂偷了他家的狗就是骂偷了他家的鸡，多半就是被知青们弄到"肚家坝"去了。春秋两季的田坝里，打着竹筒火把的人们正起劲地捉黄鳝，那一定少不了知青。当年，有一个传说，说是某地一个知青捉了一根又大又肥的老黄鳝，特别高兴，回去后刮洗干净，葱姜蒜苗一顿爆炒，香喷喷一大碗，吃了以后倒头就睡。直到第二天日上三竿，社员们不见他起床出工。进屋一看，哪儿还有个人？床上的篾席上只剩下一滩血水！拿血水到省医院化验，原来老黄鳝吃不得，含有一种叫"化骨丹"的东西，人吃了就会化成血水。社会上嘈得乌煊煊的，但知青们还是照吃不误，也没有见再把哪个给化了。

夏秋时候，果子成熟，有的知青喜欢自主尝鲜。那时候，水果稀少，农村的土地都用来种粮食，根本没有闲地栽植水果树。有的农户在自家的院子里、自留地边栽种一两棵果树，也就是桃子、李子、梨子、杏子等，像苹果、柑橘之类的水果我们那里是稀罕物。

我们附近有个老汉，自留地边上有一棵桃树。大人的大腿粗细，斜趴趴地长在地垄上，撑开像一把雨伞。桃子成熟的季节，桃叶稀疏，满树尽是红红粉粉的蜜桃，看一眼就不想走，勾得人哈喇子长流。当桃子刚红嘴嘴的时候，知青们就今天一个、明天一个地偷摘。老汉发现他的桃子在少，晓得有贼，于是就每天晚上坐在树丫上守。但老汉烟瘾大，每隔一会儿就要抽袋叶子烟。有一天晚上，知青们趁黑夜去偷桃，悄悄地已经快走到树下，才发现树上有烟火，魂都吓掉了。过后，知青们掌握了一个规律，只要看见桃树上有一闪一闪的火光，大家就回去休息，只要发现老汉回去取烟叶的当口，就跑去偷几个桃子。每次不多偷，天天有桃吃。老汉的桃子越守越少，总是找不到原因，最后不得不全部摘了。直到知青们回城的时候才在哈哈大笑中告诉了老汉桃子越守越少的原因，老汉恍然大悟，笑眯眯地嗔骂道："你些龟子哈来的……"

柏垭子有个马烈武，传说是杨森部队的武术教官，文革中受到管制。一天，马烈武正吆喝着一头半大黄牛耕田，见几个知青娃在他家的桃子树上偷吃。马烈武干涉道："娃儿们，莫吃完了，还是给我留几个哈。"几个知青嘻嘻哈哈："给你留几个桃子核核！""有本事来抓我们！"谁把一个耕田的糟老头子放在眼里？马烈武气不过，心想，反正也到了下工的时候，就说："你几个小家伙等着，看我上岸来不你们。"说完，只见他解了枷坦，浇了几抔水洗了牛，双手往牛肚子底下一抄，抱起黄牛就从田泥里走出来。稳稳当当把牛放在田塍上，一步跨上岸，向桃树走来。几个青年先是目瞪口呆，继而一哄而散。晚上，知青们卖来烟酒，一起来到马烈武家里，一进门就跪在院坝里，磕头如捣蒜，要拜马烈武为师。从此之后，马家开起了秘密武馆，直到改革开放，马家的后人仍然在开馆授徒。

当年知识青年上山下乡，给农村带来了一缕缕新风，对他们也是一个吃苦耐劳的锻炼。他们农忙时节参加劳动播种收割，农闲时候唱歌跳舞宣传时政，获得了城里得不到的知识和收获，对他们来说是一段阅历，是一种财富！那些认为知识青年上山下乡是荒废青春、是备受折磨的贬责之语，让更多的回乡青年以及世代耕种的广大农民群众情何以堪？当然，也有一些如偷鸡摸狗、打架斗殴、男女关系之类的负面龙门阵。一直到"文化大革命"结束，知青们才陆续返城。

当年的逸事很多，在我们小孩子眼里，一切都是嘻嘻哈哈。

说 吃

民以食为天。

人一天也离不开"吃"。"吃"不仅是一种行为，更是一种文化，它贯穿于五千年的历史文明中，在我们的日常生活里，到处都有"吃"的影子，差不多可以说，吃是大众的信仰。

中国历史悠久，饮食文化源远流长，在中华文化中占有重要的地位。从当初的茹毛饮血，到后来的烤、炙、煎、炸，再到今天的八大菜系，随着物质文明的一步步加强，随着烹饪手段和技术的不断进步，中华民族的饮食文化更加丰富，内容更加璀璨。"吃"对我们的文化心理结构产生了深刻的影响，存在于人们的潜意识中，融入我们生活的方方面面，我们的很多行为都可以用"吃"来代替。比如，吃力表示费劲，吃苦表示承受伤痛，吃亏表示受到伤害，吃罪表示担当罪责。再比如，岗位叫饭碗，谋生叫糊口，受雇叫混饭，混得好叫吃得开，受欢迎叫吃香，受照顾叫开小灶，遭拒绝叫吃闭门羹，花积蓄叫吃老本，占女人便宜叫吃豆腐，男人靠女人过日子叫吃软饭，难以承受叫吃不消，嫉妒叫吃醋，犹豫不决叫吃不准，没出息叫吃干饭，担当不起叫吃不了兜着走，等等。如果再研究一下我们的民间语言，不难发现，许多歇后语都与吃有关：王八吃秤砣——铁了心，挨着火炉吃海椒——里外发烧，半夜吃黄连——暗中叫苦，吃灯草灰长大的——说话没分量，吃稀饭泡汤——多余，吃曹操饭，想刘备事——人在心不在，吃过晌午搭早车——不赶趟，哑巴吃汤圆——心中有数，吃笋子阿啥背——编得圆，等等。还有一些俗语和谚语也和"吃"有关，比如，吃着碗里的，瞧着锅里的；吃软不吃硬；撑死胆大的，饿死胆小的；吃家饭屙野屎；吃饭三碗，闲事勿管；吃饭多喝汤，老了不受伤；吃稀饭要搅，走滑路要跑；吃人口软，拿人手短；不吃黄连不知苦，事非经过不知难；吃不穷，穿不穷，不会划算一辈子穷；赖哈蟆想吃天鹅肉；吃饭穿衣看家底；宁吃仙桃一颗，不吃苦楝子半背；等等。

要说，这"吃"的学问可大了。在我看来，人的生存是第一位的，没有吃又何谈生存？没有生存何来思想？因此，"吃学"应该早于孔孟之学，"吃道"应是仅次于孔孟之道的大道。

从小，长辈就教育我们要"吃不言睡不语"，要"吃有吃相睡有睡相"。小时候吃饭，要讲规矩，如果不遵守规矩，轻者是受顿白眼，重者会挨一筷子头。那时候，如果有客人来，女人一般不上桌子，小孩子站在桌子角边吃，叫"挂角"；坐桌子讲方位，有上下尊卑，按长幼依次坐，长辈为上，晚辈为下；吃饭有讲究：长辈先动筷子、不能用筷子敲碗、吃饭时不要说话、不要在碗里挑来减去等等。那时候农村人家请客，肉类等硬菜是有个数的，一般一人三个（片）左右；客人可以把"干碟子"、坨子肉等菜肴包起来带回家。

物质匮乏年代，"吃"成了第一要务，人们随时把"吃"挂在嘴边。连两人见面打招呼也是"你吃了吗？"，以至于闹了很多笑话，有时在厕所里碰面，两人也不约而同地打招呼："你吃了吗？"，回头一想，又哈哈大笑。

现在生活好了，食材丰富，荤素不缺，山珍海味要啥有啥，吃不完的倒掉，简直暴殄天物。殊不知，千百年来，中国的老百姓就为"吃穿"二字活着，一年四季奔波劳碌，主要就是为的填饱肚皮，古语云：千里迢迢来做官，一为吃来二为穿。

阆中有2300多年的历史，秦汉时期就与成都、江州（今重庆）并称"巴蜀三城"，饮食文化相当发达。阆中人爱吃，是有它的历史渊源的。古阆中曾作为巴子国首都 16 年，沉淀了不少上古时代宫廷膳食文明；唐朝李元婴在阆中做刺史 5 年，又带来中古时代王侯贵族饮食文化；清顺治年间，四川省会设阆中二十年，四川总督、巡抚、监察御史均驻节阆中，并在此举行了五科乡试，是阆中餐饮文化最发达的时期。历代以来，阆中郡、州、府、道、县的治所之地，南北要冲的水陆码头，加之阆中文化底蕴深厚，风景优美，杜甫、陆游等骚人墨客常游于此，南来北往的商贾游客、官宦人家、王子皇孙，将京城和宫廷饮食文化以及全国各地的美食流传到阆中，促进了阆中饮食文化的发展。据说，正是由于满人饮食文化与汉人饮食文化交流融会，阆中便有了"满汉全席"。清初伊斯兰教传入阆中，又带来回民饮食文化，形成多种多样的风味小吃。川北道署住节阆中有 542 年的历史，特别是清廷和民国时期，每年年末的官员提调大会在阆中举行，三府二十六县的主要官员齐集阆中，大多数官员都是带厨子的，内中不乏八大菜系的高手。官员们相互宴饮、酬谢、勾兑，厨子们也暗中较劲，切磋厨艺。一时间，阆中简直就成了厨艺大赛的擂台，每天盛宴不断。所以，阆中人好吃也有得吃。久负盛名的保宁醋、白糖蒸馍、保宁压酒、松花皮蛋、酸菜豆花面、锭子锅盔、酥锅盔、牛肉凉面、牛羊杂碎面、吊汤扯面、川北凉粉、热凉粉等充满古城民俗民风的饮食小吃，足以使人们一饱口福。所以说，阆中人的"吃"是汉、回、满、蒙、藏、苗等各族人民饮食文化的结晶。

当然，阆中人除了爱吃之外，还爱穿、爱耍。阆中女人心灵手巧，一把剪刀在手，能裁剪出各式各样的衣服、缝制各式各样的鞋子、苗绣各式各样的花朵。2019 年中央电视台春节联欢晚会有一档节目《亮花鞋》就真实地再现了过去阆中妇女的心灵手巧和阆中人好穿着打扮的特点。生活艰苦的年代，阆中人的新衣服是不直接穿的，女人们总是用米汤水将衣服浆过，这种衣服不仅穿起来挺拔精神，而且牢实经穿，还越洗越漂色。阆中人有个口头禅：不怕烂只怕脏。新三年旧三年，缝缝补补又三年。衣服破了，搭个过肩、接个袖口、贴个咳膝包、车个屁股巴巴，周周正正，穿上既好看又大方。

阆中山环水绕，旱涝有收，衣食足而思礼乐。加之阆中北接秦陇，东连湘鄂，西近青藏，南通滇黔，又是水陆码头，南来北往文化交融，各种好耍好玩的都在此粉墨登场。阆中的很多方言口语都受秦陇文化的影响，阆中的端公、道士、阴神子在一定程度上受青藏少数民族傩文化影响较大。阆中皮影、灯戏、川剧座唱、打钱棍、金钱板、说评书等非常有名，特别是川北民歌（我们叫山歌子）在过去人人都能吼几嗓子，《月儿落西下》《思春》《孟姜女哭长城》等都是名段，暂且不表。

还是回到吃上。有人为吃不饱发愁，有人为吃更好操心。阆中物产丰富，人民勤劳，只要不是天灾人祸，吃穿是不成问题的。我所经历和听老人们讲的关于挨饿的年份主要是丙子丁丑年、公共食堂后期、二十世纪七十年代末。

民国二十五年(1936年，丙子)、二十六年(1937年，丁丑)四川全省大旱。多半年时间滴雨不降，田土龟裂、禾苗干枯，"河流干涸，井水枯竭"。据说头一年种下地的豌豆、胡豆，第二年春夏时候，人们又从地里刨出来炒了来吃，根本就没有发芽生长。人们很快就没粮食吃了，开始还挖野菜，野菜挖完了就采树叶、掘草根、剥树皮，后来树皮都剥光了就有人吃"观音土"，吃了这些玩意儿就屙不出来大便，往往肚子胀得像鼓，痛得在地上直打滚，痛苦地死去。

有时候，有的人，为了一口吃食，把人格脸面抛诸脑后，干些缺德的勾当。有一对老夫妻，家庭贫穷，子女不孝，一年到头难得吃口好饭。腊月三十晚上，抱了二三十个包面（抄手），凉在一个小簸箕里，放在厨房门口。天黑后，老两口欢欢喜喜，一个烧火一个洗菜，准备好好吃顿包面。水开了，去拿包面时，哪儿还有什么包面？连簸箕都不见了，老两口伤心地放声痛哭。

食堂后期，有一年过端午节，生产队杀了一头猪，偷偷地按人头分给了社员，各自回家吃。食堂的保管员是外队人，也分了一块肉，舍不得拿回家，就找了口锅灶煮，自己裹了叶子烟在阶檐上与人摆龙门阵。觉得时间差不多了，返回灶间捞肉，哪儿有？早被人偷走了。

二十世纪七十年代，生产队组织劳力进城背煤炭，中午吃饭都是各人管各人。有的自带红苕、煎饼等干粮，有的买个锅盔或白糖蒸馍聊作充饥。其余四五个人到人民食堂下馆子，其实就是一碗干饭就着一碗面条。其中有个二娃子，爱开玩笑，总做一些常人意想不到的事情。他进饭馆前，将自己的两只眼睛的上眼皮翻转过来，露出红红的眼肉，我们当地叫"扯板眼"。买饭时他对服务员说要"吃了给钱"。吃了饭以后，他趁人不备，又将两只眼皮抹下来，恢复正常。末了，服务员来收钱，找来找去找不到人。就问他："同志，你看见刚才吃饭的那个扯板眼同志没有？他还没有给饭钱哩！"二娃子假装生气："哎，他呀？早就走了！这个家伙，就是爱占小便宜。"服务员赶紧跑到街上去找，哪儿找得到？

沛是个能干的人，只是经常吃不饱，就去偷苕母子，就是种到地里的红苕种。趁着夜深人静，洗干净粪污，在锅里加水煮。还没煮熟，恰巧遇到干部晚上开会回来，那煮红苕的香味顿时被闻到。于是，干部们顺着香味找来。沛听到外面脚步响，端起铁锅从后门跑上了山，也顾不得烫与不烫、熟与不熟，三下五除二连汤带水吃了个精光。然后到干部那儿去认错，开了一次批斗会罚了几十工分才算过关。

某某师范学校有个学生，饭量大，顿顿吃不饱。有一天中午最后一节课恰好是体育课，上了一会儿，他抽个空子，偷偷跑到食堂。这时，炊事员正在发放午饭——每人一斤蒸红苕。他躲在桌子后面，"呼哧呼哧"地一会儿就吃了八份红苕！还不过瘾，还在吃，被巡视的值日老师逮了个正着。最后，开除学籍处理。可惜了大好前途！

小孩子家特别嘴馋，一年到头难得吃几回荤腥，见了肉就浑身发抖，迈不开脚步。有一年我母亲到父亲单位上去探亲了，家里就剩下我和婆婆过活。婆婆突然生了病，邻居姐姐帮忙请来了医生。我帮助姐姐给医生煮饭，姐姐从柜子里端出一个磁盘，里面放了一块四四方方的熟腊肉，要我端到厨房。我已经好久没有吃过肉了！我的眼睛直勾勾地盯着盘子里的肉，憋口水不住地往喉咙里咽，腿脚无力，一步也走不动。我仿佛看见那肉长出了一只小手直向我召唤，又好像那肉长出了一只小嘴巴在向我喊话："来吃我，来吃我。"我实在忍不住了，眼睛一闭，手一抬，头一埋，一口啃了下去！睁开眼睛一看，盘子里的肉方只剩下了七只角。我含着满满的一口肉，放下盘子，一溜烟似的跑出门去。

二十世纪 70 年代末川北大旱，水稻颗粒无收，国家组织抗旱救灾，种植旱地作物，到处挖"渗坑"，人们吃麻头、粗糠、榆树皮，那时的粗糠都卖缺了。有一家人修房子，待匠人，煮的是加了几颗米的酸菜稀饭，给我们家端了一小碗。那时我家幺妹还小，三四岁，赶紧激动又神秘地跑去告诉祖母："还有米！"最后全家一致决定把这碗"还有米"的饭给幺妹吃了。

那时一些人家一天只吃一餐，最多两餐，孩子也跟着一起饿，农村那种大脑袋、长脖项、细颈子的孩子太多了。

生产队的粮食是按工分和人口折算分配，我们家 5 口人，但挣工分的少，分的粮食也少。1980 年，集体生产最后一年，我们生产队人均 80 斤湿谷（只晒过一个太阳既没有上筛也没有上风车的那种），我们家分了 400 斤，干谷子大概有 300 斤。用它修了房子还过活了一年。真是叹服我母亲这当家的水平！在我的记忆里，一年吃三次干饭：大年三十、初一、中秋节；吃三次"光米汤"（白米粥）：元宵节、端午节和祖母的生日。一年分两三斤菜籽油，有人来客去才放一点，平常母亲都是用麦草或豌豆草搽锅；煮面条从来不下整根的，只见她抽出一丝面来，放在手心，拇指和食指轻轻一夹，面条就断成了两截。每当这时，我总会急得在灶台前又哭又跳——其实也没人理我！

那时吃油也特别艰难，杀头年猪要把猪边油裹起来或者切成小块腌起来，吃一对年；杀不起年猪的连猪油都没得吃。植物油只有单纯的菜籽油，而且很少，人均只有半斤左右，也要吃一年。我们队里有一户人家，头一年分了清油 1.9 斤，第二年分了 2 斤，他把 2 斤油卖掉，全家人两年吃了 1.9 斤油！

桥工队有些人爱喝酒，可是没有下酒菜，有人就想了个办法：在河坝里捡一些胡豆米大小的石子，冲洗干净了，放在锅里加盐巴、酱油翻炒，然后装盘，喝一口酒夹一颗石子在口里咀嚼，然后吐出来，下次热热又吃，直到把味道都咀吮干净了，又来炒二遍继续下酒。

那个时候粮食紧缺，哪有多余的粮食烤酒？没办法，酒厂就发明了红苕皮烤酒的技术。但人们都穷，好的红苕皮都拿来吃掉了，削下来的都是坏了、霉了的烂苕皮。因此，烤出来的酒有一股苦味，喝多了要中毒。神皇垭有个裁缝，当场天喝了几碗苕皮酒，还没有走拢屋就死了。

越没有吃的，人的饭量越大。我父亲年轻时饭量大，据他说那时感觉从来没有吃饱过。有一次，单位打牙祭（好像是每周六打一次牙祭），他四两饭、一份回锅肉、一份素菜已经吃完了，有人跟他打赌，赌他再吃五墩（每墩四两）饭、五份回锅肉，赌资就是这顿饭钱。父亲居然轻轻松松地吃完了，可见他当时的饭量！据他说，每周的星期日是最快乐的日子。职工们都放了假，跑到乡下去买红苕、南瓜、白菜等，晚上回来，三五好友自然成堆，围着小柴炉，蒸红苕、烧南瓜或者水煮白菜，再喝一碗"跟斗儿"酒，惬意得很啰。

那一年，阆中城里来了一个远亲，那才是个吃货。大热天，在老院子的场门口，搭了张饭桌，那个时候就已经可以各煮各了。农村人淳朴好客，生活再紧张也要把客人招呼好，于是，你家一碗、我家一碗都端来放在桌子上，客人也不客气，东一碗、西一碗、竟然一口气吃了8大碗！

石家湾有个印，人很老实，有气力，做事不慌不忙，从不懈怠，能吃能喝。家道殷实，人们叫"土肥鳖儿"。1970年左右，公社安广播拉电线，一老友来到他家，谈起：一两年没有吃过"肉荷包"了，他知道老友也能吃喝，就说：晚上我们好好吃顿肉荷包哈。晚上，他把家里的腊肉取来一搭（半边猪6搭肉，无论大小，200斤的猪一般一搭肉有10斤左右），去掉猪皮，将肥肉部分一分为二，再裹上面粉，在油锅里烘焙成熟，一人一个，再加1斤苕皮酒，两个人一顿居然吃喝干净。如果当时有吉尼斯世界纪录，这个肉荷包绝对创纪录。

农村人家，小孩子多，吃饭时又要顾大人又要顾小孩，当母亲的最辛苦。生产队只给一小时的吃饭时间，又要去出工，迟了要扣工分。向家坝有个聪明人，有了个好主意：把一个破碓窝（石臼）栽在门前的院坝里，用土踩瓷实，把碓窝洗干净。吃饭的时候，把饭倒在碓窝里，三四个孩子围在碓窝周围用手抓食。大人吃好了就上工，也不必管孩子们吃到啥时候，真是省时省力！

吃，有时能改变命运，决定生死。我岳父曾跟我讲，过去土匪绑票后，要在山上做一餐饭给众人吃，观看你的吃相。那些一上桌子就按着鱼肉吃的定是穷人，那些斯斯文文尽拈些青菜萝卜吃的定是发财人，土匪以此断定贫富，确定索要赎金的多少。前面提到的印的爷爷也是老实人家，过去与人打官司，带了几个粑红苕，来在县衙，案子没有审结，已是下午。老人家请示县太老爷："大老爷，我急急忙忙赶来打官司，一天没有吃饭了，请你允许我吃点饭吧！"说毕，拿出粑红苕，盘腿坐在大堂上，自顾自地吃起来。见此情景，县官不禁叹息："这么老实巴交的人哪会作奸犯科？"不由分说把对方判了个输道理，赔了他10两银子。

解放前，向家坝有两个兄弟大财主，一个叫向君实，一个叫向尧荣，不仅有长工伙计数十人，而且有私人武装。据说两兄弟打架，都不用亲自动手，双方卫士、长工摆开机枪、步枪抢山头、占阵地，可见其家产之大。但是吃饭却相当节俭，每天晚上喝酒，下酒菜是一枚咸蛋，但这枚咸蛋要下三晚上的酒，每晚三分之一。

包产到户之前，为了"不忘阶级苦，牢记血泪仇"，每年生产队都要组织社员吃"忆苦饭"，一般是在腊月三十的上午吃。采摘一些刺沟苗、奶浆菜、野胡萝卜、地丁草、红苕叶，加上少量红苕粒，勾点高粱面、玉米面芡，黑糊糊的一锅，每家派一个人去吃。先前，一些人边吃边走，然后回家就给喂猪了。后来规定，必须在当场吃完；还要当场发表感言。孩子家不知道"忆苦饭"是个啥味道，以为特别好吃，为了能吃到一碗"忆苦饭"跟大人苦苦哀求或是撒泼打横，终于获得许可。起一个大早，拿上一只大碗，提前就跑到煮饭的地方候起。开饭了，一口饭喝在嘴里，苦、涩、酸、麻、冲五味俱全，咽也不是，不咽也不是，吐也不敢，倒掉也不敢，直憋得眼泪水顺着小脸包儿流淌，直等到别人都吃完了，自己还没有吃到两三口，最后在别人的"嘲笑"中慢慢地溜回了家。从此以后，再也不去吃那"忆苦饭"了。

小时候，最喜欢做的游戏之一就是办"锅孔宴"，但这项游戏是带着极大风险的，被父母知道了是要打屁股的。所谓"锅孔宴"其实就是野炊。高档的锅孔宴是在家里拿一只瓦罐，偷点米，跑到上山煮"罐儿饭"，若能加几片腊肉煮成"油米汤"，那更是野炊中的上品。我们一般都只能偷偷摸摸地办最低档的"锅孔宴"：在房檐上取一匹好点的瓦片，洗干净，在地里偷挖几个红苕切片堆码在瓦片上，用桑树叶或桐树叶盖严实，再用泥土覆盖。在地上挖一个小漕作灶，瓦片放在上面，用火蒸烤，熟了就大家分食。虽然一人可能只有三五片，但那香味简直不摆了。当然，谁人拿瓦、哪个挖苕、哪个捡柴、哪个烧火，就连哪个带火柴都有明确分工，简直就是分工协作的典范。

改革开放前，场镇上、城市里一般只有一家饭馆——人民食堂。吃饭要粮票，粮票分全国粮票和地方粮票，出了省就要用全国粮票或者当地的粮票，否则，就要饿肚子。农村人没有粮票也可以带一碗大米，吃多少就用大米换，然后补给食堂加工费。我们当时进城、赶场，要吃饭，最时髦的是面条下干饭——一小碗干饭就着一小碗面条，吃得又爽口又实惠，末了，还可以免费打碗面汤。二十世纪八十年代初期以后，私人餐馆如雨后春笋一般开起来，特别是乡镇和城乡接合部。这些餐馆卖的也简单，包子、面条、抄手，稍微高档一点的就是会炒几个家常菜。老百姓评判的标准也简单：量多、肉肥、油水多。二十世纪八十年代中期的某一天，我在城里办事，住在政府招待所。那个时候不兴什么单间标间，一间房四架床。另外三个是大小伙子，比我年长得多，好像是某某乡的乡干部。那时，刚刚兴起喝啤酒，喝啤酒仿佛是一种成功人士的表现。晚上，他们三人卖了食品，掀开被子，就在篾席上铺几张报子，摆上花生米、豆腐干、卤肉等，一人两三瓶啤酒，整得乌烟瘴气。他们一边吃喝一边海阔天空地吹牛，一会儿就说到吃上来了，开始对他们乡场上的饭馆的饭菜开展嬉笑怒骂的评价。不愧是有知识、有文化的年轻干部，居然你一句我一句地编起了顺口溜。一人说："某某场，地势好，南来北往人不少。"

另一人吃一片卤肉，放下筷子，赶紧接起："馆子开了七八家，细听我来表一表。"

另一人仰头喝一大口啤酒："'对又来'的尽尽瘦，'天然居'爱用母猪肉。"

"'美味佳'的烧白又肥又厚。"

"'厨霸王'的肘子一枝独秀。"

我倚在床上，也无心看书。几次想逃脱这尴尬的境地，可是听他们说得妙趣横生，次次都舍不得离开。

"张二姐的面条碗大量少。"

"麻子哥的凉粉奸奸巧巧。"

"郭老头的锅盔酥又脆。"

"宋抄手的包面个个小。"

不一会儿，他们又说到包子上："胖婆娘的包子底底厚。"

"张眼镜的包子光有韭菜莫得肉。"

"二娃子的包子三口咬不透。"

"江婆婆的包子吃得油直流。"

我一边听一边佩服他们的才能，一边强忍着不笑出声来……

说起吃，仿佛有写不完的东西。

人老了，吃不得了！

小时候

上了年纪，总是喜欢回忆。小时候的很多事情依然历历在目。

我出生在公共食堂下户，三年自然灾害结束，刚刚步入人民公社的年代，几个月的时侯父亲参加了路桥建设，长年不在家；四岁的时候正值壮年的爷爷因故去世。靠工分分粮吃饭的年代，没有男人的家庭是悲催的。所以，从小家里就寄予了我挑大梁的重任。我基本上是开始吃饭就开始喝酒、抽烟，开始走路就开始干家务活。当年，我一出生，我婆婆就把我搂在怀里，像心肝宝贝似的稀罕着。生下第一天起就在我婆婆怀里睡，一直到我长到十七岁。我婆婆喜欢睡觉前抽几口纸烟，每当这时她总是鼓励我"娃儿，咂两口"；冬天，老人家用一把铜酒壶装几块炭火，温二两高粱酒，坐在床头慢慢品尝，也要鼓励我"娃儿，抿一口"。渐渐地，我就和烟酒熟络起来。

因为是三代单传，家里在吃的方面好像总是尽量满足我。吃菜稀饭时给我舀干点，吃红苕时给我选光生好看的，逢年过节或杀年猪时吃肉管够，偶尔给碗里加几滴生菜油，饭面上黄澄澄的，增加我的食欲。最高兴的莫过于代大人去"坐席"，既好玩又好吃，更重要的是有身份感——别的孩子一般是不会有这种待遇的，当年想吃顿荤腥那是多么的不容易，所以一般都是家里德高望重的人才能去参加宴席。不亏吃，不亏穿，该做的活路必须做，这就是我婆婆的教育理念。两三岁，刚晓得走路，大人就给我个篓篓和一个篾板板，安排我到田边地角去挑猪草；还没有灶台高就搭个地板凳洗碗；四五岁，大人把食材（红苕、酸菜、玉米面等）准备妥当，到了时间，我就烧火做饭。后来捡粪、砍柴、做家务、干农活，样样都叫我去干。大人给安排的工作，如果我没有干好，轻者是一番唠叨、一顿臭骂，重者就是扫把或黄荆条子随手打来，不听你任何解释。但是，如果干得好，我婆婆会满心欢喜地给我煮碗面条或煮个鸡蛋，最差也要给我焐个把红苕。我读小学时就学会了篾匠，用竹子编织一些简单的用具：背篼、篓篓、撮箕、筲箕等，读初中时就干一些木匠、石匠的活路。

时间如白驹过隙，眨眼工夫几十年就过去了。人生就是一段旅程，有快乐，更有烦恼。且随着年龄的增长，生活内容的增多，辗转中我们已过了懵懂的童年，逝去了美妙的少年，远离了希望的青年，告别了奋斗的中年，步入了知天命的时期了。无忧无虑的时光过去很远很远，留下的是一个个叫过去、曾经的名词，以及一些个五味杂陈的回忆。

然而，我总是能够从过去里捞出一些叫作故事的东西。

最初，我是在我婆婆的怀里做着"斗虫虫"的游戏、在"咯咯咯"的笑声里长大的："斗虫虫，咬手手，芝麻杆杆憋斗斗。爷爷拿棒棒，婆婆照亮亮，呗喂，飞了，又来了。"

后来，小朋友们坐在屋檐下，排成一排，"数脚脚"："盘盘脚脚，烧个馍馍，馍馍跑了，落在西河。娃娃捡了，交给外婆。"

或者在竹林里、树荫下扯起奶声奶气的喉咙背妈妈教的童谣："排排坐，吃果果。你一个，我一个，妹妹睡了留一个。"

"张打铁，李打铁，打个剪刀送姐姐。姐姐留我歇，我不歇，我要回家打毛铁。"

稍大一点，就玩跳房、抓子、丢手绢、滚铁环、老鹰抓小鸡、斗鸡、藏猫猫等游戏。那个时候，没有网络，没有手机，没有游戏厅，孩子们玩的都是健康向上的游戏，一个个精神饱满、生龙活虎。院子旦的小朋友很多，和我一般大的小孩子有十多个，我们经常在一起闹腾得天昏地暗。

我那时最喜欢玩的莫过于过家家、"逮舅舅猫"。

过家家我们叫"办席"：小孩子善于模仿，学着大人的样子扮演爸爸妈妈，串门，请客，招待客人。不论是院子里、田埂上、竹林边，几个孩子各自在地上划出属于自己的家，用白石子当肥肉，用红石子当瘦肉，用小石条当排骨，用小石片当烧白，用野葱子当粉条……用树叶、瓦片当盘子、饭碗，用木棍当筷子，九碗十碟像模像样地摆在地坪上，然后请客人来品尝。还要评比，看谁做的花样多、品相好。最后假装吃饭，假装喝酒。在"哼哼香香，哼哼香香"的嘻嘻哈哈声中，两只小手把那些"美味佳肴"一扫而光。那叫一个快乐啊。

"逮舅舅猫"最好耍。先选出跑得最快的两人当队长，再由队长按次序选队员，两边一样多的人。各自选一块地方当营盘（一般都是挑一垄竹林或者在山坡上占一小块高地），一人负责守营，其余的队员轮流出动，一个跑一个抓，抓住一个押进营里，直到抓完对方人员为止。几场下来，一般都弄得汗流浃背、灰尘满面、精疲力尽。

那时，我们也玩一些智力游戏：走五麻子、猪蹄壳、狗卵坨。把牛放在山坡上，背篼一扔，在石板上或者泥地上画上阵图，捡几颗旱螺蛳，背朝上的叫"麻子"，肚皮朝上的叫"面"，两个人席地而坐，一人麻子一人面，就开始厮杀起来。

上小学的时候，偶尔玩一些带赌博性质的，打"抗美援朝保家卫国"的牌九、扇烟牌、扇火柴盒等。我这人一辈子赌运不佳，逢赌必输。每年春节，只要父亲在家，总要给我一角、两角或者一元两元的押岁钱。然而，一般到不了正月十五，除去买火炮的，基本上都被我输掉了。"文革"期间，物资匮乏，我父亲从外面弄了一箱火柴，放在床顶上。我为了跟小朋友们玩扇火柴盒的游戏，输了就去撕，到最后，火柴盒没了，剩下半箱火柴棍。最终被大人发现，那一顿饱打……还跪了一下午的踏脚凳。

我从小胆子小，家里教育严，不剐烦，不做糗事，但也见过剐烦的娃娃。有一年春节，我们在外面玩累了，发现有一个集体的粪坑，上面结了一层厚厚的粪壳。我们有的站在粪坑边上撒尿，有的蹲在粪坑边上拉屎。有个熊孩子偷偷地从荷包里拿出一枚大爆仗，点燃后直接扔在粪坑里。突然，"嘭"的一声响，粪水四射，干的、稀的搞了众人一身一脸。最可笑的是有两个小朋友被吓得掉进了粪坑里，喝了不少的粪水。大家的新衣服也变成了臭衣服。等大家回过神来，准备找他算账时，那家伙早已跑得无踪无影了。

还有一次，我们在菜地里扯牛草，地里结了不少的南瓜、笋瓜。有个剋宝娃娃用镰刀把南瓜挖开一个洞，在洞里阿泡屎，再把切下的那块南瓜合上去。过了几天，生产队的饲养员摘了南瓜去喂猪，一刀砍开，臭气熏天。饲养员气不过，站在马路上向村里骂了半天的街！

但我有时一根筋，不明白的事情总想弄明白。记得有次，听几个大人在谈论动物的水性问题，说是"狗浮三滩，猪浮四海；猫儿下河，尾巴两摆"。我将信将疑，忽然记起集体蚕室养了一只猫，我赶紧跑云，抓起来丢到一只装满水的大皇桶里。只见猫儿在水里拼命挣扎，几乎快要淹死了，才被大人救起。为这事，有人说我像根弯柏树一样，三捆豌豆草也扦不抻展。晚上，在婆婆的唠叨声中、在母亲的泪花里，我饱饱地吃了一顿"竹笋炒肉"。

那时候白天上学，晚上做游戏，满院子乱窜，嘻嘻哈哈。老队长实在看不下去了，就站在朝门子上吼："毛狗有个洞，喜鹊有个窝。这一晚上还在欢喜啥子？喝了喜宝儿的尿吗？"这时，大人们才开始喊自家的小孩，我们也在不情不愿中灰溜溜地跑回家去。

小时候，最爱吃的零食是爸爸带回来的饼干和糖果。平常，基本上没有什么零食可食，供销社卖的古巴糖还要凭票购买。有时不煮夜饭，母亲就切上一小块，放在嘴里慢慢地咀嚼，然后带着甜甜的惬意入睡。只有父亲回家探亲，每次都给我们带点糖果和饼干。这时，基本上全队的小朋友都会聚集在我家门前，母亲会挨个地给他们发糖，每人两颗三颗，人人有份。那水果糖甜味纯正，吃起来咯嘣响，回味悠长；那饼干又酥又脆，略带焦煳味，香甜可口。长大了，也吃过不少的糖果和饼干，可惜再也没有那种味道了。

小朋友们为了解决嘴馋的问题，发明了一种叫"凑"的游戏。每隔几天，小朋友们就聚在一起，偷偷地拿来家里的好吃的东西，你拿一块咸菜，我拿一块锅巴，他拿一块自家做的豆豉；有拿玉米馍馍的，有拿豆腐干的，有拿熏红苕的，等等。所有东西放在一起，大家一起品尝。你一口我一口，人人有份，不分彼此，不讲亏欠，真是一种"儿时共产主义"，叫人回味无穷。

最喜爱的书是一本《三国演义》。记得是小学刚毕业的时候，有人拿了一本页面焦黄，前后封面都没有，缺页少码，从中间断开了的书，说是《三国演义》。竖行版的，繁体字。我借来看了几天，爱不释手。虽然很多字不认识，但尚能读懂意思。接连看了两遍，可惜不完整，下决心一定要弄本完整的读读。天意冥冥，几年后的一天，我送父亲返单位（其实是父亲带我进阆中城见世面）。那时候阆中到成都的汽车开得很早，父亲怕我一个人晓不得路出城，就给了我两元钱，把我寄放在他阆中丝厂的一位朋友那儿。晚上我发现叔叔的床头有一套七八成新的《三国演义》（上下集），激动不已，挑灯夜读。叔叔见我如此喜爱，就说："夜深了，睡吧。如果你喜欢它，我就两块钱卖给你。"我一看书的原价是二元四角，我两块钱买来还划算。第二天，我给了叔叔两元钱，把书用报纸包好，高高兴兴去赶船。下了河坝，才记起身无分文。于是又硬着头皮跑回去找叔叔。他见到我后很诧异："怎么，要反悔？"我说："不是。借给我两分钱坐船吧？"叔叔笑了笑，给了我两分钱。

最惨痛的事情是被马蜂蜇。那个时候农村野蜂子特别多，什么狗屎蜂、长脚蜂、葫芦蜂等。最厉害的恐怕要数葫芦蜂了。我不知道葫芦蜂是不是书上说的马蜂、胡蜂，但因为它的蜂巢有的像个大冬瓜，多数像个大葫芦，我们就这样叫它。葫芦蜂能蜇死人的！我就遭过几次蜂蜇，最惨的一次是在上学路上。

那是一个大热天的中午，我和木儿吃过午饭就一路往学校赶。刚走到半道，一群葫芦蜂一拥而上，按着我的脑壳使劲蜇。原来，我们上学路上一棵桐子树上不知啥时挂了一坨葫芦蜂巢，被走在前面的几个熊孩子发现，他们藏在远处用石子和弹弓打它，恰巧我们经过，蜂子报仇找错了对象。我痛得大喊大叫，把脑壳浸在水凼凼里。一会儿，脑袋就起了四五个大包，再过一会儿，半边脑袋都肿起来了，鼻子、眼窝一般高，简直就像个葫芦瓜。

木儿对我很好，花了一分钱买了两个桃子，我们一人一个，然后把我送回了家。母亲用两个大拇指的指甲使劲地挤伤口，说是要把毒液挤出来，然后又拿醋涂抹伤口，之后就叫我睡了。几天之后，居然没事了。何其命贱如此也！

最勇敢的事情是抓狗。刚读一二年级，我胆子特别大。一天下午，几个小朋友在田坝里玩耍，突然看见一条大花狗在田埂上游荡觅食。邻居家的狗我们都认识，大家盘来盘去一致认为这是一条野狗。于是我们几个孩子决定去抓这条野狗。你往左，我往右，几路包抄，于是人狗大赛开始了。人要抓狗，狗要逃生，都鼓起了力气，拼了命地你追我赶。大家跑了一田又一田，追了一埂又一埂。其他孩子跑累了就不跑了，也有的看见狗冲过来就害怕地主动避让了，只有我太实诚，不要命地追。终于，我追上了大花狗！它就在我的对面，中间隔了一条一米多宽的水沟。见我追来，大花狗已经吓得站住不动了。见如此，我毫不犹豫地扑过河去，想一下子把狗抱住。不想，人太小，腿太短了，一步没跨过，重重地摔在水沟里的石头上，左手肘当时就骨折，害得大人背我到天宫院罗子喈医生那儿才治好。

最愚蠢的事是和动力机比力气。有一年生产队买煤炭，大队的拖拉机拉到辖马口外的公路上，每家出一个劳力去背回来。我跟着母亲去公路上玩耍，一直到天黑。煤炭装完了，驾驶员发车准备走人。那和手扶式拖拉机是手摇式启动，驾驶员用一根"之"字形摇棒使劲搅动。我站在车的另一边，见柴油动力机上的三根三角皮带不住地转动，突发奇想：这样三根小皮带就能带动一个大机器拉那么多的煤炭，我如果把它拉住了，是不是就也有这么大的力气？来不及细想，说时迟、那时快，我一个箭步上前，卯足力气，前弓后蹬，一把抓住三角带……"哎哟"一声，我一头碰在机器上，起了个大血包；右手大拇指在三角带和钢轮之间轧了一圈，皮破血流。机器的力气太大了！

走在最后的只有我和乔林，他把我带到他们家，给我的手指敷上"水蜡烛"（菖蒲花），用一块"片巾子"（布条）包了。回到家里，也不敢跟大人说。婆婆和母亲正在生气，骂我回家太迟了。母亲操起使牛棍就是一顿打，挨了打只有悄悄地睡觉。一晚上脑袋和手指疼痛难忍，我咬紧牙关，硬是不敢哼一声。

第二天下午，拖拉机驾驶员专程来问我母亲我的手指保住没有？母亲才知道我受伤的事情。于是，用白酒洗了洗，重新敷了点云南白药，也不管骨折不骨折、破伤风不破伤风，三五几天，居然好了，一点残疾都没留下。何其命贱如此也！

最后怕的事情是差点被淹死。小时候特别喜欢玩水，但总是学不会游泳，看见别人家的父亲带着孩子们去游泳，更是羡慕得不得了。

一天下午，我在山上放牛，眼睛却盯着堰塘里玩水的人们，心里那个痒痒！太阳已经落下，只等母亲一声"你可以回了"，赶紧牵牛回家。胡乱拴好牛，头也不回地就往堰塘里跑。我婆婆仿佛随时都在盯着我，无论我做什么总是逃不脱她老人家的法眼，回回都逮个正着。这时，又被她发现，晓得我又要去堰塘，拖了根棍子就在后面追。我一边跑一边脱，只等一到塘边，把衣服裤儿一扔，"扑通"一声就跳进水里。

"糟了！"平常齐肩膀的水今天怎么这么深？我眼前一片黄色，脚下踩不到泥土，止不住地大口喝水。一阵紧张，我在水里使劲地扑腾起来。婆婆已经赶到堰塘边，大声地招呼正在洗澡的人们："帮我把筱茅逮起来！"这时，有人才警醒过来：筱茅刚才跳进来的，怎么不见啦？众人纷纷散开寻找，几个人手拉手往深处探寻，一脚把我掂出了水面，另一人一把抓住我的胳膊，把我提拎上岸。我躺在岸边的草地上昏迷不醒，有人提起我的双腿，倒拎着抖动，我开始大口大口地吐水，水一吐，人也清醒了许多。婆婆见我醒了，估计死不了了，照着我的光屁股就是几棍子，众人赶紧拉开，说等会儿再打，还有危险。等婆婆向人们道谢的工夫，我悄悄地爬起来，一溜烟似的跑回了家。

过后，我发誓一定要学会游泳。学了很多次，还是个旱鸭子。直到有一次，在无意之中，呃，我浮起来了！

风　俗

一方水土养一方人，一方水土涵养一方风俗。阆中，作为有2300多年历史的文明古城，自然有其鲜明特色的民风民俗。在故乡生活了几十年，故乡的风土人情颇觉趣味兴然。

相信每个小孩子都喜欢过年，作为农村孩子，我小时候盼过年的感觉特别浓烈。那就让我们从过年说起吧。

年最早可以追溯到周朝，当时人们把谷物生长的周期叫作"年"，确定为人们庆丰收、祭天地、谢诸神的日子。这种日子根据朝代的不同而不同，有时在冬季，有时在春季，有时在夏季。历史发展到汉武帝时期，《太初历》出现，才把年固定下来。

《太初历》确定：以正月为岁首，孟春正月朔日为一元之始（即正月初一为一年的开始）。从此，每年春节的日期都固定在"正月初一"，并沿用至今。

《太初历》的作者叫作落下闳，巴郡阆中人（今阆中市桥楼乡人），是西汉民间天文学家。为汉武帝研制新历，并被汉武帝采纳，称为《太初历》。

正因如此，落下闳被认为是中国"春节创始人""春节先圣""春节先祖"，被世界华人尊称为"春节老人"，而阆中也成了中国的"春节发源地"。今年春节，在故乡看到一则广告"寻春节之源，到阆中过年"，颇耐人寻味。只可惜新冠疫情的原因，2020 年阆中的春节异常冷清。

其实阆中人过春节并不是只过大年三十和初一，阆中人的春节在腊月初就开始了。

冬月末、腊月初，家家的猪儿喂肥了，到了宰杀的时候。生产下户前，农村人口杀年猪，实行"卖一杀一"的政策，即每一农户必须向国家出售一头肥猪，自己才能吃一头肥猪，否则就只能吃半边。常言道："穷不丢猪，富不丢书。"但凡过得去的人家，过年都要杀头猪，哪怕半边也行。这期间，孩子们天天瓣着指头算时间，看还有多少天过年，一边天天唱童谣："红萝卜，蜜蜜甜，渐渐渐渐要过年，儿子想吃肉，老子没得钱。"有的大人也开玩笑，给我们讲"人家有年我无年，提起猪头要现钱。等到将来时运转，天天吃肉都过年"的故事。

转眼到了农历腊月初八这天，家家户户要煮"腊八饭"，用大米、花生、腊肉、豆类、胡萝卜等不少于 8 样的食材，来熬香喷喷的粥，一家人围坐在一起，真正意义上的第一顿团圆饭就这样开始了。

过了腊月初八，家家户户就开始紧锣密鼓准备年货了。碾米、磨面、推豆腐，腌制好的腊肉要烟熏，熏豆腐干、熏红苕等，那时农村灌香肠的很少，偶尔杀只鸡鸭。

忙到腊月二十三这一天，到了祭灶神的时间！传说，灶神老爷是玉皇大帝钦封的"九天东厨司命灶王府君"，负责管理各家各户的灶火，并如实向玉皇大帝汇报该户人家一年来的言行举止，所以对灶王爷的祭拜在农村是一件大事（"文革"期间仍有部分人家偷偷地祭拜）。晚饭后，在厨房的灶上插上三炷香、两根蜡，点燃一个油灯，放上一个猪头，并在灶上贴上灶神像，向灶王爷祈祷家人平安喜乐、衣食无忧。（灶神要上天去开七天会，等汇报完工作，到正月初一子时，又要举行"接灶"仪式，把灶神接回来过年，这灶神真可谓恪尽职守，监视人间做到了寸步不离！这是后话。）

"扬尘扫，春来早。福星多，灾星少。"这是阆中民间流行的一句形容"打扬尘"的顺口溜。"打扬尘"是阆中人迎接新年的传统习惯。腊月

二十四、二十五清晨起来，家家户户便要"打扬尘"，用竹枝绑一个大扫把，将梁柱间的灰尘、瓦格下的蛛网、墙台上的渣滓等尽数清扫，室内室外打扫得干干净净、亮亮堂堂，顺便也把家具洗刷一新、灶门前的柴灰扫除干净、墙壁门窗的破损修补完好，以新气象迎接新年的到来。这项工作，有时一家人要忙上一整天。

接着，就是打阴沟。用锄头撮箕将房前屋后的水沟、阶檐下的垃圾、浮土、杂草等铲除，平整修葺一新。这一项工作和挣坟一样，因为要"动土"，所以要选日子，要交了"大寒"以后才能做，如果那年的大寒在春节后，则节前一般不宜做。

在忙碌中，虽然是大冷天，要记着大人小孩要在年前洗一次澡。阆中的儿歌有唱："二十七，洗病疾；二十八，洗邋遢；二十九，洗毛狗。"千万不能在三十夜洗，有个俗语："三十夜洗克膝头——撞嘴。"

这一阶段，各家各户的主妇们，都在忙碌着制作零食：油炸果子、麻花、馓子，煮涝糟，吊汤元，炒花生等等。当然，家庭贫富有别，境遇各异，物质准备的档次差别很大，但都是在尽心尽力，期盼着来年好运。富有富的做法，贫有贫的准备。再贫穷的家庭，也要炸一些"猫耳朵"、红苕丸子，或者炒半升玉米花。这些都是人们一年到头的期盼与祝福，更给孩子们带来那永远难忘的欢乐。

到了腊月三十日、除夕这天，开店铺的要结束生意，关门后，要在印章盒上贴上写有"封印大吉"字样的封条，在钱柜上、货架上乃至门板上都要贴上这类吉利的红色封条。农村人这一天基本上不做农活（人民公社年代，有几年要做一上午农活，下午放假），男人们首先要去给亡故的亲人坟上撒上新土、除去杂草，名曰"挣坟"，然后就忙着糊灯笼、贴对联、请门神等，女人们忙着煮饭菜。这天的饭菜是一年中最丰盛的，在农村要有猪头肉、猪坐墩，表示"有头有尾"；要有肉丸子（当年为了节省，我母亲常常参合豆腐和小葱、韭菜做成肉丸），表示"团团圆圆"；最好要有鱼，那些年成，农村人吃不起鱼，就做一碗鱼豆瓣汤做代表，表示"年年有余"。

其实"年夜饭"本来应该晚上吃，饭前还要拜祭祖先，放鞭炮。现在的"年夜饭"一般都在中午吃。拿出最好的酒，肉切得又大又肥（听说我爷爷当年就喜欢端一碗又大又肥的腊肉，到各家各户去比试，看谁吃得多）；全家人要力争齐全，实现大团圆，远道的要努力赶回来参加；如果有分家立户的，这天也要弟兄姊妹和父母一起吃。一桌坐不下的要"摆长席"，图个团圆吉庆。这一餐饭吃的时间较长，这一天，一般不走亲戚，没有客人，饭桌上都是自家至亲的人。孩子们边吃饭边放鞭炮，大人们边劝酒边摆龙门阵。饭后，男人们就要写符纸，现在，写符纸的很少了，都是直接拿上纸钱在坟陵里或者十字路口烧化。近年来，国家提倡绿色环保，烧化纸钱的也少了！一到夜晚，家家门前的灯笼都点起来，没有灯笼的也在窗台上放一盏煤油灯，喜欢音乐的也会拉一曲二胡、吹一阵唢呐，后来有了收音机、录音机、电视机等，各家各户都把音量开到极致。

三十夜晚上讲究吃抄手，阆中人叫"包面"，与江浙的馄饨相似。大多是猪肉馅，加上一些葱、芹菜、韭菜之类。面皮是手擀的。阆中女人手巧，擀面和做鞋、绣花一样是基本功。案板洗净，白面（有时要加豌豆面）加水，使劲搓揉，和得把硬适度。先用一尺多长的短擀面杖擀压，再用四五尺长的长擀面杖擀压，每擀一次要撒上灰面、变换方向，不一会儿，一张黄澄澄的、又薄又皮实的面皮就擀好了。要吃面条就切丝，要包抄手、饺子就切块，当然，做面条的面皮和做包皮的面皮是不一样的，这些女人们在擀面的时候就掌握了。

阆中人有除夕守岁的风俗。晚饭后，家家户户搭起火盆，没有火盆的也用烂锅、烂盆之类，点燃提前准备的树头、竹疙瘩等耐燃的柴火，周围摆起椅子、板凳，不论老幼，聚在红红的火堆旁，喝茶饮酒吃零食，谈天说地摆龙门阵，共享天伦之乐。后来有了现代电器，有了春节联欢晚会，大家更是彻夜不眠。一到子时，家家户户鞭炮齐鸣，叫"开门炮"，辞旧迎新都在这一刻，整个山村被烟花爆竹所笼罩，地上响声震耳，空中五彩缤纷。卯时（5至7点），要放开山炮，家家户户争相放大炮，预示着来年红红火火、人寿年丰。

正月初一讲究早起，谁这天起得早，谁这一年都会起得早，有奔头。早饭一般吃面条，现在还时常回味当年母亲做的臊子面，那才叫个香啊！那臊子不同于岐山臊子，也不同于杂酱臊子。猪肉切丁，下锅翻炒，炒出多余的油脂，加入姜、蒜、花椒、豆瓣等，炒出香味，倒入油炸过的豆腐丁、胡萝卜丁、白菜等翻炒，然后加水烧沸，勾芡适量。面条煮好装碗，淋一勺臊子，不咸不淡，香气扑鼻。

吃了早饭，小辈给长辈拜年，长辈给小辈发压岁钱（后来也有三十夜晚上给的）。然后穿上好衣服，带上零食，邀邀约约成群结队去赶场，去保宁府，看大戏，逛闲街。

在我们农村，当年还有抢银水的习俗，人们争相早起（一般在寅时）担井水，称为抢银（寅）水。传统认为，谁最早担回水，谁这一年就会金银满贯、兴旺发达。

正月初一这天的禁忌很多，比方说，不能说不吉利的话（吃饭不能说"吃完了"，要说"吃好了"；不能说"死""病"之类的词），不能打坏碗、盘子之类，不能扫地倒垃圾，女人不能做针线活，等等。我们那儿还有正月初一炒玉米花的习俗，说是这一天炒了玉米花不生头疮，生了头疮的也会好。

正月初二起，嫁出去的女儿带上新女婿回娘家拜年；人们开始走亲戚访朋友，迎来送往，互相拜年。

大集体年代，有些老农这一天就开始干农活了：挖棉地、淘沙坑、修地垄、修补农具；有些老人开始做善事：修缮道路、砌补桥梁、修哨台、淘水井等，但大多数人们仍然在过年。春节老人开始赐福，春倌开始说春，送财童子开始送财。

过去，在阆中街头，经常会看到春节老人赐福。大年初一到初七，在阆中古城的大街小巷，有数位健康慈祥的老人身穿红色的汉服、头戴中式帽、手执竹筒或者赐福的旗幌，装扮成春节老人，迎着鞭炮声和锣鼓声，频频作揖向人们拜年，沿途给小孩子发放装压岁钱的红包和赐福字，祝福吉祥。此时，他们的口中会喊着"春又来、节又到，春节老人给大家赐福了"，或是说着"春回大地，万象更新，古城阆中欢迎八方来宾，祝福大家春节乐游千般好，健康快乐万事成，春节老人给大家拜年了！"

春倌说春：春倌说春是春节期间阆中特有的民间说唱风俗，说春艺人身穿蟒袍，头戴冠帽，一手木雕春牛，挂着孝春棒，一手敲打两片竹片，嘴里唱着吉祥如意的歌谣，寓意主人家吉祥如意、来年风调雨顺。一般都是即兴演唱，见啥说啥。比如一进大门："一进门来喜气生，神仙送宝马驮金。此处本是兴隆地，天赐摇钱树一根……"如果先看见主人，道声："恭喜恭喜三恭喜，我说一个恭喜就大吉。远望财门九重开，富贵荣华都占齐……"其实，春倌说春最早发祥于春秋战国时期的王室。因古代农耕生产的发展对于国家的稳定和强大具有十分重要的作用；而农时节令又是指导农夫耕种的物候依据，所以，官府对春倌说春极为重视，专门设置春倌，用群众喜闻乐见的说唱形式把记载时令的春帖送到千家万户。在清朝和民国年间，每年立春这一天，州府县衙都要分别举行隆重的送春仪式，其做法是在城郊先开春倌会，现场说春表演，烧香祭天，祈祷风调雨顺、五谷丰登，再由府官、县官亲自握犁赶牛，犁地三个来回，亦表示官府重视农业生产，这种仪式一直延续到1949年。

打春牛："迎来芒神，鞭打春牛，一打风调雨顺，二打五谷丰登，三打六畜兴旺……"一人系犁，一人掌犁，边耕边舞，为阆中古城增添了浓浓的年味，也表达了阆中劳动人民对美好生活的热爱、向往和追求。

送财：正月十五以前都是送财的日子。艺人头戴宰相纱帽，身穿红色蟒袍（后来有的用一张红色长围腰代替），足蹬元宝，打扮成送财童子模样。手拿一只马锣，一边敲击一边说唱，不外乎夸赞主人家荣华富贵、风调雨顺之类。比如一进大门就唱："马锣儿敲得圆又圆，我给主家拜新年。童儿送财来。"然后踏进院子，又唱："一个院坝四只角，又养鸡来又养鹅。鸡儿下蛋千千万，鹅儿下蛋撮撮箕。童儿送财来。"抬脚蹬上阶檐，又唱："主家好座大瓦房，金柱银磉玉作梁。女儿嫁到公侯府，儿孙个个坐朝堂。童儿送财来。"见啥说啥，如此等等。把一家人哄得舒舒服服、喜笑颜开，围观的街坊邻居拍手叫好。这时，主家拿出一点麻花、馓子等点心，斟一碗茶水，招待送财童子，然后奉上一个礼封封，以示感谢。礼行一般不是很多，二十世纪八十年代我在农村时，大多给的五角、一元。送财童子一般不久留，简单喝两口茶水，又匆匆去赶下家。二十世纪九十年代以后，送财的风俗逐渐消失。

阆中人过年，不仅人要过，就连动物也要过年。民间有"一鸡二犬，三猪四羊，五牛六马，七人八蚕，九龙十虎，一壁（虎）二鼠，三猫猫，四纥蚤，五臭虫"之说。意思是正月初一是鸡过年，初二是狗过年，如此类推。如果哪天天气好，就表示来年就出哪样动物。

说起动物过年，也有一些讲究。轮到那种有益的动物过年，主妇们总是要给它做点好吃的，特别是正月初五牛过年，更要慎重对待。这天要给牛儿煮饭吃。用米头子、胡豆、豌豆等食物混在一起，煮得稠糊糊的，用脸盆盛了给牛吃。集体时候，这一天还要开会"评牛"，看谁家的牛养得好。到了正月十二老鼠过年又是另一番景象：人们从床上爬起来，甚至顾不得洗脸吃饭，大人小孩手上拿个榔头、镰刀、棒棒等东西，对着每根柱头的根部进行敲击，边敲边说："正月十二敲柱脚，耗子窝儿往下落。"家家户户都传出来"啵啵啵，啵啵啵"的敲击声，煞是有趣。

到了正月初七是人过年，这才是真正意义上的过年，是年中之年。这一天，要吃好的，要喝酒，基本上是年三十的翻版。到了晚上，小孩子们成群结队到河坝、山坡、竹林里，打起火把，扯起喉咙高喊"逮贼哟！""抓贼娃子哟！"。据说，人过年这天这样做了，当年就没有贼人光顾了。

到正月十五才是元宵节，要吃元宵（汤元），我们那时叫"过小年"，有的地方叫"过大年"。正月十四要提前庆祝，又是吃肉喝酒，场面要比三十夜小得多。十五的早上要吃元宵，那些年农村几乎没有见过啥叫元宵，我们都是吃抄手（阆中人叫包面）代替。十五的晚上要耍花灯，那也是城里人的游戏。

从正月初一到十五，城市乡村都要安排文艺节目。公社要组织各个大队表演文艺。有演川剧的，有演样板戏的，有唱歌、跳舞、打快板、打金钱板、打钱棍、说相声的，有耍牛灯竹马的，也有踩高跷、耍龙灯的。当年我们大队的川剧演得好，记得有《桂英打雁》《柜中缘》等。

《阆中县志》记载，阆中自古有正月十六游百病的习俗。传说这一天登高游走，就会将身上的病灾祛掉，一年四季健康通泰。歌谣有云："正月十六'游百病'，游了百病不生病。"这一天，不论城市乡村，老百姓都纷纷举家出动，踏青登高，享受传统民俗"游百病"带来的身心愉悦。1949年以后，这一习俗被逐渐淡化。2019年正月十六，阆中人民重拾这一历史文化传统，市政府组织，在滕王阁、河溪关、老观场等地举行开游仪式。当天，城市、乡村人山人海，蔚为壮观。我有幸目睹了这一盛景，禁不住作诗一首：

此日一游百病祥，春郊处处舞霓裳。

九十里路人不断，锦屏山到老鹳场。

盖阆中到老观九十余里。

二月二，龙抬头，这天要忌用针，怕它会扎伤龙的眼睛。二月二正遇"戊"日，称大戊，阆中人叫雀儿戊或雀儿会，有忌戊的习俗。要炒爆米花，说是炒了爆米花，雀儿瞎眼睛，不糟蹋庄稼。忌动土，不做农事，不允许进庄稼地，说是这天进了地雀雀要啄粮食。有踏青转山的习俗。三五老农，顺着田坎地轮看庄稼。有的农户习惯在房前屋后撒石灰或草木灰，边撒边念"二月二，龙抬头，虫蚧蚂蚁往外游"，以期盼屋内不生虫。过了这一天，年就正儿八经地过完了，家家取下灯笼，收拾起来，来年再挂。

年过完了，开始过节。除开元旦、五一、六一、七一、八一、十一等节日，老百姓过去过的还是旧历（阴历）的节日，当然，更不会过现在的圣诞节、光棍节之类。

年后的第一个节就是清明节。清明节是祭奠祖先、缅怀逝去亲人的节日。据说，解放前的清明节非常热闹，各族要提前选出"会首"，各家凑钱凑物，在老坟陵里办大会，做十大碗的席，有的还要唱大戏，演皮影或木偶戏。族里有啥子打捶角逆的事情也在老祖宗的坟前解决，有偷鸡摸狗、作奸犯科的，也在老祖宗的坟前进行家法惩戒。

即使族里不统一组织，小家族也要邀约能去的后人，带上香烛纸钱、食物供品，到坟墓上去祭拜祖先。带去的食物多为现成的干菜、凉菜，再有一些凉粉、凉面、饼子、锅魁等。解放前，大户人家会常用一种方便提走的几层饭盒，这也是全家老小到郊外去作一次缅怀逝去的亲人的春游，讲究的发财家庭还有请厨师、包席桌，挑着担子去扫墓的。

孩子们早就盼着这一天了，有吃有玩，还可以放风筝，在坟坝里奔跑，有多开心啊！

"文革"期间移风易俗，这一习俗被停止了，直到改革开放后，才逐渐兴起，只不过形式已经简单化了。后人们在亲人坟前点三炷香，烧两支蜡烛，在坟头挂点纸钱，扫扫墓碑，放一挂火炮，就算礼成。

清明扫墓不一定要在清明节当天，一般在清明节前三天即可，但不能在清明节以后。

阴历四月初八，据传是佛祖的生日。这天有"嫁毛虫"的风俗。城市人家要用露水调墨写些小红纸条，上写"佛祖四八生，毛虫今日行，嫁到深山去，永远不回城"等话，贴在门上；农村人家，清早起来就用高粱扫把扫门框门槛，一边扫一边念叨"嫁毛虫，扫毛虫，毛虫扫尽，无影无踪"。也有人走到田地边，用树枝在庄稼上轻轻地拂扫，嘴里念念有词。据说，这样做可使家里面和庄稼地里没有毛毛虫的侵害，五谷丰登。

五月初五是端午节，阆中叫端阳节，又叫小端阳。这天，在南方，家家都要吃"粽子"、挂菖蒲。然而，阆中不产粽叶，加之这个时候家家户户陈谷子已经吃完，新谷子还没有成熟。所以，阆中人遵循时令，有啥吃啥。

这时，新小麦刚收割，早产的蔬菜也陆续上市，于是阆中人就在这天蒸馒头、蒸包子、蒸烫面饺。这天，家家户户的门上要挂艾叶——在农村，人们早早地上山去割很多的沉艾，据说晒干后给小孩子洗澡，能预防生疮。这天，主妇们找出保存的酵面团，捣碎后用水浸泡，然后调入面粉搅拌搓揉发酵。过去农村穷，有时一块酵母面就像奥运火炬一样一家一家地传递，最后传遍全村。包子馅是用南瓜、豆角、白菜、豆腐加少许腊肉制成的，也有用大米饭做馅的。这一季节正是苋菜疯长的时候，有的家里就用苋菜做陷，咬一口一包红水，满嘴"流血"。不会包包子的就做一种叫"鸡沟子"的食品，做法和包子一样，只是不用包成圆形，而是将面皮对折，做成一个半圆形，胀鼓鼓的像个鸡屁股。嫌麻烦的也许会做烫面饺，做法比包子更简单。面粉不用发酵，用开水烫熟和好，擀成皮，包上馅，和鸡沟子一样的做法，蒸熟即食，其味道醇美有劲道，回味无穷。

人们在蒸馒头、包子的同时，手巧和有闲心的人家会制作一些面斑鸠、面麻雀、面老虎之类的"艺术食品"，交给小朋友一边赏玩一边吃。我小的时候，家里人嫌麻烦，端午节不蒸包子、不蒸馒头，就炕一碗肉盒包算是过节。有一年，邻居家给了我和妹妹一人一个面麻雀，那稀奇又激动的心情至今难以忘却，一直舍不得吃啊……那时，有些人家还要蒸一只大大的面猪，抱到辖马口外的猪老爷石庙去祭献，以保佑家里猪儿肥壮、不生病、六畜兴旺。

这一天，还要吃雄黄蛋，喝雄黄酒。酒碗里剩下的雄黄，就涂抹在孩子们的头顶幸命子、后脊窝、胳肢窝、肚脐、耳心、大腿根等处，最体面的是用雄黄在额头上写上个大大的"王"字，说是这样可以避毒，免虫伤。

最热闹的还是嘉陵江上的划龙船。阆中有端午节划龙船的习俗，几乎年年举办——"文革"期间也有举行——两岸河坝里搭满了彩棚，锣鼓喧天，人山人海；河上有一只只大彩船，张着彩棚，敲着鼓乐，在江面上施放鸭子（还要给鸭子灌上酒，使其老向水下钻，不易被捉）和彩球（解放前把杀猪、牛时取出的膀胱，吹胀后着上色）；最活跃、最风彩、备受众人关注的还是那一只只神采飞舞、斗志昂扬的龙船，船首龙头高昂，船后龙尾活泼，船员一个个身强力壮，头扎英雄巾，身着各色泳衣，手持整齐的木桨，在一个打扮特别的、经验丰富的、高立船头的头领伴着鼓点舞动着双手的指挥下，奋力向前划桨，并跃跃欲试，适时跳入水中，去追捉刚刚投下的鸭子或彩球，常常是几只龙船奋追着同一目的物，紧张激烈地在水上嬉戏，两岸的欢呼、喝彩，声音此起彼伏，响彻大江。

五月十五叫大端阳，小时候穷，很少过。其实，过去阆中有一个传统习俗那就是五月大会，即每年阴历五月十五日前要在县城的南岳庙举办盛大的庙会，会期七至十天。这南岳庙在古城东郎家拐街北头，大殿外有一广场，这是举办大型群众活动的好地方。大殿上佛像庄严，金碧辉煌，殿下众僧念诵，广场上两边是各行各业自行搭建的各自的"公所"，一个个席棚，供该行业宾主观光休息之用。四面八方的朝拜者、进香者络绎不绝，日日夜夜，闹腾数天。最热闹是最后这天，五月十五日的"出神"：举行盛大的全城大游行。人们拥着花灯，举着旌旗、仪仗，抬着神像，先城内后城外，绕全城大街游行。游行人群中除舞龙耍狮外，还有打八仙鼓的队伍，每人头扎毛巾，身穿中式背心，左手握一只带长木柄的皮鼓，右手高举鞭子，合着节拍敲打，非常雄壮；还有踩高跷，耍社火，一边走一边表演节目，都是一幕幕传统的戏文，五彩缤纷，美不胜收；还有鸣锣开道，"肃静""迴避"的牌子；还有开路的鬼怪，还有举着二十四像的銮架仪仗队，最后才是抬着金顶黄盖的神像大轿，真如帝王出行一般。其实，轿子里抬的是瘟祖菩萨，又叫瘟祖大帝，是专司人畜疾病之事，这时人们特别祭祀它，是在这每年疾病多发期到来之前的初夏时节，早作祈求。人们游行之后，要在瘟祖庙里祭拜，然后将纸扎的瘟祖神像烧毁，送神仪式才告结束。

有的年份，水旱不均，有时五六月间，如遇天旱，春夏祈雨是全民的一件大事。求雨的方法很多，烧山、开山门、耍水龙、唱大戏、求神等等。城里的大老爷也要为民祈福，设坛祭祀是传统的方式之一。若神认为久旱不雨的原因是鬼王"旱魃韩林"作乱，则祭祀完毕时，便要捉旱魃，又叫捉韩林，用人扮成旱魃，沿街乱跑，边跑还边抢街边吃食，后面的人去追捉，跑遍几条大街后，终于捉住了旱魃，然后把它关在准备好的大牢里，大牢是用纸扎制成的，里面还有一个纸扎的鬼王被捆着呢。而在农村一般由地方保甲或贤达组织乡民在高山顶上燃烧大火叫"烧山"或者去挖掘地穴叫"开山门"。小时候，如果久旱不雨，大人们就叫我们小孩子们打个光胴胴跑到田坝里去吼："打旱魃！打旱魃！"

六月六晒衣服。阆中人勤劳节俭，半丝半缕恒念物力为艰，一件衣服要穿好几年。到六月初六日，家家户户要把冬天的棉衣、棉裤、毛衣、绒裤、棉鞋等统统拿出来，晾晒一番，除霉防虫，收拾好后以备过冬。这一天，我们那儿还有个习俗，就是将草木灰撒在石板上，把手板或脚板印在草木灰上晒，说是这样晒了可以防止蛀手蛀脚（手脚癣）。

农历七月初七叫七夕，又叫乞巧节、女儿节，是传说中牛郎织女在银河上鹊桥相会的日子。这天晚上，大姑娘小媳妇们会聚在一起，带上平时做的手工女红，一边说悄悄话，一边绣花、扎鞋垫、纳鞋底。等到夜半子时，再到水缸边，偷听牛郎织女说私房话，据说还真能听见呢！

阴历七月十五日，是传统的鬼节。家家户户都要准备好纸钱，有的还要装入纸封袋内，写上收件人，这叫作"符纸"，架在柴火上焚烧。夜幕降临，但见院坝边、河坝里、山坡上、空旷处，但凡十字路口，到处是火光闪烁，烟味呛鼻。除了给自己的祖先亲人烧纸外，还要给左青龙、右白虎、前朱雀、后玄武、桥廊土地、神坛庙宇以及孤魂野鬼烧纸。这天，大人们会告诉小孩说"七月半，归乱窜"，今夜到处都是鬼魂，小孩子不许出门，不许到处跑。

八月十五是中秋。这天是一年中月亮最圆、月光最明的日子。这天晚上要赏月，要敬月亮菩萨。有钱人家在临水的楼上摆上月饼、鲜果等供品，一家人谈笑风生，吃饼赏月，其乐融融。文人墨客多愁善感，在这时思念亲人，"天各一方，月共一轮"，于是，吟诗作赋，感念人生。

这时，新谷上市，我的家乡阆中农村有八月十五吃糍粑的习俗。糯米煮成半熟，上甑子蒸，蒸熟后放进石碓窝（臼）里用特制的木棒舂击，然后搓成小块，撒上芝麻，即可食用。吃咸的放盐，吃甜的放红糖，多种口味。

小时候，我们家从来没做过糍粑，但月饼偶尔要买的。我最喜欢那种宝塔形的，十分好看，一套十层，个个大小不等，吃起来酥软甜糯。还有就是凤鸣场老郭打的月饼，里面有桂花、冰糖、猪皮等，又香又脆。写到这里，几十年了，我至今仿佛还能感觉到它的香味。

转眼工夫，就是九月初九，重阳节又到了。是时秋高气爽，三五知己相约，带上半壶薄酒，登高远望：文化高的自然是指点江山，激扬文字；文化低的就观景休闲，总结人生；没有文化的，也可以话话家常，说笑找乐。据我的体会，农村人把重阳节看得比较淡漠，大多也不晓得插茱萸啥子的。但当年母亲总是在这一天煮一坛醪糟，说是这天煮的醪糟味道最纯。

过了重阳就是冬至，阆中人过冬至不太讲究。这几年生活好了，城里人才有了吃羊肉养生的说法。

这一圈下来，又到了腊八节，又要准备过年了。

以上只说了一些全民性的、重要的、普遍的节日，没有说到的还有很多：如上半年的观音会，下半年的财神会，各地的庙会，学生娃儿的夫子会，杀猪匠的刀儿节，袍哥们的关帝会，等等，各行各业都有自己的节日。

阆中在礼仪习俗方面与其他地方大同小异，但也有其特别之处，比如逢生，阆中人认为，小孩子出生后家里来的第一个外人就是他（她）的逢生人，该小孩的个性会长得与逢生人相似。因此，民间有"人论逢生人，猪论接的人，狗论捉的人"的说法。

月米酒：又叫满月酒。小孩子满月，要剃满月头——锅铲子，戴红肚兜，穿虎头鞋。要请亲戚朋友到家祝贺，大摆筵席。孩子的外婆家要送衣服、鞋帽、披衫、抱毯等，还要送禽蛋、鸡鸭、粮食，越送得多越显示娘家富有，几乎要给女儿安一个小小的家，这样女儿在婆家才有地位。

抓周：过去小孩子满周岁时，父母准备好笔、墨、书、算盘、刀、剑、尺以及其他玩具、物品，由小孩随意去拿，以推测小孩子的未来爱好志趣。

婚嫁：阆中的婚嫁与别处差不多，过去也有指腹为婚和结娃娃亲的习俗。嫁闺女要陪奁，一般论家身，也有看姑娘在娘家的贡献大小。陪奁要开礼单，都是四言八句，要押韵。如果双方都是文化人，还兴斗对联：男方在迎亲的轿子贴上上联，女方家要找人对出下联，否则，会被人耻笑。大户人家，正酒前后要请知客、谢知客，热闹好几天。

寿诞：父母年满六十，子女要安排为老人祝寿，阆中人叫"做生"或"办生"。有"男做九女做十"的说法，就是男的做寿在五十九岁时做，女的要等满了六十才做。亲友一般送寿桃、酒肉、水果等。过去要求送肉必须送酒，因为有"送肉不送酒，等于喂了狗"的俗语。也可以送寿联、寿屏、寿匾，子女均送衣服、鞋帽等。做生不收礼，特别不收贵重礼品和钱财，所以又有"长钱的月米蚀本的生"的说法。父母在不做生，被视为不孝。现在变了，小孩子也做生，大人也做生，还有做36岁生的，都乱了。

丧葬：过去兴土葬，人死后要放火炮，烧"倒头纸"，然后净身、更衣称为"小殓"。一直到出丧前，亲人要守孝，要随时烧纸，棺前的长明灯不能熄灭。如果是女性去世，更有很多讲究："孝子告病，邻里报丧"说的是老人生病后，子女要亲自到舅舅家报告病情；老人去世后，子女就只能在家守灵，要委托邻居去报丧，以便娘家人能够方便准确地了解侍奉情况。舅舅家来吊孝，孝男孝女要到村边较远的地方焚香跪接，非拉不得起来，叫作"接娘族"。如果子女不孝，晚上娘族要进行批评教育，叫作"说衣禄"，子女不敢反抗犟嘴。娘族吊孝，解放前兴抬祭品，祭品有猪头、鲜鱼、活鸡等，用竹竿抬起来，再抬上纸糊的花轿、笼伞，请上乐队，吹吹打打、热热闹闹。解放前兴做道场，后来有所改变。出丧前一夜要举行家祭，行三跪九叩礼，做祭文。次日"大殓"后出殡，纸人纸马、笼伞花环送入坟茔。人死后三五天（阴阳先生要推算）要"回煞"，家里要备一桌酒菜，搭根竹竿，上面贴纸梯靠在房檐上，地上遍筛草木灰，家人届时回避。据说亡人和一同来的阴兵、鸡脚神等要来享用酒菜，亡人变成了什么也可以从灰上留下的脚印看出来。死者死后每隔七天要烧纸，称为"烧七"，要烧七个七，第七个七叫"毕七"，满周年要祭奠，称为"烧周年"，烧满三周年就不再烧了。有的地方有"过阳寿"的习俗，即人死后头三年，每逢生日，子女要为其祝寿——烧纸、放火炮祭奠。

建房：建房是家庭的大事，城里人买房要庆乔迁，乡里人自建房，不庆乔迁庆上梁，叫作办立房酒。哪一家竖柱上梁立房子，请阴阳先生推算个好日子，贴一幅"上梁大吉——太公在此，百事不忌"的大红字，掌墨师手提大斗，收拾停当，准备上梁。如果主人家没有表示，他就会开口索要："老板的斗，我的手，礼封封拿来我就走。"主家赶紧献上礼仪。然后，掌墨师就开始攀登，一边说着吉口令："手拿主家金斗满，脚蹬云梯迈步忙，今日喜逢祥瑞日，主家竖柱来上梁。上一步一帆风顺，上二步双凤朝阳，上三步三羊开泰，上四步四季呈祥，上五步五谷丰登，上六步六畜兴旺，上七步七星高照，上八步八面玲珑，上九步九子登科，上十步十全十美。"然后抓出斗内的馒头、花生、钱币等物品，四方抛撒："梁撒东，主家起屋当富翁；梁撒西，儿孙个个有出息；梁撒南，荣华富贵万万年；梁撒北，越撒主家越有的。东南西北都撒遍，一年四季保平安。老人捡了享长寿，小孩捡了中状元；男人捡了发大财，女人捡了赛天仙……"来吃立房酒的一般送粮送钱，走时，主家要回赠两个馒头，叫作"回背篼"。

待客：阆中人讲究待客之道和做客之道，在待客和做客方面有不少规矩。如到别人家做客，走进主人家，应该是客人首先招呼主人，这叫作"行客拜坐客"。到别人家串门忌入两房：生意人的"账房"和女人的"闺房"。串门时忌手提药包或香烛，不吉利。

对客人要尊重，客人到了首先要敬烟敬茶，农村敬茶不方便，男客一般是敬上一匹上好的烟叶，或者拿出篾编的烟篼先裹上一袋叶子烟，"吧嗒吧嗒"吸起来，慢慢摆龙门阵。如果主人正在抽烟，则把烟杆嘴用衣襟一擦，随手递给客人，客人也不嫌弃，直接含进口里咂起来。如果是女客，一般是捧出自家炒制的玉米花、瓜子之类，一边嗑一边做女红。给客人递烟、递茶要双手，倒茶水时，壶嘴不要对着人家。

客人进门的第一顿饭要吃面条，忌吃水饺，有"送客饺子留客面"的说法。待客菜品一般要双数，切忌三样菜。

阆中人常说："五十不栽树，六十不建房，七十不留宿，八十不留餐。"指的是五十岁以后就用不着栽植树木，六十岁以后用不着修建房屋，因为这些都有可能享受不了。对于老年客人，年纪太大了就不宜在家中留宿和吃饭，怕身体不好引起麻烦。

阆中地区还有很多风俗，诸如开业、出行、拜师、认亲等，都有浓郁的地方特色和历史成因，难以尽述。

三佛形容总不真，眼中瞳子面前人

抬滑竿

古时有一种供人乘坐的交通工具叫"肩舆",在我国出现了有两三千年,尤以西南地区最甚。它由两根长长的竹竿绑扎而成,中间绑上一把竹制或木制的椅子,客人或官员坐在椅子上,两端由人肩抬而行。

说起近代在四川出现的滑竿,据说与一位政治名人有关,他就是护国将军蔡锷。1915年袁世凯称帝,蔡锷在小凤仙的帮助下由北京潜回云南,于12月25日宣布云南独立,组织护国军,发动护国战争。蔡锷任护国军第一军总司令,率4个梯团(旅)约8000人入川,首攻叙永(今宜宾),次年春攻入纳溪、泸州一带。在此次战役中,因为军用担架不够用,很多伤员救治不及时,蔡锷非常着急。这天,他正在司令部旁边的竹林里踱步,发现周围漫山遍野都是竹子,突然茅塞顿开:何不用竹子制作担架?于是,叫人就地砍来竹子制作成担架样子,因为全用滑溜溜的竹竿绑扎,就称之为"滑竿"。

滑竿由两根2米多长的结实的竹竿绑扎而成,两头尺把长的短竹杠作抬肩,中间架以竹片编成的躺椅或用绳索结成的坐兜,前垂脚踏板。冷天垫被褥,热天撑凉篷,软扎上可坐可卧。人坐在椅中或兜中,可半坐半卧,由两轿夫前后肩抬而行。滑竿在上坡时,人坐得最稳;下坡时,也丝毫没有因倾斜而产生的恐惧感;尤其走平路时,因竹竿有弹性,行走时上下颤动，更能给人以充分的享受，且可减轻乘者的疲劳。

滑竿多数为一轿两人抬，叫对班，也有一轿三人抬的，叫丁拐。在农村过去抬滑竿、抬轿子，和抬石头一样，兴"喊路号子"。无论轿或滑竿，后面轿夫的视线被轿壳或软扎挡住，须前面轿夫传话告诉路上的情况，这叫"报点子"或"喊路号子"。如，前面路很平直，前呼："大路一条线"，后应："跑得马来射得箭"；前面的路弯拐多，前喊："弯弯拐拐龙灯路"，后应："细摇细摆走几步"；要上桥了，前呼："人走桥上过"，后应："水往东海流"；路上有牛粪或泥巴，前呼："天上一枝花"，后应："地下牛屎巴（稀泥巴）"；路上有个奶娃儿，前呼："地下娃娃叫"，后应："喊他妈来抱"……见啥说啥，振奋精神，鼓舞劳动干劲，其生动风趣，与船夫号子有异曲同工之妙。

现在，滑竿不仅仅是一种交通工具，已经是一种历史的印记，在西南地区乃至全国的的许多风景点，都有滑竿可供游人乘坐。

当年的农村，交通不便，有钱人赶长路要请轿子或者滑竿，往城里的医院送急诊的病人一般也用滑竿。

有一年夏天，将军公社师家山两个抬滑竿的人，白天抬了病人到阆中医院治病，回来的时候已经很晚了。估计正是当时人们煮晚饭的时候，天黑黢麻恐的，四周一片寂静，除了草丛中时不时发出"唧唧"的虫鸣，就只能听见两人"啪嗒啪嗒"的穿着草鞋的脚步声。夏日的初夜像蒸笼一样闷热难耐，两人急急赶路，偶尔说一两句话。不觉来到奶奶石湾，突然，前面传来微弱的呻吟。两人对视一眼，不由放慢了脚步，再前行一段，呻吟声越来越大，走到跟前，见一中年妇女侧卧路边，抱着一只脚在哭泣。两人停下脚步："大姐，你啷个啦？"

中年妇女一把鼻涕一把泪："唉！我是前头石灵观余某某的亲戚，要到余家去办点事。没曾想刚才走到这里就得了个扑趴，把腿杆奉拌断了，走不得了！两位大哥，行行好，把我抬到余家，谢谢你们了！难为你们了！"

两人心想：反正到石灵观余家也是顺路，又有现成的滑竿，常言说得好"做好事得好事"，我们何不就做做好事呢？说不定抬到余家还能找顿夜饭哩。于是两人把妇女扶上滑竿，一路向石灵观而来。

中年妇女倒也不重，上了滑竿再也不呻唤了。不一会儿过了瓦店子、义冢地，前面就是石灵观了。爬上一段长坡，就到了石灵观场，余家就住在场的那一头。滑竿一开始爬坡，妇女就显得很不自在，在滑竿上不停地扭动，两人越抬越觉沉重，越抬越觉吃力。

"大姐，你停停地吧，这样扭来扭去我们咋个抬呢？"抬在前面的伙计有点不耐烦了。

"大哥，前面有座土地庙，我好害怕哟！"妇女越发抖动起来。

"土地庙有啥子害怕的？你再不停当我们就不抬你了。"后面的伙计也生气了。

原来，在石灵观外面的山嘴上有一座土地庙。掘石成窟，三四尺大小，内塑一对土地公公、土地婆婆神像。两边石门枋上篆刻一副对联：保四方清吉，护一路平安。这座土地庙规模不大，天长日久，雨打风吹，破败陈旧，石门石檐脱落得东一块西一块。正值反对封资修的年月，经常不见祭祀，没有香烛。土地爷的神像虽然斑驳残缺，但仍然可以看见慈眉善目、朴实憨厚，全无一点凶恶刚强的影子。然而，据说这位土地老爷个性刚直，尽职尽责，执法不阿。大凡品性恶劣、邋遢肮脏之人在此处定会被他拦住，即使女人例假期间身体不洁，到了这里一定要远远地跪拜，并告诉土地老爷是因为事情紧急顾不得身体肮脏，请土地老爷原谅，事后，一定沐浴斋戒敬香赔礼，否则，也是过不去的；更不要说牛鬼蛇神、脏鬼污魂了，一切魑魅魍魉都将被这位恪尽职守的土地爷拒之于石灵观外。

"哎呀妈耶，我过不去了，我要到西河塘去了！"妇女一声惊叫，从滑竿上翻落下地，一阵狂风，早已不见了人影。

两个抬滑竿的顿时吓出一身冷汗，丢了滑竿，扑趴跟斗地向石灵观场跑去。敲开余家的门，一家人正喜气洋洋，原来，就在刚才，余家媳妇生了一个大胖小子。二人把刚才的遭遇说了，余家人唏嘘不已，一致认为是石灵观前面的土地爷阻挡了产后鬼的去路，不然余家媳妇就要遭殃了。

余家好酒好菜招待了两人，两人摸黑回到师家山，第二天听说西河塘的一个妇女昨天生产的时候出事了！

玩 笑

三百六十行，行行有规矩，行行有操守，职业道德底线万万不可突破。如果以技恃强，只能祸及自身。人生如尺，凡事有度，过度则损。

有一个端公世家，姓虎，子承父业，道法高深。有一天傍晚，几个人在他家院子里玩耍，摆起龙门阵。乡民都夸他手艺好、道法高，日子测得准、风水看得好、做法事手到病除，等等。这高帽子一戴，虎先生心里美滋滋的，越发天上地下地吹嘘起来。

这时，远远地看见田坝头一个年轻妇女婀婀娜娜地走来。暮色朦胧，众人也看不清楚面貌，都以为是远处过路的小媳妇。有人就开玩笑："虎先生，你如果能够施个法术让那小媳妇停下来不走，我就服你。"

虎先生哈哈大笑，说："这个太简单了，不能显示我的手段。我可以叫她自己脱了裤子，打个'精沟子'走过来，你们信不信？"

"不信不信，你哪有那本事，我们坚决不信。"众人一齐起哄。

"好，是你们不信的，今天叫你们开开眼界。"虎先生双目微闭，左手打起道指，口中念念有词，右手向那妇女一指，只见那妇女竟停下脚步，自己脱掉裤子拿在手上，然后继续向虎家走来。众人一边指指点点，一边油嘴滑舌，一边嘻嘻哈哈。忽然，众人一哄而散……那妇女已来到虎先生跟前，亲热地叫了一声："爸爸！"原来是自己的女儿回娘家来了啊！虎先生满面羞愧、满心悔恨，大叫一声"造孽！"将手指插进自己的眼窝，硬生生地将自己的右眼珠挖了出来。

很久以前，升钟枣碧那边有一个端公，也是道行高深，经常外出做法事很晚才回来。家里养了两个儿子，一个十四五岁，一个十六七岁，都是半大小子，伶俐活泼；妻子美貌贤惠，能干出息，一家人其乐融融。

有一天，端公一大早出门给人做法事，说好了晚上要回家。时间已经到小半夜了，还不见丈夫回来，妻子有点不放心，就叫两个孩子打上灯笼去接他们的父亲。两个小伙子走了好一段路，都没有接到父亲，这时来在一处地方，顿感阴风飒飒，两腿发麻，起一身鸡皮疙瘩。原来这里曾经有人上吊自杀，经常闹鬼叫。白天都很少人走，晚上就更没几个人有胆子了。两个小伙子决定不再往前走了，就在这儿等他们的父亲。等了一会儿，还不见端公来，老大对老二说："老二，老汉儿经常走夜路，我们今天来吓唬他一下，看他胆子究竟有多大。好不好？"老二忙答："要得要得。"于是两兄弟熄掉马灯，爬到路上面的庄稼地里藏起来，单等他们的端公父亲到来。

一会儿，端公打了个竹皮火把一路快步而来。突然，两把沙土从上空撒下，端公猝不及防，一个激灵，火把掉落在地。稍一缓神，端公恢复了平静："呃，这一晚上还不归洞，还要出来吓人！"端公分明是把刚才的沙土当成了鬼怪作祟。于是礼礼行行地捡起火把，站在原地打起三清指，念了一通北斗诀。见四周已无动静，迈步向前走去。

突然，又是一把沙土从天而降，撒了端公一个劈头盖脸。端公淡淡一笑，抖掉身上的沙土，一手持火把一手挽起诸神指，转一个四方大地，念一通"天道毕，三五成，日月俱，出窈窈，入冥冥……我吉而彼凶"等等。停了停，端公长长地出了一口气，见四周再无动静，又一次迈步向前走去。

刚一抬脚，又是几把沙土从天而降，再一次撒了端公一个劈头盖脸；不仅如此，耳听得身后的庄稼地里还发出了一阵响动。端公已是满脸怒气："哼，我本慈悲为怀，你却三番五次不听招呼，莫怪我先生下狠手啊！"说罢，将火把放置在路边石头上，顺手扯起几片茅草，挽起五雷指，口中念起金光神咒："天地玄宗，万气本根。广修亿劫，证吾神通……鬼妖丧胆，精怪忘形……金光速现，覆护真人。急急如律令。"挽起一个剑诀，向茅草哈一口气，使劲一跺脚，将茅草用力向沙土来的方向投掷了过去！然后，捡起火把，头也不回地走了。

端公怒气冲冲地回到家，妻子忙问："俩小子呢？"

"没看见呀！"端公很惊讶。

"他们两弟兄来接你去了啊！"妻子也着急了。

"糟了！"端公似有所悟，气得直跺脚。

两口子急忙打起火把，一路狂奔而来。到了端公闹鬼的地方，三步两步冲到庄稼地里，两口子顿时瘫倒在地，撕心裂肺大哭起来——原来，两片茅草如同利剑一般分别插在两个孩子的喉咙上，血流了一地，人已经死去多时了！

复　活

　　桂的母亲是个很爽快的人，一辈子乐善好施，虽然家庭贫穷、生活平淡，但老太太性格开朗，一直过得快快乐乐。

　　这年，老太太 69 岁了，在当时算是高寿，但仍然身体硬朗，能做些煮饭、喂猪、收拾柴火等家务。一个冬天的傍晚，老太太突然不省人事，汤水不进，眼见得气息渐弱，不一会儿就撒手人寰。儿女们哭哭啼啼，将就现成的衣裙棺板封了小敛；将棺木停放在堂屋内，用擀面杖支起棺盖；在棺前放置个小桌，简单地摆上供品、羹面，插起三炷香两支蜡烛，点起长明灯，又放个破瓦盆烧化纸钱。孝男孝女披麻戴孝，安排至亲之人去娘族报丧；一边派人去请阴阳先生推算出殡日期，测算忌日吉凶，踏勘阴宅吉地；一边安排知客，布置灵堂，请来乐队吹吹打打。一通忙碌下来，已是次日晌午。那边阴阳先生传过话来，仙根福报，老太太走得干干净净，莫得任何忌讳；上山的日子就定在三天后的卯时。一家人渐次宁静，只是按时烧纸续油，搭几条板凳，铺几捆稻谷草，儿孙们就在堂屋伴宿。

　　到第三日坐夜，明烛高照，幡笼飘扬。院坝里铺了一床篾垫席，孝男孝女戴孝帽、披麻衣跪在垫席上，行三跪九叩礼，先是娘族客祭，然后是亲戚邻里的宾祭，最后是家祭。奠醴（酒）、献馔（肉）、献羹（饭）、献帛（钱），行"三献礼"，然后礼宾先生讴颂祭文，最后鸣炮、奏乐、化钱帛，纷纷攘攘，直到后半夜仪式才规矩，客人也渐渐散去，知客在安排明天出殡的事宜，孝家男女散坐在堂屋里小憩，有的已打起了轻微的鼾声。

桂起身去烧了几张纸钱，顺手拨了拨长明灯的捻子。突然，他听到了声响，来自棺材内的声响。再仔细听听，确实，棺材内有响动！所有人都听见了！几个胆子小的已经跑到了门外，几个大人贴在棺材跟前，棺材内确实发出了响动，还有老太太含混不清的声音。人们急忙打开棺盖，只见老太太两手握拳，敲打着棺板，微闭着眼睛，口里喃喃自语。

"妈！"桂轻轻地呼唤一声。

"桂儿，快来拿钱！拿去！……"老太太不停地叫桂拿钱，把双手往外递。众人手忙脚乱地把老太太抬出来，放在床上，喂些汤水，老太太复活了！

丧事变成喜事，桂当即决定：忌日变吉日，将就这些台面为母亲祝寿！

老太太身体康复，才对众人道明了原委：那天擦黑，我正在收拾柴火。突然，从房梁上下来两个"鸡脚神"，用铁链把我捆住就走。我跟到他们走啊走啊，也不晓得走了几天，也不晓得哪儿是哪儿，好像过了一座桥，就到了一个叫丰都的地头。我一路上都在想，我的活路还没有做完哩，走的时候也没有跟我桂儿招呼一声，他也不晓得我上哪儿去了，肯定着急得很嘛。一哈儿的时间，把我带到一间屋里，里头有很多个青面獠牙、黄毛红发的大大小小的鬼怪，有穿长袍的，有着短褂的；有拿大刀长矛的，有拿斧头钢叉的。中间太师椅上坐着一个脑壳戴顶高帽子、满脸长的络腮胡子、眼睛像对牛卵子的大老爷，一只手拿个本本，一只手拿支笔，在那儿一个一个地对名字。对到我这儿，翻了几篇没找见，又翻了几篇，才找见我的名字。那个大老爷立马就生了气，噘那两个"鸡脚神"："石张氏还有十年阳寿，谁叫你们去拿的？看老子不剁了你狗日的鸡爪子。给她几个银圆，把她送回去！"这时，旁边有个长八字胡的笑嘻嘻地跟大老爷说："老爷，你看这人都拿来了，送回去有损我阎罗殿的威严，不如将错就错嘛。"还是人家大老爷懂理，只见他牛卵子眼睛一鼓，对着八字胡就骂起来："你个瓜娃子，晓得个锤子。人的阳寿都是根据他的前世今生、经过众多机关研究讨论最终安排确定的，你娃想随便改变就随便改变？况且，这皇天大帝安排我们来负责这个机构，掌管人间夭寿，我们就应该公正执法，一丝不苟。搞错了就应该改正，哪能将错就错？改正错误是正大光明的事情，损啥子威严？你娃娃'空肚子打饱嗝——假充（啥子）脸面'，'大花脸舞刀——耍（啥子）威严'？执法不公、乱执法那才莫球的威严。快去，格老子好好送回去！"八字胡退到墙角后头不开腔了，那两个"鸡脚神"吓得发抖，忙不迭地跪在地上叩头，就像鸡啄米一样，赶忙给我解了脚镣手铐，拉上我就往回走。回来的时候脑壳有点清醒，好像还是走的原路。走时，两个"鸡脚神"一人给了我几个银钱，把我往前头一推，我就回到各人屋头来了。哪晓得你们以为我死了呢。我的钱呢？我的钱呢？他们给了我不少钱哩！众人哈哈大笑——老太太的两手哪有什么银钱？空空如也！

十年后，老太太无疾而终，享年 79 岁。

何医生

　　毛罐子山上有个何家坪，何家坪有一位何医生，虽然年纪不大，但医术高明，医德高尚，远近闻名。

　　一个初冬的夜晚，半夜时分，响起了"嘭嘭嘭"急促的敲门声。何医生披衣下床，点起桐油灯盏，打开房门。来者是一位五十来岁的老头儿，打一个柏皮火把，衣着朴素，显得异常焦急："大夫，我女儿生病了，肚子疼得不行，麻烦您去看一下吧。"

　　何医生仔细打量来人，见他高挑的个子，瘦筋的身材，眼睛深陷，眼珠好似泛着绿光，最特别的是头上的两只耳朵，比常人要长得多，破烂的衣袖露出小半截手腕，长满密密的体毛。何医生脑子里使劲搜寻，觉得面生得很，心想：这周围团团转的人我大都认识，这人不是附近的吧？于是问道："你府上是？"

　　"老朽家住野王山毛狗坪。"老头儿答道。

　　"哦，毛狗坪，还有点远哩。"何医生思索着，"这路远山高、天黑地暗的，你也是上了年纪的人，要不这样，你在我这儿先眯一会儿，等天擦亮了我们再走，如何？"

　　"不不不不！"老头儿一听急了，"大夫，您行行好，我女儿病得不轻，救人如救火，麻烦您赶紧去吧！我这里有火把，保证给您照得亮亮的。"

何医生想想也是，便穿好衣服，杵上他的老黄荆木的摩挲得溜光发亮的龙头拐棍，跟妻子打声招呼："娃他妈，我走了哈。"

老头儿迟疑地看一眼何医生手里的黄荆木拐杖，点燃柏皮火把，搭起药褡包袱，急急出门而去。

野王山距离毛罐子有十余里路，山大人稀，只有毛狗坪是个大村子，住着一二十户人家。薄霜初布，寒意袭人，但两人急急赶路，不觉额头上已经冒起了毛毛汗。来在毛狗坪，老头儿回头说道："我家在后头住，几步路就到了。"何医生跟着老头儿爬过一段山坡，穿过一片荆棘，来在一大片柏树林中，两块巨石如门而立，穿过石门，一栋低矮的茅草屋出现在眼前，黄泥筑墙，一扇直板门虚掩着。老头儿站在门边，礼让何医生先进去。何医生正准备侧身进屋，老头儿轻轻拉了拉医生的衣袖："大夫，把你那拐棍搁外头吧，我那些娃儿害怕。"何医生掂掂手中的拐杖，顺手放在门外边，心里却暗自嘀咕："一根拐棍儿有啥子害怕的？"人却已经进到屋里。

老头儿把药包袱放在饭桌上，就着火把点燃桐油灯盏，踩灭火把，用衣袖拂一拂板凳上的灰尘，忙不迭地请医生坐。何医生坐在桌前，这才打量起屋内。只见小屋又矮小又潮湿，四面墙上大洞小眼，也没有像样的家具，一张饭桌仿佛承不起药包袱的重量，危险地四条腿向一个方向倾斜，仿佛就要垮掉；墙角一口独灶，黑黢麻恐的，看不清楚锅碗瓢盆；挨着后墙壁的是几根木材捆扎的"床"，上面铺的稻草和篾席，一个老太婆和三个年轻女孩儿胡乱睡在上面。见医生到来，老太婆连忙起身，来在灶台前，给医生烧来一碗开水。那碗也是黑黢黢的，里里外外都布满了黑麻麻的斑点。让何医生颇感意外的却是他们家的三个女儿。只见这三个女娃儿大的有十七八岁，小的有十三四岁，生得一个比一个漂亮。一个个面若桃花、腰似杨柳，虽然穿着素雅，也不施脂粉，但袅袅娜娜、美艳绝伦。但美中不足的是每个姑娘的上唇中间都有一道隐隐约约的痕迹，仔细了看有点影响美观。

"敢问哪位姑娘玉体欠安？"何医生收回目光，询问道。

"我家三个丫头都不舒服，"老头儿忙把三个女孩叫到桌前，"不晓得她们昨天跑出去吃了些啥子东西，回来都喊肚子疼。"

"吃了红萝卜！好大一片地哟。"年龄最小的姑娘噘起小嘴，仰头答道。

何医生摆好脉枕，开始给姑娘们把脉。推推让让、羞羞答答间，一个女孩坐在何医生跟前。何医生伸出右手，三个指头搭住女孩儿的玉腕寸关节。"噫！"何医生暗自吃惊，心下想："行医这么多年，还从来没有遇见过这种脉象。"这脉象虚浮隐约，乍大乍小，乍长乍短，似有若无；一会儿寸尺有脉，关中无脉，一会儿寸尺无脉，关中有脉；一会儿脉象清脆，一会儿脉象沉浮不定。这脉象与一般人的脉象不同，更与一般年轻女孩儿的脉象不同。再看看舌苔，见其苔少而有花剥，苔腻而现文理，舌边有痕印，舌体瘦薄，津液干燥。扪其手，手心冰凉而多汗；观其目，目光恍惚而散乱；闻其气，呼吸急促而深紧。何医生思索片刻，已知病因所在。又叫其余二女望闻问切，见所得症状基本一致。何医生便对老头儿说道："你这三个女儿都是饮食积郁，肠胃虚滞。再加上惊吓过度，心脾虚弱，情绪紧张。从而导致腹痛、腹胀、惊恐等症状。我这里开一副药，马上煎服，就会好的。"一边开了单子，包袱里抓好了药，交给老太婆煎熬。老头儿赶紧递上叶子烟，何医生卷起一支，"吧嗒吧嗒"地吸起来。

一会儿，老太婆把药煎好了，三个姑娘一人一碗，"咕嘟咕嘟"喝下去，静静地躺在"床"上休息。再过一会儿，三人的肚子果然不疼了，一家人欢喜起来，有说有笑。

这时，天色微明，远处又传来了鸡叫。老头儿看看门外，对何医生说："大夫，现在天已经要亮了，我也不留您了。难为您给我女儿们治好了病，我们穷人家没啥子感谢的，这几把挂面和几个铜板送给您，希望您不要嫌少哈！"

何先生见他家境贫寒，不忍心收他的钱物："算了算了，我就不收你的诊费了，给孩子们买点好吃的吧。"

老头儿一听急了："那哪儿能行！您熬更受夜的又跑这么远的路，治好了我女儿们的病，我哪能不感谢您呢？您老既有仁心，我小老儿虽穷也不能坏了礼仪。"说着拿一个白布口袋装上挂面又把四五个铜钱塞到何医生的药褡包袱里。也不管同意与否，拉起何医生就往门外走。出得门来，看一眼墙边的黄荆拐棍，提醒道："别忘了您的拐棍。"

走了大半个时辰，远远地可以看见何家坪了，而黎明时分，何家坪的鸡鸣狗叫声响成一片。老头儿停下脚步："大夫，马上就拢您屋头了，我就不往前送了，您自己回去哈。"一边将包袱交到何医生肩头上，转身而去。

何医生正准备嘱咐他几句，一转身已不见了人影。"这个老头儿，跑得咋这么快！"何医生嘟囔着，慢慢走回家去。

家里人正在起床洗脸，见何医生回来，妻子心疼得不得了，接过包袱一边唠叨："什么样的人家这么不懂事，熬更受夜的，也不晓得留你休息半天？"何医生也不搭腔，指一指白布口袋："那里面是人家感谢我的挂面，拿出来煮了。"妻子打开白布口袋，"啊！"发出一声惊叫。天啦，哪儿有啥子挂面，里面装了几个稻草把子！

"不对，我明明看见是挂面。"医生又来亲自翻看，没错，确实是草把把！

"还有，快看看包袱，包袱里还有钱。"医生忙跑去打开包袱，犄角旮旯翻了个遍，哪里有啥子铜钱，包袱里除了中药外只有一把草纸！

何医生卷起一袋叶子烟，坐在阶沿上，慢吞吞地吸起来，一边把昨晚的经历细细地梳理一遍，点点头，终于明白是啷个一回事了。"嗯！"他在鞋底上敲掉烟锅巴，回屋洗漱去了。

跋

作为一名后生，实际上我是没有资格写这个的……

石岩地是外婆的老家，我家住半山腰，是一个生产队，就是文中表述"升子山的半山腰住着几户杜姓人家"那里。小时候家乡给我留下了很深的印象，少年时代听老人们说起这些事，是断断续续的，于是好奇着，遐想着……这次，杨健哥哥用"龙门阵"这样的方式讲真了故事，诉真了情，表真了意……

看完书稿，我沉醉了好久——如将尘封已久的名画，顿然揭开，吹尽凡尘，惊艳眼眸。于是，又将一些章节挑拣出来细读。原来我的家乡有那么多故事、传说——那些似乎依然鲜活的人物故事，正如，清光沐浴下的午后，冲泡一杯清茗，看热水泻进玻璃杯、卷起茶叶翻滚的样子，而后轻盈沉淀，呷一口，吞吐留香，荡气回肠……

这种情愫与魅惑，轻轻触动我心底那一根最本真的神经末梢——有点欣喜、有点美好、有点惆怅、有点念想……

此刻，我也开始想念故乡那个小山村了……

或许，这正是作者的情怀——有雄阔与致远，有细腻与感伤，有宁静与奔腾，有淡然与怀想。而这些故事，也只有你不经意地翻开，才深知她已嵌入你的人生，然后一头冲进茫茫的思念……

就是这样。

杜一鹭

2021 年 3 月 28 日

后 记

　　书稿终于要付梓了，心里既高兴又忐忑不安。高兴的是几十年的呕心沥血没有白费，忐忑的是生怕作品肤浅鄙陋、贻笑大方。

　　手抚书稿，不由人想起当年的意气风发，同于每一个怀揣梦想的少年，想要在文学的海洋里乘风破浪，然而却迫于生计，大部分时间为衣食奔忙，所以，这一篇又一篇的文字任其在废纸篓里哀叹。这两年利用工作余暇，整理编辑，才发现原来激情尚在、余温犹存，屈指算来，有的篇幅前后创作已达四十余年时间。在编辑过程中，部分作品曾陆续在公众号上发表，得到读者的喜爱和肯定。朋友们纷纷给予鼓励与支持，特别是我的老同学、国家高级编辑、资深媒体人邓国超先生亲自拨冗为之作序；我的小老乡优秀文学青年杜一鹭先生为之作跋，使拙作增色不少，在此深表感谢！

　　愿我的文字能为故乡的美丽增添一抹云彩，愿我的作品能为家乡的文化传承尽一份绵薄！

作　者

2021 年 3 月 29 日